U0083505

人民共和國文化與文學叢書

十一編

李 怡 主編

第 1 冊

野性還是浪漫？
——大陸當代文學的野性主題研究

樊 星 著

花木蘭文化事業有限公司

國家圖書館出版品預行編目資料

野性還是浪漫？──大陸當代文學的野性主題研究／樊星 著
-- 初版 -- 新北市：花木蘭文化事業有限公司，2023〔民112〕
目 2+184 面；19×26 公分
（人民共和國文化與文學叢書 十一編；第 1 冊）
ISBN 978-626-344-368-6（精裝）
1.CST：中國當代文學 2.CST：文學評論
820.8   112010202

特邀編委（以姓氏筆畫為序）：

吳義勤 孟繁華 張 檸
張志忠 張清華 陳思和
陳曉明 程光煒 劉福春
（臺灣）宋如珊
（日本）岩佐昌暲
（新西蘭）王一燕
（澳大利亞）鄭 怡

ISBN-978-626-344-368-6

9 786263 443686

人民共和國文化與文學叢書
十一編 第 一 冊   ISBN：978-626-344-368-6

野性還是浪漫？
──大陸當代文學的野性主題研究

作 者	樊星
主 編	李怡
企 劃	四川大學中國詩歌研究院
總 編 輯	杜潔祥
副總編輯	楊嘉樂
編輯主任	許郁翎
編 輯	張雅淋、潘玟靜 美術編輯 陳逸婷
出 版	花木蘭文化事業有限公司
發 行 人	高小娟
聯絡地址	235 新北市中和區中安街七二號十一三樓
	電話：02-2923-1455／傳真：02-2923-1452
網 址	http://www.huamulan.tw 信箱 service@huamulans.com
印 刷	普羅文化出版廣告事業
初 版	2023 年 9 月
定 價	十一編 12 冊（精裝）台幣 30,000 元

版權所有・請勿翻印

野性還是浪漫？
——大陸當代文學的野性主題研究

樊星　著

作者簡介

　　樊星，男，1957 年 12 月生於湖北武漢，祖籍河北邢臺。文學博士。武漢大學文學院教授，博士生導師。主要從事當代文學與文化思潮的研究。1997 年～ 1998 年美國俄勒岡州太平洋大學訪問學者，2007 年德國特利爾大學漢學系客座教授。2016 年美國杜克大學訪問學者。係中國新文學學會副會長、湖北省作家協會原副主席、湖北省文藝評論家協會顧問、武漢市文聯副主席、中國作家協會會員。

　　著作《當代文學與地域文化》曾於 1998 年獲湖北文藝最高獎——屈原文藝獎。論文《全球化時代的文學選擇》曾於 2001 年獲中國文聯 2000 年度優秀文藝論文一等獎、於 2003 年獲湖北省第三屆優秀社會科學成果二等獎。還曾於 1999 年獲得「湖北省師德先進個人」稱號、於 2009 年獲「寶鋼優秀教師獎」、武漢大學第四屆「十佳教師」稱號。

提　　要

　　本書通過對大陸當代大量文學作品的閱讀與闡釋，揭示了浪漫民氣與野性、殘忍民風的存在，是中國國民性的一大看點。無論是革命還是匪禍，也不管是日常生活中的爭吵、打鬥、家暴，還是高談闊論人生與文學、爭論是非得失時的情緒話語、激烈措辭，都體現出浪漫激情與野性、殘忍風氣的根深蒂固、源遠流長。儘管歷代思想家倡導「溫柔敦厚」、「忠恕之道」、「克己復禮」、「待人寬，責己嚴」的道德，也的確有許多謙謙君子、善良百姓身體力行；而歷代政治家和各級官僚也一直不斷強化「以德治國」或「以法治國」乃至以霸道與王道兼施的種種統治術，也不論是天真到寄厚望於「人皆可以為堯舜」或是時時提醒自己「防民之口，甚於防川」、「水能載舟，亦能覆舟」，歷史上此起彼伏的動盪、社會上好勇鬥狠的風氣、日常生活中睚眥必報的怨毒，都使得浪漫、狂妄、蠻橫、殘忍之風一直飄蕩，綿綿不絕，蔚為大觀。加上好酒、嗜血的傳統也常常鼓舞了驍勇、蠻橫之氣，更引出無數悲劇與喜劇。研究那些講述土匪故事、革命往事、日常悲劇、冤冤相報的文學作品，不僅有助於深化對於中華民族傳統文化複雜性的認識，也成為觀察中國社會巨變的一扇重要窗口。另一方面，當代文人乃至現代文化人也情不自禁地嚮往浪漫境界、狂放風度，渴望在任性中放縱激情、顛覆禮教、改造社會時，也就譜寫出中國文化傳統中個性解放、我行我素、無拘無束的一部悠久精神史，從而引發這樣的思考：中國士大夫的狂狷傳統與西方知識分子的個性意識、變革欲望其實遙相呼應、心心相印。

　　作者為文學評論家，一直關注文學與文化傳統的研究，著有《當代文學與地域文化》、《當代文學與多維文化》、《當代文學與國民性研究》等書，對中國當代文學與傳統地域文化、神秘文化、政治文化、市井文化的豐富聯繫展開了多維度的思考。本書是有關研究的新收穫。

當代歷史與「文學性」——《人民共和國文化與文學叢書‧十一編》引言

李 怡

　　2023 新年伊始，近年來活躍於批評界的《當代文壇》雜誌推出專欄，再度提出「文學性」的問題。《為何要重提「文學性研究」》一文中這樣開宗明義：「為什麼要重提『文學性研究』？這看起來像是一個假命題。什麼是文學性研究？世界上有一種純粹的、有明確界限的、專門意義上的、排他性的文學性研究麼？顯然沒有，如果有的話，至多也就是『文學研究的文學性』這樣一個問題；還有，如果換一個角度看，或許文學性研究又是一直存在的——假如它不是被理解得那麼絕對的話。從來沒有消失過，又何談『重提』？」〔註 1〕這裡的表述小心而謹慎，尚沒有高調亮出新的理論宣言，就首先重述了二十年前那場「文學性」討論的許多重要議題：究竟有沒有純粹的文學性？舊話重提理由何在？能不能真正解決一些棘手的問題？這種小心翼翼的立論似乎在提醒我們，那場出現很早、持續時間不短的討論其實餘波未平，其中涉及的一系列關鍵性的命題——如文學性的含義、文學與非文學的邊界、突破文學性研究的學術價值等等都對學界有過重大的衝擊，並且至今依然具有廣泛的影響，因此新的討論就得小心謹慎、周密穩妥。在我看來，今天的文學性討論，的確應該也有可能接受多年來相關探索的實際成果，將各種方向的思考納入我們的最新建構，進一步深化我們對於文學與文學性的理解，特別是要揭示它們在中國現代文化語境中的歷史真相。

〔註 1〕張清華：《為何要重提「文學性研究」》，《當代文壇》2023 年第 1 期。

一

　　中國當代文學批評界提出討論「文學性」的問題已經是二十年前的事情了。引發那一次討論的余虹和陶東風的論文最早都出現在 2002 年。余虹的《文學終結與文學性蔓延》刊登在《文藝研究》2002 年第 6 期（次年再有《白色的文學與文學性》刊發於《中外文化與文論》第 10 輯），陶東風的《日常生活的審美化與文化研究的興起──兼論文藝學的學科反思》出現在《浙江社會科學》2002 年第 1 期（數年後的 2006 年再有《文學的祛魅》刊登在《文藝爭鳴》2006 年第 1 期）。余虹提出，後現代的轉折從根本上改變了「文學」的狀況，它將狹義的「文學」──作為一種藝術門類和文化類別的語言現象推及邊緣，同時卻又將廣義的「文學性」置於中心，傳統屬於「文學」的修辭和想像方式開始全面滲透在了社會生活與文化行為之中，形成了獨特的悖反現象：文學的終結與文學性的蔓延。陶東風以「我們在新世紀所見證的文學景觀」為依據，揭示了「在嚴肅文學、精英文學、純文學衰落、邊緣化的同時，『文學性』在瘋狂擴散」〔註2〕，並以此論及了「日常生活的審美化與文化研究的興起」，將這一歷史性的變化視作當代文藝學最重要的「學科反思」。這樣的判斷引起了中國學界的爭論，質疑之聲不斷。有人認為在後現代時代，「文學性」不是擴展而是消散了，或者說在這個時代，語言文學的獨特意義恰恰是疏淡了，輕言「文學性終結或者擴散」的人，其實缺乏對「文學性」的明確界定〔註3〕。當然，也有學者對語言文字的審美的「文學」和日益擴張的「文學性」作出區分，重新定義「文學」性與文學「性」，從而為「後現代時代」的多元研究打開空間。〔註4〕

　　從歷史語境看，中國學者在新世紀初年的這場討論源自 1990 年代市場經濟全面推進以後當代中國文學日益邊緣化、同時所謂的「圖像時代」降臨的客觀事實。當然，就如同當代中國文藝思想的總體發展一樣，所有這些中國內部的「思潮」、「論爭」也與西方文藝思想的運動有著密切的聯動關係。嚴格說來，中國關於「文學性」的論爭發生在新世紀之初，但對「文學性」問題的重視和強調還有過一次，那就是新時期文學蓬勃生長的年代。這內涵有別的兩次思潮都可以辨認出來自西方思想的啟發和推動。

〔註2〕陶東風：《文學的祛魅》，《文藝爭鳴》2006 年第 1 期。
〔註3〕參見王岳川：《「文學性」消解的後現代症候》（《浙江學刊》2004 年第 3 期）、吳子林：《對於「文學性擴張」的質疑》（《文藝爭鳴》2005 年第 3 期）等。
〔註4〕劉淮南：《「文學」性 ≠ 文學「性」》，《文藝理論研究》2006 年第 2 期。

事實上，西方文藝思想界的「文學性」議題也先後出現過兩次。

第一次是在 20 世紀初期到中葉，先後有 1915～1930 年間俄國形式主義的興起，他們反對實證主義與社會批評，主張將文學研究與社會思想其他領域的研究區分開來，突出文學的獨立自主性和自身規律；形成於 1920～1950 年間的英美新批評，他們劃分了「文學的內部研究」和「文學的外部研究」，把文學研究的真正對象確定為文學的內部研究；1960 年代形成於法國的結構主義，包括施特勞斯的文學人類學與神話模式研究、羅蘭・巴特的結構主義批評理論以及熱奈特和格雷馬斯的結構主義敘事學理論，他們都迷信一種獨立自足的語言結構，滿懷著對潛藏於語言、文本中的深層結構的信賴。這三種思潮雖然各有側重，但都傾向於將文學的本質認定為一種獨特的語言現象和符號系統。儘管這種對語言結構的偏執的探尋並不一定切合中國當代文學發展的歷史訴求，但是他們對「文學自足」的強調卻在很大程度上鼓勵了 1980 年代新時期文學擺脫政治干擾，謀求獨立發展的要求，所以 1980 年代中國文學的「自主」之路和中國文學研究的「純文學」理想都不難發現這三大思潮的身影，雖然我們對其充滿了誤讀和偏見。

第二次就是 20 世紀中後期，隨著解構主義的出現，西方思想界開始質疑和挑戰傳統思想中關於中心、本質的基本思維，雅克・德里達的理論就是致力於對整體結構的打破。同時，後現代社會中大量的「泛文學」現象的湧現也挑戰了傳統對「文學性」的迷戀。美國後現代理論家大衛・辛普森認為文學已經泛化於多個社會領域，實現了廣泛的「文學的統治」，另一位解構主義者卡勒也發現文學性在非文學中的普遍存在，以致「文學可能失去了其作為特殊研究對象的中心性，但文學模式已經獲得勝利」〔註 5〕。這就是「文學性終結或者擴散」之說的明確來源。與 1980 年代的太多的誤讀不同，這一回中國社會的市場經濟的發展似乎帶來了中西文學命運的驚人的相似，於是辛普森和卡勒的這一見解引起了國內學術界的濃厚興趣。先有余虹等人的譯介，再有眾多學人的跟進立論，一時間，終結和擴散的問題便躍居文藝學界的中心，成為新世紀初年中國文藝理論領域最大的焦點。

當然，我們也看到，在當年的討論中，文藝理論界的學者和從事當代文學批評的學者都有參與——當代中國知識領域的生成發展在 1980 年代以後讓這

〔註 5〕〔美〕喬納森・卡勒：《理論的文學性成分》，余虹等主編《問題》第 1 輯，第 128 頁，中央編譯出版社 2003 年。

兩個領域的學者有了較多的知識分享，因而在涉及當代文學現象方面常常可以看到他們攜手前行的步伐──不過，因為關注焦點的差異，我們也發現，他們各自的側重和態度也並不相同。從事文藝理論研究的學人主要致力於方法論的檢討與更新，焦點是「文學」、「文學性」的基本觀念及其歷史過程；而從事當代文學批評的學人則最終將問題拉回到了對當前文學發展的評估之中：究竟我們應不應該繼續堅持對「文學性」的要求？或者說建立在「文學性」理想之上的當代文學批評還是不是有益的，也是有效的？這裡不乏來自當代文學批評界的憂慮之聲：

> 關於「文學性」之爭，實際反映了一個敏感而重大的問題：在政治與市場的雙重壓迫之下，還需不需要堅持文學創作的文學性？真正的文學性體現在哪裏？人類生活中既然有情感活動，有幻想，有堪稱越軌的心理衝動，那麼文學還要不要想像力？它應該只是「日常生活」原封不動的照搬嗎？除此之外是否還應該有生活的奧義、情感的傾訴、美感而神秘的藝術結構和展現的形式？〔註6〕

> 讀圖時代的到來，讓一些人開始討論「文學的終結」。百年中國文學還是很年輕的，但它怎麼就老了，到了終結的時候？當影視及新媒體出現，和傳統文學連在一起的時候，網絡文學又宣布「傳統文學的死亡」。但是新世紀的文學確實是多元格局，不只是70後、80後，更年輕的更多五花八門的東西出現了⋯⋯「新世紀文學」確實有著多樣的內容。我關注的依然是傳統文學、經典文學的脈絡，當然它不可能終結。〔註7〕

二

從新世紀之初以降，關於當代中國文學研究中的「文學性」理想問題，其實一直都在延續，不過，越往後走，人們面對的就不僅僅是大衛‧辛普森和卡勒的原初結論了，而是文化研究、歷史研究之於文學審美研究的巨大衝擊。從思想脈絡來說，文化研究、歷史研究本來與文學研究有著明顯的差異，前者屬於社會科學，而後者屬於廣義的藝術，前者更依據於科學的理性，而後更依

〔註6〕程光煒：《拒斥文學性的年代》，《山花》2001 年第 4 期。
〔註7〕陳曉明、李強：《「無法終結的」當代文學——陳曉明先生訪談錄》，《新文學評論》2018 年第 4 期。

賴藝術的感性。但是，就是在「文學性擴散」之後，科學的研究之中也滲透了文學的感性，反過來，則是文化研究、歷史研究的方法開始向文學滲透。兩者的學術界限變得模糊不清了。

對於「文化問題」的關注始於 1980 年代，但那個時候提出「文化」還是為了沖淡社會政治批評的一家獨大，「第一，不能將『政治學』庸俗化，變成庸俗社會學；第二，不能侷限於政治學的角度。一個作品的思想內容，不僅指它的政治傾向性，還有哲學的、倫理學的、心理學……的多種內涵，因此，在理論上用『文化』這個概念來概括，路子就會寬得多。」〔註8〕所以，文學審美依然是新時期文學研究的中心。「文化研究」源於英國學者雷蒙·威廉姆斯（Raymond Williams）、霍加特（Richard Hoggart），它在 1990 年代以後進入中國，逐漸增強了自己的影響。這便開始了將文學研究拉出「文學文本」的強有力的進程。「當代文化研究討論的問題涉及的是整個的當代生活方式及其各種因素間的關係，遠遠超出了文本的範圍。」〔註9〕文化研究首先也是在文藝理論界得到了充分重視，甚至被當作審視文藝學自身問題的借鏡：「客觀地說，因意識到文藝學的自身缺陷而走向文化研究，或因文化研究而進一步看清了文藝學自身的缺陷，其思路具有很大程度的合理性。」〔註10〕緊接著，在 1990年代中後期，文化研究的思路也為中國現當代文學研究所借鑒，形成了兩個重要的方向：對文學背後的社會歷史的闡發成為一時的潮流，「文學周邊」的問題引來了更多的關注，壓縮了文學文本的闡釋；對歷史文獻空前重視，史料的搜集、發掘和整理成為「顯學」，文學研究的主體常常就是文獻史料的辨析和考訂。

在這個過程之中，文化研究、歷史研究的理性和嚴整似乎剛好彌補了文學感性的飄忽不定，帶來了學術研究的獨特的魅力，在為社會生活的不確定性普遍擔憂的時候，這樣的彌補慢慢建立起了某種學術的「效力」，展示了特殊的「可信度」。當然，問題也來了：這個時候，除了不斷借用歷史學的文獻，不斷引入社會學的方法，我們的文學批評家還有沒有自己獨特的學術素質呢？顯然，這是一種新的學術危機，而危機則來自於文學研究基本自信和價值獨立

〔註8〕陳平原語，見陳平原、錢理群、黃子平：《文化角度》，《讀書》1986 年第 1 期。

〔註9〕汪暉：《九十年代中國大陸的文化研究與文化批評》，《電影藝術》1995 年第 1期。

〔註10〕趙勇：《關於文化研究的歷史考察及其反思》，《中國社會科學》2005 年第 2期。

性的動搖。

現在，我們又一次提出了「文學性」的問題。與新世紀之初的那場討論大為不同的是，我們的討論已經不再是西方思潮輸入之後的興奮，不是對一種外來思想的擁抱和接納，而是基於我們自身學術現狀的反思和提問。簡單地說，我們必須回應來自文化研究和歷史研究的「覆蓋式」衝擊，必須在其他有價值的學術道路上尋找自我，為我們作為研究者的不可替代性「正名」。這就是當代文學學者張清華所承受的壓力：「問題是有前提的，相對的，歷史的。讓我們來說說看，問題緣於何處。從最現實的角度看，我以為是緣於這些年文學的社會學研究、文化研究、歷史研究的『熱』。這種熱度，已使得人們很少願意將文學文本當作文學看待，久而久之變得有些不習慣了，人們不再願意將文學當作文學，而是當作了『文化文本』，當作了『社會學現象』，當作了『歷史材料』，以此來維持文學研究的高水準的、高產量的局面，以至於很少有人從文學的諸要素去思考問題了。」「人們在談論文學或者文本的時候，要麼已經不顧及所談論文本的文學品質的低下，只要符合文化研究的需要，便可以拿來『再經典化』，眼下這樣的研究可謂比比皆是；要麼就是根本不願意討論其文學品質，將文化與歷史的考量，變成了文學研究的至高訴求，這也是我們如今所經常面對的一種情形。」〔註11〕

其實，對文化研究、歷史研究在中國現當代文學研究中的暢通無阻，學界早已經開始了質疑，我們也可以據此認為，「文學性」問題的再次提上議程並非始於 2023 年，它是中國現當代文學始終不斷追問不斷反思的重要結果。2004 年，還在上一次由文藝理論界開啟的「文學性終結與擴散」討論進行得如火如荼之際，就有現代文學學者提出了質疑：「到處只見某種讖緯式的政治暗示與政治想像的話語大流行，文學研究重新成為翻烙餅式的一個階段對另一個階段的簡單否定，其自身的根基與連續性蕩然無存。」〔註12〕這裡提出的「自身的根基」問題極為重要。

對於跨出文學文本剖析進入歷史、文化與思想領域的趨勢，也有學者一針見血地指出：「人家原來幹本行的可能並不認同外來的闖入者，在他們專業訓練標尺的檢驗下，文學出身的思想史寫作總是難於得到行家的喝彩。這已經是

〔註11〕張清華：《為何要重提「文學性研究」》，《當代文壇》2023 年第 1 期。
〔註12〕郜元寶：《「價值」的大小與「白心」的有無——也談現代文學研究新空間的開創》，《中國現代文學研究叢刊》2004 年第 1 期。

近年來學界的一種景觀。」〔註13〕在這裡，學者陳曉明的介入和反省特別值得我們注意。他原本是文藝理論專業出身，很早就廣泛閱讀了西方後現代論著，又是新世紀之初「文學性終結」討論的重要參與者。有意思的在於，他的學術領域卻在後來轉入了中國當代文學，從西方文藝理論的引進到中國文學現象的進入，會如何塑形我們自己的文學思想呢？我注意到，越到後來，對文學現象本身的看重越是成為了他的選擇：「文學史敘事，根本方法還是回到對文學作品文本的解釋，『歷史化』還是要還原到文學文本可理解的具體的美學層面。終歸我們要回到文本。」〔註14〕

在以上的案例中，我們似乎可以梳理出中國當代學術的一種可能：當我們的目光回到文學的現象本身，他者的理論流行不再是左右我們判斷的標尺，那麼「文學性」的問題就首先還是一個現象學的問題，是現當代中國文學發生發展的歷史現象要求我們提出匹配性的解釋和說明，而不是移用其他的理論範式當作我們思想操練的工具。

三

現象學的考察，就是通過「直接的認識」描述現象的研究方法，即通過回到原始的意識現象，描述和分析觀念（包括本質的觀念、範疇）的形成過程，獲得研究對象的實在性的明證，它反對的就是從現象之外的抽象的觀念出發來判定現象。中國文學的「文學性」有無、界限、範圍不能根據西方文學理論的觀念加以認定，它應該由中國文學發展的歷史現象來自我呈現。在回顧、總結「文學性」的討論之時，已經有文藝理論的學者提出了這樣的猜想：「可以肯定，解構主義所揭示的文學向非文學擴張的趨勢，並非文學恒常的、惟一的、不變的價值取向，毋寧說這只是一種權宜之計，而不是長久之計。這一取向的形成固然取決於文學自身性質的常數，同時也取決於文學外部意向的變數。解構主義提出的『文學性』問題乃是一個後現代神話，與特定的時代、環境、習俗和風尚對於文學的需要、看法和評價相連，這與另一種『文學性』在當年俄國形式主義手中的情況並無二致。因此解構主義所倡導的文學擴張並非普遍的常規、永恆的公理，指不定哪天外部對文學的需要、看法和評價變了，文學與非文學的關係又會呈現出另一種格局、另一種景象。」〔註15〕這種開放的文學

〔註13〕溫儒敏：《談談困擾現代文學研究的幾個問題》，《文學評論》2007年第2期。
〔註14〕陳曉明：《中國當代文學主潮》，第22頁，北京大學出版社2009年。
〔註15〕姚文放：《「文學性」問題與文學本質再認識——以兩種「文學性」為例》，《中

性認知其實就是對文學現象的一種尊重，它提醒我們有必要將結論預留給歷史發展的無限的可能，文學性定義的可能性將以文學歷史的豐富現象為基礎。

沿著這樣的現象學考察方式，我認為「文學性」的問題起碼可以有這樣幾個破解之道。

其一，文學寫作者的情志和趣味始終流動不居，他們與讀者的互動持續不斷，因此事實上就一定會有各種各樣的「文學」誕生。我這裡並不是指文學在風格上的多姿多彩，這樣的現象當然無需贅述，我說的就是完全可能存在一種針鋒相對的「文學性」——在某些時代完全不能接受的形態也可能在另外的時代堂皇登上文學的殿堂。例如我們又俗又白的初期白話新詩在國學大師黃侃教授眼中不過就是「驢鳴狗吠」，豈能載入史冊，然而歷史的事實卻最後顛覆了黃侃教授的文學觀，淺白的新詩開闢了一個全新的時代，被以後一百年的中國讀者奉為經典。那麼，中國新詩是不是從此步上了一條淺白之路呢？也並非如此，胡適等人的嘗試很快就遭到象徵派詩人的痛斥，新一代的詩人決心視胡適為「中國新詩最大的罪人」，另走他途，完成中國新詩的藝術化建構，從新月派、象徵派到現代派，中西詩歌合璧，新詩的審美改弦更張，一直到二十世紀末，這條看似理所當然的藝術構建之路又一次遭遇挑戰，新的俗與白捲土重來，口語詩已經成為時代不可抗拒的存在，公然與高雅深邃的知識分子寫作分庭抗禮，其詩歌美學與藝術標準也日益成熟，在很大範圍內傳播、壯大，衝擊著我們業已習慣的文學定理。這就是文學的流動性。其實，所謂的「文學性」本身就一直在流動之中，等待我們——作者與讀者不斷賦予它嶄新的內容。

其二，既然歷史上「文學」現象層出不窮，千變萬化，作為文學的研究者，我們已經不可能再將「文學」限定於某一規範形態的樣板了。正如古代中國長期秉持「雜文學」的觀念，而與近代西方的「純文學」觀念判然有別，近代中國引入西方的「純文學」理想，實現了文學理念的自我更新，然而，歷史發展的需要卻又讓超出「純粹」的文學持續生長，例如魯迅雜文。晚清民初的魯迅，曾經是純文學理想積極的倡導者，力陳「由純文學上言之，則以一切美術之本質，皆在使觀聽之人，為之興感怡悅。文章為美術之一，質當亦然，與個人暨邦國之存，無所繫屬，實利離盡，究理弗存。」〔註16〕然而，人生體驗與現實

國社會科學》2006 年第 5 期。

〔註16〕魯迅：《墳・摩羅詩力說》，《魯迅全集》第 1 卷，第 71 頁，人民文學出版社
1981 年。

思想的發展卻讓魯迅越來越走到了「純文學」之外，在雜言雜感的形式中自由表達，道出的是自我否定的選擇：「我以為如果藝術之宮裏有這麼麻煩的禁令，倒不如不進去；還是站在沙漠上，看看飛沙走石，樂則大笑，悲則大叫，憤則大罵，即使被沙礫打得遍身粗糙，頭破血流，而時時撫摩自己的凝血，覺得若有花紋，也未必不及跟著中國的文士們去陪莎士比亞吃黃油麵包之有趣。」〔註17〕他越來越強調自己的雜文和那些所謂「藝術」、「文藝」、「文學」、「創作」等等毫不相干。面對這樣變化多端的文學現象，任何執於一端的文學定義都是狹隘無比的，我們只能如 1918 年的文學史家謝无量一樣，順勢而為，及時調整自己的「文學」概念，在「大文學」的視野上保持理論的容量。

其三，我們對「文學性」變量的如此強調並不是一種巧滑的託辭，而是可以具體定性和描述的存在。對於中國新文學而言，百年前的「新青年」羅家倫所作的界定依然具有寬泛的有效性。在他看來，文學就是「人生的表現和批評，從最好的思想裏寫下來的，有想像，有感情，有體裁，有合於藝術的組織」〔註18〕。這樣一種寬泛的描述其實就包含了一種開放的、流動的文學屬性，晚清魯迅理想中的純文學——「摩羅詩」具有文學性，民國魯迅固執己見的雜文學也具有文學性，因為它們都是「人生的表現和批評」；同樣，無論是典雅的知識分子寫作還是粗獷的民間口語寫作，都可以假借想像、情感和體裁建構「藝術的組織」。

其四，既然「文學性」可以在歷史的流動中賦予具體的內容和形式，那麼有力量的文學研究也就完全有信心取法別的學科，包括文化研究與歷史研究。何以能夠做到取法他者而又不被他人吞沒呢？我想，這裡的關鍵就在於我們不是因為取法文化研究而讓文學成了文化現象的注腳，也不是因為借鑒歷史研究而讓文學淪為了歷史運動的材料，我們必須借助豐富的文化考察接通文學精神再塑形的內涵，就是說在文學研究的方向上，社會文化的內涵並不是現實問題的說明而是文學精神的一種組成方式，不同的社會文化內涵其實形成了文學精神的深刻差異，挖掘這樣的精神才能真正抵達文學的深處，正如不能洞察佛家文化之於魯迅的存在就無從體味他蘊藏在尖刻銳利之中的悲天憫人，不能剖析現代金融文化之於茅盾的存在也無從感受他潛伏於心的對於現

〔註17〕魯迅：《華蓋集‧題記》，《魯迅全集》第 3 卷，第 4 頁，人民文學出版社 1981 年。

〔註18〕羅家倫：《什麼是文學——文學的界說》，1919 年 2 月《新潮》第 1 卷第 2 號。

代都市文明的由衷的激情。在另外一方面，所謂的「文學性」也的確不僅僅是詞語自身的組合與運動，甚至也不純然是個人話語方式的權力顯現，它也是綜合性的社會文化的結果，對於現代中國文學而言，尤其包括了國家—民族力量全面的作用。在這個意義上，也是在文化研究和歷史文獻的輔助下，我們才可以更加準確地把握和認定種種國家—民族之於文學話語的塑造功能，例如爭取國家獨立、民族解放的自由話語，受制於威權統治的話語定型和個人表達的騰挪、閃避、隱晦修辭等等，總之，文化研究與歷史研究可望繼續為文學語言的定性提供思路和啟示，在這裡，至關緊要的不是文學研究與文化研究、歷史研究爭奪空間，而是它們的聯手與結合，當然，這是在努力辨析文學的藝術個性方向上的對話與合作，最終抵達的是藝術表達的深度。

目

次

前言　關於「國民性」的新思考

一

研究中國的國民性，有什麼意義？

當「中國特色」已經成為使用頻率最高的一個詞時，「什麼是中國特色」的問題自然就提了出來。

什麼是中國特色？地大物博、幅員遼闊、歷史悠久……不錯，然而同樣的這些詞，也可以用於印度、埃及這些古老的大國。

也常聽說，中國自古以來就是「禮儀之邦」，人民崇文重教，彬彬有禮。不錯。可許多民族也是如此，像日本、韓國、歐洲、美國、加拿大……何況中華民族還有尚武的傳統，充滿「二十四史」的，是此起彼伏的軍閥混戰、宮廷政變、農民暴動，造成的社會動盪、民生凋敝，常常到了「血流漂杵」、「十室九空」、「白骨露於野，千里無雞鳴」的可怕程度。在「崇文」與「尚武」的矛盾中，在「酷愛和平」與「唯恐天下不亂」的歷史變奏中，顯然昭示了中國國民性相當複雜。梁啟超就曾經指出：「凡內亂頻仍之國，必無優秀純潔之民。當內亂時，其民必生六種惡性：一曰僥倖性。才智之徒，不務利群，而惟思用險鷙之心術，攫機會以自快一時也。二曰殘忍性。……三曰傾軋性。……四曰狡偽性。……五曰涼薄性。……六曰苟且性。……」〔註1〕此言不虛。只是，在亂雲飛渡、刀光劍影中，不是也產生了無數慷慨悲歌的英雄好漢和開拓新的家園的人們（如衣冠南渡的人們、那些客家人）？《三國演義》、《水滸傳》、

〔註1〕梁啟超：《新民說》，引自沙蓮香主編：《中國民族性》（一），中國人民大學出版社1989年版，第65頁。

—1—

《林海雪原》、《烈火金剛》、《亮劍》不都是亂世中產生的英雄史詩？

讀過魯迅《阿Ｑ正傳》的人們，很自然會想到，渾渾噩噩、自欺欺人的「阿Ｑ精神」的確是中國國民性的病態表症。可是魯迅也在響應「中國人失掉自信力了嗎」的問題時指出：「我們從古以來，就有埋頭苦幹的人，有拼命硬幹的人，有為民請命的人，有捨身求法的人，……雖是等於為帝王將相作家譜的所謂『正史』，也往往掩不住他們的光耀，這就是中國的脊樑。」〔註2〕中國輝煌燦爛的古代文化，從《易經》到《道德經》，從儒學到禪宗，從《楚辭》到唐詩宋詞，從各種美食到各地戲曲，還有各種娛樂……都彰顯了中國人生活方式、思維方式的豐富多彩、奇妙瑰麗。

胡適曾經針對梁漱溟關於中國人「安分知足，寡欲攝生」的肯定質問：「看看古往今來當多妻制度、娼妓制度，整千整萬的提倡醉酒的詩，整千整萬恭維婊子的詩，《金瓶梅》與《品花寶鑒》，壯陽酒與春宮秘戲圖……正是一種『要求物質享樂』的表示」，〔註3〕可謂一針見血。的確，中國人既有「安分知足，寡欲攝生」、「吃得苦中苦」的一面，也有及時行樂、狂歡享樂、窮奢極欲的一面。甚至常常是因為飽嘗了飢寒交迫當苦頭才一有機會就縱慾狂歡，也常常是因為窮奢極欲、敗光了錢財以後才不得不咬緊了牙關，過苦日子的。正所謂：「能屈能伸」、「好便是了，了便是好」。胡適主張「全盤西化」，可他的家庭、他的喜歡打麻將、他的研究《紅樓夢》、《水經注》，都足以表明：他不可能、也無意「全盤西化」。

林語堂則在《吾國與吾民》中如此中華民族的「民族性」：「（1）穩健，（2）單純，（3）酷愛自然，（4）忍耐，（5）消極避世，（6）超脫老猾，（7）多產，（8）勤勞，（9）節儉，（10）熱愛家庭生活，（11）和平主義，（12）知足常樂，（13）幽默滑稽，（14）因循守舊，（15）耽於聲色……以上這些特點，某些與其說是美德不如說是惡習，另一些則是中性的。這些特點既是中華民族當優點，也是它的缺陷，所有這些質量又可歸納為一個詞『老成溫厚』。」〔註4〕這樣的描述，體現了林語堂的平和立場，以及他對於中國民族性複雜品格的洞

〔註2〕魯迅：《且介亭雜文‧中國人失掉自信力了嗎》，《魯迅全集》（第六卷），人民文學出版社1981年版，第118頁。

〔註3〕胡適：《讀梁漱溟先生的〈東西文化及其哲學〉》，何卓恩編：《胡適文集‧文明卷》，長春出版社2013年版，第19頁。

〔註4〕林語堂：《吾國吾民》，張振玉等譯，《林語堂文集（第八卷）‧吾國吾民，八十自敘》，作家出版社1995年版，第48頁。

察。其中有些評語顯然是可以合併的，如「消極避世」與「超脫老猾」，還有「單純」與「知足常樂」；另一方面，有些也呈現出矛盾性，如「熱愛家庭生活」、「節儉」與「耽於聲色」，而這一矛盾性在現實生活中其實體現出中國人生活的複雜與多面、多變，就像同一個人可以既「崇文」與「尚武」，時而「酷愛和平」時而「唯恐天下不亂」一樣。

由這些先哲在描述、評價國民性方面體現出的矛盾性，不難看出概括中國國民性的不易。中國文化的豐富多彩、中國社會的變化多端，都使得概括、描述中國的國民性特別不容易。有的人鑒於中國社會多災多難而以非常激烈的姿態否定中國文化，也有的人因為熱愛中國文化的燦爛而一往情深地讚美中國文化，都難免失之偏頗。而如何在社會的複雜多變、生活的五味俱全以及中國人性格的矛盾中去發現、描述中國國民性、「中國特色」的特別品格？

這是我在讀書中常常思考的問題之一。多年來，在研究當代文學與地域文化、當代文學與代際文化、當代文學與神秘文化的過程中，其實都圍繞著這個中心議題：如何從當代文學中發現中國國民性的特別品格？

二

二十世紀的中國社會，多戰亂，多動盪，一如春秋戰國、東漢末年、南北朝、唐末、宋末、元末、明末。無論是軍閥混戰、還是國共內戰、抗日戰爭，抑或是抗美援朝、抗美援越、以及中印邊界之戰、中越之戰，都金戈鐵馬、烽火連天、殺聲震天。在這樣的歷史背景下，「尚武」之風大興。毛澤東時代「全民皆兵」的風氣是中華民族徹底改變「積貧積弱」歷史的重要標誌。因此，戰爭文學與軍旅文學成為二十世紀中國文學的一大看點──從毛澤東詩詞中那些硝煙彌漫的作品（如《西江月·井岡山》、《漁家傲·反第一次大「圍剿」》、《漁家傲·反第二次大「圍剿」》、《菩薩蠻·大柏地》等等）到那些抗戰詩歌──田間的《給戰鬥者》、賀綠汀的《游擊隊歌》、光未然的《保衛黃河》、穆旦的《森林之魅──祭胡康河上的白骨》，一直到郭小川的《將軍三部曲》、聞捷的《復仇的火焰》，從眾多的戰爭題材小說（如《呂梁英雄傳》、《烈火金剛》、《紅日》、《高山下的花環》、《皖南事變》、《大捷》、《亮劍》、《血色浪漫》、《沙撈越戰事》）、歷史小說（如《李自成》、《金甌缺》、《曾國藩》、《太平天國》）到歷史紀實（如《雪白血紅》、《大國之魂》、《中國知青終結》），從深受大眾喜愛的武俠小說（從「金庸熱」到「梁羽生熱」、「古龍熱」）、武俠影視（如李小

龍的《精武門》、徐克的《黃飛鴻》、李連傑的《少林寺》、李安的《臥虎藏龍》、張藝謀的《英雄》、《十面埋伏》、甄子丹的《葉問》以及電視連續劇《霍元甲》）到別具一格的土匪故事（從《長夜》到《紅高粱》、《匪事》）……戰火硝煙、慷慨悲歌，都凸顯出一個民族的激情與浪漫、殘酷與野蠻。中國人崇拜生命，熱愛和平，注重生活，但一旦遭遇戰火，他們卻能舍生忘死、譜寫出可歌可泣的英雄樂章。在這樣的思潮中，「溫柔敦厚」、「中正平和」的傳統韻味煙消雲散，「怒髮衝冠」、「慷慨悲壯」的浪漫氣息撲面而來。不妨稱之為「中國的浪漫色彩」——在刀光劍影中揮灑豪氣與悲情。而在這浪漫精神中，不畏強暴、率性而為、除暴安良、笑傲江湖的民風灼然可感。

時而是英雄氣，時而是匪氣，儘管從道德層面上看，二者迥然不同，但從人生的活法上看，那種無拘無束、敢作敢為、率性而活的氣勢，卻有悠然相近之處。這，便是深深植根於我們民族心靈深處的野性與蠻勁吧！

當代文學中的野性研究，就這樣成為我研究文學與國民性問題的又一個聚焦點。

三

說到「野性」，很容易使人聯想到「野蠻」、「粗野」、「狂野」這些詞，而這些詞所指向的價值觀，顯然是與「文明」、「和平」、「和諧」格格不入的。然而，「野性」是不是也是推動歷史前進的重要力量？例如那些彪炳史冊的統一戰爭——從秦始皇統一中國的戰爭到拿破崙橫掃歐洲封建勢力的戰爭、俾斯麥統一德國的戰爭，以及維護了美國統一的南北戰爭，都是野性與暴力推進歷史的證明。另一方面，革命也常常體現為以暴力去摧毀黑暗的社會體制。那些揭竿而起的農民暴動、工人罷工，都是被壓迫、被剝削的人們向不公平的社會抗議的壯舉。雖然那些革命常常與血流成河、社會動盪聯繫在一起，但畢竟打擊了暴政、迫使後來的統治者採取一些「讓步政策」，其歷史意義也不應低估。由此可見，「野性」是民眾意志的體現。

另一方面，在文化建設中，「野性」不是也常常起到了衝破僵化思維、救治文化疲態的作用嗎？春秋亂世，卻也是思想解放的盛世。道家思想，何其野哉！敢於批判亂世，發出「當今之世，僅免刑焉」的怒吼，敢於提出「無為而治」的主張，是具有相當的勇氣的。法家思想，也充滿野性。敢於提出「政之所興在順民心，政之所廢在逆民心。」（《管子‧牧民》）「以天下之目視，以天

下之耳聞，以天下之心慮」（《管子‧九守》）的民本思想，就明顯不同於韓非子的君權專制思想。在文學史的長河中，詩歌、小說、戲劇的發展與變革常常得力於民間樸野文化的啟迪和滋養，已是常識。法國思想家盧梭的吶喊激起了浪漫主義運動的強大聲浪，現代主義運動中非理性思潮的此起彼伏也於冥冥中烘托出文化人突破理性的牢籠，從強力意志中發現信仰危機的替代（如尼采），或從潛意識中探討人性壓抑的悲劇（如佛洛伊德），或從盲目的、非理性的、永動不息而又不知疲憊的生命衝動中尋找創造的希望（如博格森），或從自我選擇確認個人的存在意義（如薩特）……這些主張形形色色，卻都具有反體制、反僵化、反傳統的特色。這些西方哲人對現代中國啟蒙思想的產生與發展、對於現代中國人格的形成意義之大，已眾所周知。而五四運動起於一場怒火燃燒的學潮，也正好成為現代思想革命具有野性力量的最佳象徵。即便是到了「文革」那樣思想一統又空前沉悶的歲月，無處不在的政治高壓也禁止不了自由思想的蓬勃發展。從張志新的異端思想到「白洋淀詩歌」那樣的「地下文學」，都顯示了思想的不可禁錮、文學的不甘屈服、野性的不可馴服。

　　至於日常生活中，野性的魅力也常常不可阻擋：像李白那樣「斗酒詩百篇」，「但願長醉不願醒……五花馬，千金裘，呼兒將出換美酒」；像蘇東坡那樣「夜飲東坡醒復醉」；像郁達夫那樣，「大醉三千日，微醺又十年」；《水滸傳》中的梁山好漢大碗喝酒、大塊吃肉的豪爽歷來為人神往；《紅樓夢》中那些少男少女不讀書、不應試、成天吃喝嬉戲的多彩生活也一直令青少年豔羨；《在路上》中的美國青年在自駕穿越美國大陸的旅程中放浪形骸、狂喝濫飲的生活已經為無數青年傚仿；《麥田裏的守望者》裏的中學生厭學、頹廢、到處游蕩、試圖逃避現實的情緒也引起過無數學子的強烈共鳴。還有海明威，渴望冒險，喜歡狩獵、捕魚、看鬥牛、投身戰火；再看康拉德，在長期的航海生活中洞察世情、人性；乃有張承志，喜歡「自由的長旅」，漫遊各地；亦有馬麗華、馬原，在西藏叩問神秘；當然，敢於反抗強權、堅持士大夫或知識分子的立場更應該是野性的重要標識：如歷史上那些不畏強暴、為捍衛正義付出巨大犧牲的士大夫（從「黨錮之禍」到「東林黨人」）；又如佐拉為德雷福斯冤案發出《我控訴》的吶喊，為此被迫流亡；還有陀思妥耶夫斯基因為參與反對沙皇的活動被流放西伯利亞……都彰顯了文人的野性與骨氣。在黑暗的世道中，反抗的野性是照亮天地的閃電；在平凡的日常生活中，不同凡響的浪漫舉動是啟動世人想像力的生機；在上下求索的思考與寫作中，野性則是創新的動力。野性，那

混合著浪漫與叛逆、活躍與越軌、吶喊與放歌、蠻勇與強力、懷疑與追問的生命衝動，是反抗僵化與刻板、平庸與麻木、沉默與呆滯、懦弱與局促、盲從與迷惘的希望所在，是從古到今一直燃燒在人類文明史上的火焰。雖然，野性也常常與戰爭、殺戮、動亂、欺凌、犯罪等等人類之惡相伴相隨，就如同尼采的思想也會成為法西斯的理論武器、魯迅的驚世之論也會為民族虛無主義利用，毛澤東在「文革」之初給江青的那封信中坦言「事情總是要走向反面的」，「右派可能利用我的話得勢於一時，左派則一定會利用我的另一些話組織起來，將右派打倒」，也都道出了思想、主張的複雜與微妙。儘管如此，努力從野性中發掘反抗僵化、反對獨尊的積極資源，仍然十分必要；努力揭示思想家、文學家對野性的豐富內涵與複雜情態的洞察，對於深入探討思想與文學的深不可測，無疑具有積極意義。

四

　　回望二十世紀的風風雨雨，哪一場革命不是推翻舊世界的火山噴發？從辛亥革命的槍聲到五四運動的怒吼，從北伐戰爭的摧枯拉朽到南昌起義、秋收暴動、黃麻起義的此起彼伏，從紅軍艱苦卓絕的長征到國民黨軍浴血奮戰的抗日遠征，從舉世震撼的西安事變到可歌可泣的一二九學潮……在劇烈的社會變化中，不是沒有理性的設計、中庸的聲音、改良的嘗試（如梁啟超的君主立憲思想、張君勱的憲政主張、胡適的「好政府主義」、羅隆基的人權理念），但這些設計最終不敵革命的吶喊、暴動的槍聲、熱血的沸騰。由此可見中國人對於革命、暴動的嚮往與偏愛。聯想到中國歷史上農民起義的此起彼伏、各種戰爭不斷爆發（從「春秋無義戰」到漢朝與匈奴、宋朝與遼、金、明朝與滿清的民族戰爭），是可以看出中國的野性如何在連綿不斷的內憂外患中得到砥礪而根深蒂固、堅不可摧的。雖然，儒家早就呼籲「克己復禮為仁」，道家也倡導「無為而治」、「治大國若烹小鮮」，佛家更是主張「看破紅塵」，都意在化解欲望、調和矛盾、追求和平，但這些盡人皆知的思想何曾消弭過仇恨、阻止過衝突、化干戈為玉帛？從這個角度看，毛澤東關於「與天奮鬥，其樂無窮；與地奮鬥，其樂無窮；與人奮鬥，其樂無窮」的豪言壯語和「共產黨的哲學就是鬥爭哲學」的說法是富有中國傳統文化的深厚底蘊的，雖然，這樣的世界觀不可避免地導致過劇烈的動盪、無辜者的犧牲。

　　即使我們將目光從戰爭與革命的血泊上移開，去看看中國文人和百姓的

日常生活，也很容易看到野性在人們的日常生活中的無處不在：像屈原那樣因為政治失意而寫下直抒胸臆的《離騷》，像阮籍那樣狂放不羈、「率意獨駕，不由徑路，車跡所窮，輒慟哭而反」，或如李白，「抽刀斷水水更流，舉杯澆愁愁更愁」，或如蘇東坡，「老夫聊發少年狂……西北望，射天狼」，或如蘭陵笑笑生，寫下驚世駭俗的《金瓶梅》，也影響深遠，或如馮夢龍、李漁，科場失意就歸隱民間，無視禮教，書寫「天地間自然之文」，名垂青史……而普通百姓呢，無論是飲酒猜拳還是打牌作樂，也不管是沉溺於各種遊戲──鬥雞、鬥蟋蟀、養魚、養鳥、養狗、養貓、養花、下棋、收藏、打獵、練功、跳「廣場舞」……都能廢寢忘食、癡迷狂熱，令人歎為觀止。其中洋溢的那股子永不知疲倦的熱情，那種為了興趣不顧一切的熱情，也是野性的體現。另一方面，日常生活中為了瑣事「衝冠一怒」、動輒破口大罵、揮拳相向、以命相拼的悲劇也經常發生，從鄰里糾紛到家庭暴力的層出不窮，從交通事故到路人扯皮的釀成大禍，都昭示了野性的另一面：明知「忍為高、和為貴」、「忍得一時之氣，免得百日之憂」、「退一步海闊天空」，可一瞬間的衝動怒不可遏，使小矛盾迅速升級為不可收拾的悲劇。不能忍、「咽不下這口氣」的衝動中，燃燒著怎樣敏感的自尊與自大之火？清明的理性、悠久的禮教，常常不敵敏感的衝動、非理性的怒氣。

還有那些因為種種原因逸出常軌的人們──從浪跡江湖的俠客到遁跡山林的隱士，從打家劫舍的土匪到隱姓埋名的罪犯，連同那些在革命低潮中投身空門的革命者，常常也是因為一念衝動而走上了脫離社會之路的吧！《水滸傳》，還有姚雪垠的《長夜》、金庸的《笑傲江湖》都是這方面的文學記錄。特立獨行、率性而活、無拘無束、無法無天的性格，不僅體現在張飛、武松、李逵、魯智深、令狐沖這些性格鮮明、家喻戶曉的人物身上，也一直活躍在現代文學中──從郭沫若、郁達夫、馮雪峰、蕭軍、白樺、葉文福、張承志這樣的作家到《紅日》中的石東根、《亮劍》中的李雲龍這樣的軍人形象，再到《紅高粱》中的余占鰲、《心靈史》中的義民、《白鹿原》中的黑娃這樣的農民形象，還有那些在「文革」中衝鋒陷陣、時而造反、時而偷渡國境、投入世界革命戰場、時而鬧著回城的「紅衛兵」（如張承志長篇小說《金牧場》、老鬼的非虛構長篇《血與鐵》、鄧賢的長篇紀實《中國知青夢》、《中國知青終結》中的熱血青年），都不斷彰顯著野性的根深蒂固、薪盡火傳。這樣的人在現實中顯然不多，卻足以成為野性難以馴服、野性魅力十足的證明。

　　值得注意的是，即使現代化已經使得循規蹈矩、遵循規則深深影響了現代人的行為模式，可突如其來的風暴還是常常衝破了生活的沉悶，啟動出野性的燎原烈火──像美國 1960 年代的黑人民權運動、1968 年法國的「五月風暴」、席捲日本、墨西哥的學潮、1980 年代英國礦工大罷工、1990 年柏林牆的倒塌、2011 年美國的「佔領華爾街」運動、2018 年的法國「黃馬甲」運動……二十世紀的世界史因此波瀾壯闊、無限風光。一方面，人們熱愛和平、需要安寧的生活，需要種種可以保障生活的規章制度；另一方面，和平伴生的平庸，規則導致的僵化，政客的無事生非也常常令人生倦，進而催生出改變的渴望、更新的企盼。尤其是一代又一代的青年，他們急切地期待嶄露頭角、早日登上歷史舞臺，發出自己的聲音，亮出自己的旗幟，因此格外傾心於革命。二十世紀是青年人不斷掀起革命浪潮的百年。是他們不斷將革命的烈火點燃、一次次改變了世界的政治格局、文化面貌。野性與體制、惰性的鬥爭是二十世紀文化思潮的主旋律。百年激蕩的風雲充分證明：野性是推動世界變化的強大動力。

　　一方面，是現代化進程不斷強化了體制的約束，就如同韋伯指出的那樣：理性主義導致了整個社會官僚化、等級化、程式化、法律化與效率化，「邁向新的奴役的鐵籠無處不在」，成為了現代人的宿命。另一方面，這樣的「鐵籠」必然迫使人們更強烈地產生叛逆的衝動、浪漫的渴望──民主浪潮的此起彼伏常常突如其來、聲勢浩大，使龐大的體制手忙腳亂、疲於應對。現代民主制度畢竟為民眾釋放不滿情緒、表達民意訴求留下了必不可少的空間。現代化進程因此才顯得波瀾壯闊。

　　只是，不能不注意到，野性的釋放常常如燎原之火，給社會帶來的動盪常常導致了有目共睹的大動亂、大破壞。如何預防？如何在危機尚未突變為大災難之前通過民主協商盡可能預防、化解之？現代社會其實是有成功的範例的，如 1980 年代波蘭團結工會的非暴力社會運動，1990 年代南非在經歷了多年的種族歧視、流血衝突後達成的民族和解，等等。可是顯然，即使大多數人都希望以和平方式推動社會矛盾的協調解決，人類歷史上的流血鬥爭還是遠遠多於和平運動。少數別有用心的政客如何能在特別時期興風作浪、導致社會一次次沉淪於浩劫之中，付出慘重的代價，是人類一直到今天仍然沒有解決的難題。

　　這裡，有必要重溫梁漱溟在《東西文化及其哲學》中倡導的儒家思想：「孔子之所謂『剛』。剛之一意也可以統括了孔子全部哲學……孔子說的『剛

毅木訥近仁』全露出一個人意志高強，情感充實的樣子」。〔註5〕這樣的倡導不同於一般關於儒家思想「溫柔敦厚」的流行說法，卻道出了傳統士大夫的獨立精神。古往今來，多少士大夫因為堅持正義、剛直不阿、不怕犧牲的立場而飽經苦難——從屈原、韓愈、范仲淹一直到近代以來無數志士仁人，都彰顯著「歲寒，然後知松柏之後凋」、「匹夫不可奪志」的剛強精神，使其成為士大夫最可貴的傳統，影響至今不衰。「剛毅」顯然是不同於「野性」的。剛毅是一種浩然正氣，與高潔的氣質、正直的理性融合為一。顯然，這樣的氣質只屬於少數人——德行高潔的士大夫（而非一心向上爬的讀書人），仗義執言的政治家（而非結黨營私的政客），還有普通人中熱心快腸、主持正義的人們。也因此，他們剛毅的主張常常不敵多數人的「野性」，而被埋沒於喧嘩與騷動之中。人類社會多悲劇，與此有關。甚至，有時候，雄才大略的政治家倡導剛毅的正氣，也在追隨者中激起了熱烈的迴響，可一旦形成為聲勢浩大的政治運動，也可能催生種種私欲、算計、殘酷的鬥爭。而這，也就是「剛毅」雖然高潔，卻引出太多悲劇，以至於在現實的政治鬥爭和社會生活中，人們不能不為了長久的考慮而學會、養成「剛柔兼濟」的生存策略吧。

　　「改造國民性」的話題就這樣與深重的苦難記憶和現實困惑糾纏不清。

〔註5〕曹錦清編選：《梁漱溟文選》，上海遠東出版社1994年版，第127頁。

第一章 活著，又不僅僅是活著

第一節 活著的不同意味

活著，是一部當代小說經典的題目。余華在《活著》中將普通農民在政治折騰年代裏活著的辛酸、不易、麻木、堅忍寫出了耐人尋味的境界：如果生活中沒有幸運，如果厄運接踵而至，普通人除了頑強地活，麻木地活，還能怎樣？小說發表於 1992 年，正是商品經濟大潮再度高漲、世俗化紅塵滾滾、鋪天蓋地的時刻。那股大潮成就了許多商界鉅子、成功人士，卻也將無數弱者拋入了社會的底層。也許余華寫《活著》的初衷是表達自己對「國民性」的理解——普通百姓的「國民性」看似麻木、逆來順受，然而，麻木中也許有堅韌不拔，逆來順受中也隱隱蘊藏了頑強的生命力。這裡，不再有魯迅式「哀其不幸，怒其不爭」的憂憤深廣，而體現出在革命年代的疾風暴雨已成往事、種種苦難卻並未因為革命而煙消雲散的現實社會，如何理解那些在突如其來的災難中逆來順受的人生態度？其中有的是理解、感慨，還有顯而易見的悲憫。這部小說因此感動了從評論家到中學生的廣大讀者，已經成為當代書市的長銷書。

《活著》發表五年之後，劉恒於 1997 年發表了中篇小說《貧嘴張大民的幸福生活》。小說成功塑造了北京普通百姓樸實、本分、善良的性格，逼窄的生存空間、遭遇的家庭不幸，沒有使他沉淪，而是使他明白：「沒意思，也得活著。」「有我在，有我頂天立地的張大民在，生活怎麼能不幸福呢！」他的貧嘴，充滿北京人苦中取樂、知足常樂的幽默感。而這也是張大民與《活著》中的福貴的重要不同所在：都遭遇了不幸，都頑強地活著，一個麻木也堅忍，

一個卻在苦中作樂。劉恒說過：「張大民的幸福，我稱之為不幸中的幸福。在生活中不幸是絕對的，幸福是相對的。任何人的任何角度都能看到不同的幸福與不幸，而……每個人都可以根據自己的生活經歷得出自己的結論。」〔註1〕這樣的理解富有哲理也令人感慨。這部小說延續了《活著》的思考，卻寫出了幽默的意味。

到了 2007 年，賈平凹在長篇小說《高興》中講述了撿垃圾為生的農民劉高興一直在艱難的生存環境中保持著好心態的故事。劉高興也善於苦中作樂，善於「精神滿足」，但他與福貴和張大民的不同在於，「劉高興是一個與眾不同的農民。他加減乘除從不算錯；曾經餓著肚子跑 30 里路去縣城看一場戲；愛洗澡，衣服總是乾乾淨淨的；愛逛公園還會吹簫；生就的嘴角上翹，樂觀、幽默愛開玩笑；他和城裏人一樣，把雞爪叫鳳爪，愛穿皮鞋，說西安話。他想出人頭地成為西安人，有戶口買樓房，討個穿高跟尖頭皮鞋的城裏女人。」〔註2〕他甚至異想天開，夢想著「弄出個大名堂」，到時候連自己住過的地方也可以成為「革命聖地」（可結果還是夢想幻滅）。他生活在底層，有俠肝義膽，因為見義勇為成為新聞人物。他時時記得「咱們不能讓人小看」，可也有「不清白」的時候，為了多賺錢而想去「鬼市」與那些偷竊者做交易，也違規收過醫療廢品。他的處世之道是：「該高尚時高尚，該齷齪時我也齷齪得很哩！」由此可見，雖然作家寫《高興》有為農民工呼籲、希望引起全社會關注的出發點，〔註3〕但他其實也寫出了一個新時代的「邊緣人」形象：身份卑微也心志高遠，有俠肝義膽卻不時會做錯事，到頭來終於沒有成為城裏人也回不去故鄉。賈平凹筆下的劉高興，因此既有阿Q式的「精神勝利法」，又不那麼猥瑣、窩囊；既有福貴的堅忍，又比他們多了一些樂天情懷和見義勇為的俠氣。因此，可以說賈平凹在重新認識「阿Q精神」這方面，有了新的發現。尤其是在那些一再刻畫劉高興見義勇為的情節中，同情和理解的情感已經明顯昇華為謳歌了。而劉高興的原型人物也因為這部小說改變了命運，一度走紅，並且出書《我和平凹》。〔註4〕這樣的成功「逆襲」在當今這個媒體發達的年代屢見不鮮。

〔註1〕《敢問張大民幸福在哪裏》，《北京青年報》2000 年 3 月 1 日。
〔註2〕張英、張怡微：《「我們為破爛兒而來」》，《南方周末》2007 年 12 月 18 日。
〔註3〕張英：《從「廢鄉」到「廢人」——專訪賈平凹》，《南方周末》2007 年 10 月 25 日。
〔註4〕夏明勤：《賈平凹小說〈高興〉人物原型劉高興出書啦！》，《三秦都市報》2015 年 10 月 19 日。

　　這樣，《活著》、《貧嘴張大民的幸福生活》和《高興》就將如何認識普通人、怎樣重新認識「阿Q精神」的主題擺在了讀者面前。常說1990年代以來文學的主潮是世俗化。然而，世俗化其實有不同的境界——池莉的《生活秀》、王安憶的《長恨歌》、張欣的《愛又如何》等等作品為普通人在世俗化浪潮中載沉載浮的活法唱一曲婉轉的理解之歌；劉震雲的《故鄉天下黃花》、蘇童的《少年血》等等作品則撕開了平庸生活的殘酷與絕望；而《活著》、《貧嘴張大民的幸福生活》和《高興》這些作品則突出了理解普通人的生命力、從而達到對「國民性」（或讀作「民魂」？）的新認識，其間這些耐人尋味的不同，值得辨析。有的作家善於渲染人間煙火的親切感，有的作家擅長直面人生的虛無，還有的則烘托出底層的皮實與幽默。雖然，在許多當代作品中，「改造國民性」的問題仍然常寫常新（例如新世紀以來閻連科的《丁莊夢》、李洱的《石榴樹上結櫻桃》、劉震雲的《我不是潘金蓮》等等作品中揭示的「國民性」痼疾），雖然，也有張承志的《心靈史》、莫言的《豐乳肥臀》、《檀香刑》、都梁的《亮劍》、《血色浪漫》那樣的名篇譜寫出謳歌民魂的新境界，可以《活著》、《貧嘴張大民的幸福生活》和《高興》為代表的這一批作品還是引發了我們對「重新認識『國民性』」的新思考。

　　而且，《活著》的沉重感與《貧嘴張大民的幸福生活》和《高興》的幽默感又很不一樣，也頗有意味。在政治高壓的年代裏，在動輒得咎的生存環境中，連相聲、喜劇也常常遭遇「莫須有」的非議與批判，幽默心態當然難以呈現。「文革」結束後，思想解放，人們才有了暢所欲言的情緒。還記得當年「四人幫」剛剛倒臺，王景愚、金振家創作的諷刺喜劇《楓葉紅了的時候》名噪一時，姜昆諷刺「文革」的相聲《如此照相》轟動四方，人們開心地笑、盡情地笑，時至今日，仍歷歷在目。雖然，與此同時的「傷痕文學」、「反思文學」充滿了控訴的憤怒與哀傷，但後來高漲的「王朔熱」再度把人們導入到幽默的氛圍中。「王朔熱」以「躲避崇高」、「一點正經沒有」的「京油子」風格沖淡了當時文學界乃至社會的焦慮氛圍，為許多青年提供了化解苦悶、在玩世不恭中開心片刻的一方園地。王朔式的幽默與油滑不僅在1980年代後期至1990年代十分流行，影響所及，從王蒙那樣的「少共」出身的老作家（如他欣賞王朔的評論《躲避崇高》）、劉震雲那樣的諷刺作家（如他的小說《故鄉相處流傳》、《手機》、《我不是潘金蓮》）到更年輕的一代人的「網絡文學」（如寧財神的小說、電視劇《武林外傳》）中，也都十分深遠。這樣的幽默與油滑與同時代的

趙本山等人的喜劇小品、還有香港的「無釐頭」電影（以周星馳的喜劇電影為代表）一起，成為當代青年調侃人生、化解煩惱、玩世不恭的心靈潤滑劑。這股思潮對當代文化心態的改變，意義不可低估。生活中有不可承受之重，也有不可缺少之輕。

在衝破了動輒得咎的政治牢籠以後，在解決了溫飽的問題以後，一批政治家、思想家、學者走上了坎坷的探險之路，而廣大青年和百姓則在寬鬆的生存環境中，開開心心地生活著。當年，林語堂倡導的「幽默」心態一直要到百姓的生活發生了根本改觀以後，才會變成無處不在的現實。幽默地生活、快樂的生活，已經成為相當一部分普通人的價值觀。這意味著，活著，不僅僅是活著，更要活得開心。

第二節　光活著還不夠，還要追求成功

只是，這世上，絕大多數人都是不想僅僅活著的。中國人從來就追求「事功」、出人頭地，渴望建功立業、光宗耀祖。「活著」，只是人生的底線。不安於現狀，不斷進取，才是許多青年孜孜以求的活法。1980 年代末，書市有「從政必讀《曾國藩》，經商必讀《胡雪巖》」的流行語，就彰顯了那個年代的「從政熱」、「下海熱」。1990 年代以來「官場小說熱」、「職場小說熱」的此起彼伏，也折射出類似的心態。

想當年，「改革文學」風起雲湧，蔣子龍的《喬廠長上任記》、《開拓者》、《燕趙悲歌》、張潔的《沉重的翅膀》、柯雲路的《新星》、賈平凹的《浮躁》為改革中湧現出的英雄好漢吶喊助威，一時好不熱鬧！但同時，在那吶喊聲中，也透出了改革艱難、暗箭難防的悲涼感。「改革文學」沒有紅火幾年就煙消雲散，令人歎息。另一方面，也有幸運的人們，抓住機遇，收穫了屬於自己的成果。其中，既有池莉在《生活秀》中塑造的性格潑辣的個體戶來雙揚，也有范小青在《城市表情》中刻畫的在改造城市中長袖善舞、勤奮有為的副市長秦重天……正是無數中國人竭盡全力的奮鬥，才成就了這些年經濟起飛、迅速崛起的復興奇蹟。

然而，更值得注意的是，作家們對某些成功人物的深刻洞察與隱憂——例如周大新發表於 1994 年的中篇小說《向上的臺階》，其中寫廖家先人的遺囑：「人世上做啥都不如做官……人只要做了官……世上的福就都能享了」。廖懷

寶在官場上一路順風，也與他漸漸悟出為官之道有關：「你要想在工作上受到表揚，你就必須盡早摸準上級的意圖，摸準後你就回來趕緊把他變為現實，不管下邊有多少怨言」。為了讓上級滿意，他弄虛作假、委過於人，甚至可以忍痛犧牲愛情，才在向上的臺階上步步高升。此篇對基層幹部政治情結的刻畫突出了傳統政治文化的負面影響（忠於上司而不是黎民百姓），和向上爬的人工於心計、自私冷漠的陰暗心理。再如李佩甫出版於 1999 年的長篇小說《羊的門》，其中成功塑造了一個有心計、有手段、有想法的村官形象——「通天人物」呼天成。他的原則是：「於呼家堡有利的事我幹」，這樣的原則浸透了中國傳統的集體主義（也是本位主義）精神，不可謂不崇高。然而，他的責任感又是與「真正的領袖意識」和一套變幻莫測的政治手段緊密相連的。他知道如何恩威並濟，以各種法子鎮住人心又籠絡人心，更難能可貴的是，他還知道如何克己，不僅生活簡樸、心態低調，而且時時提防被人抓住把柄。這使他不同於許多作品中常見的那種「為所欲為」的「土皇帝」形象。他既善於利用某些政治儀式（如每天早晨播《東方紅》，制定「十法則」等等）引導村民追求上進，更擅長經營「人場」，在幾十年的時光中，放長線釣大魚，織成一張從上到下威力巨大的「關係網」，直至關鍵時刻能夠翻雲覆雨、左右一方政局，可謂成功吧。應該說，這樣的人物在眾多的「土皇帝」中已相當罕見了。作家寫出了一個鄉村政治家不一般的跋涉歷程。因此，他才成為了那片土地上的「神」！這樣的「神」，對於土地、鄉村、農民、政治的深刻理解，令人歎為觀止。這，也是一種中國特色吧：與其讓家族與家族、家庭與家庭的鬥爭鬧得雞犬不寧，還不如有一個「神」一樣的人物去號令一切，帶領眾人過上羊一樣馴順的生活。然而，問題還在於，一旦這樣的「神」壽終正寢，他的「人治」（專制統治）也埋下了隱患，又該怎麼辦？《禮記·中庸》中就記載了這樣的教訓：「其人存，則其政舉；其人亡，則其政息。」「人治」的脆弱，史上不絕於書，現實中也屢見不鮮。

早在 1984 年，蔣子龍就在中篇小說《燕趙悲歌》中刻畫了一位鄉村強人武耕新的形象。其原型為當年號稱「天下第一莊」的天津靜海縣大邱莊黨支部書記禹作敏。禹作敏在艱苦奮鬥多年後為仍然改變不了家鄉的貧困面貌而苦悶，卻到底從地主趙國璞的發家史中感悟了致富的秘密：要想富，光抓農業不行。得農牧業扎根，經商保家，工業發財。於是他展開了大刀闊斧的改革：實行「專業承包，聯產到戶」，解散生產隊，組建農工商聯合公司，還大膽起用

有爭議的人物跑業務，在縣委副書記的支持下，辦起了一個個工廠、副業隊和農場，成為新時期之初迅速致富的傳奇。他還帶頭穿時裝、蓋豪宅，宣布「所有幹部開會、會客、外出，一律穿順眼的好衣服和皮鞋。誰要說買不起我給他買，以上三種場合再有人穿帶補丁的衣服就罰他！」其「暴發戶」的闊氣可謂氣勢逼人，也因此惹出了流言蜚語，得罪了看不慣改革的縣委書記。作家由此寫出了改革的風雲多變，也就寫出了主人公無所畏懼的錚錚鐵骨、慷慨悲歌。這樣性格剛強、敢作敢為的改革家，當時民間有不少。他們是改革大潮的弄潮兒，也常常承受了巨大的壓力、甚至付出了慘重的代價。小說 1984 年發表以後，曾獲得 1983～1984 年度全國優秀中篇小說獎，是「改革文學」的名篇。

如果說，《燕趙悲歌》、《羊的門》的主人公還有為大家謀利益的責任感，《向上的臺階》還寫出了為官付出的慘重代價，那麼，與《燕趙悲歌》同年發表、也一起獲得 1983～1984 年全國優秀中篇小說獎的矯健的中篇小說《老人倉》，則因為深刻寫出了改革年代裏「土皇帝」為非作歹的現實憂患而引人矚目。縣委新書記上任，大刀闊斧整頓幹部作風，矛頭指向群眾不滿的公社書記汪得伍，而汪又是縣委老書記鄭江東的老下級和得力幹將。汪得伍的八面玲瓏又弄虛作假、田仲亭及其「五虎大將」的橫行霸道、魚肉百姓，以及汪得伍、田仲亭等人之間的「鐵哥們」關係已經激起了群眾的強烈不滿。在改革開放的新時期，迅速致富的是這些有能耐的鄉鎮幹部！作家寫出了新形勢下鄉村矛盾的尖銳、複雜、觸目驚心。寫同類題材的還有後來的莫言的長篇小說《天堂蒜薹之歌》、閻連科的《丁莊夢》等等。

與此形成呼應的是，《燕趙悲歌》發表八年後，禹作敏就因犯窩藏罪、妨害公務罪、行賄罪等被判處有期徒刑二十年。五年後，他在獄中吞服大劑量安眠藥自盡。他曾經是大邱莊的「神」。他的一生大起大落，與敢想敢幹、也過於狂放有關。蔣子龍沒有忘記從禹作敏的悲劇中發掘警世的意義。2008 年，他發表了長篇小說《農民帝國》，其中的主人公郭存先從勤勞本分經艱苦奮鬥脫貧致富以後就忘乎所以、私欲膨脹的道路也是許多暴發戶走過的歧途。郭存先那句「我們有的是錢，凡是能用錢解決的問題，就多用錢解決」就是「有錢能使鬼推磨」的現代版；還有「嘛叫本事？有權就有本事，誰得勢誰就讓人懼怕」的狂言也使人想起「文革」中流傳甚廣的據說是林副統帥的「警句」：「有權的幸福，無權的痛苦，奪權的艱難，保權的重要」。他成功以後，心理變態，「添了個新毛病，凡有高官來郭家店，他都喜歡用開玩笑的口吻詢問人家的工

資收入有多少」，因為他的收入已經高出市委書記十倍多；「凡副部級以下的幹部來了，他一概不接待」；「他建立了自己的電視臺和秘書處，由自己控制輿論，製造輿論」；他的新家所在小區「在樣式上、氣魄上要參考北京的人民大會堂，在質量上要高於中國現有的任何建築」；同時，「讓群眾輕易見不到他，才更有神秘感，有神秘感才能成神。」他成了這裡的「救世主」、「土皇上」。也最終因為忘乎所以淪為階下囚。小說提出了這樣的問題：「為什麼一發家致富成了『地主』，便要當惡霸，一當惡霸就快做到頭了」？並進一步追問：「縱覽社會各界，不僅農村、城市、工廠以至特區，哪一個成功者，哪一個成功單位，後面沒有一個類似郭存先式的人物？沒有一個擅長政治運作遠甚於經濟操控的強人？」這樣的追問，足以使人驀然回首，想起歷史上那些成功或者失敗的草莽英雄，想起那些農民出身的軍閥、帝王將相，還有現實社會中那些大大小小的「土皇帝」……難道這就是農民強人的宿命──「其興也勃、其亡也忽」？雖然，事實上，現實中還是有不少以民為本、低調做人、為人稱道的農民好人，例如當年的「勞動英雄」李順達、回鄉當農民的「紅軍團長」方和明，還有「農民偉人」吳仁寶等等。

中國的傳統文化倡導溫柔敦厚，可心比天高的草莽英雄、狂人、野心家也綿綿不絕。那份狂氣、野心，有時通向偉大事業，也有時就通向了地獄。多少人為了自己和家庭的出人頭地艱苦奮鬥，也有多少人為了自己的失敗付出了株連家族和家庭的慘重代價！「一損俱損，一榮俱榮」的命運，在中國社會何其多！該如何從根本上改變這樣的社會生態？

從這個角度看，賈平凹的《廢都》也有了值得重新審視的意義。《廢都》的主人公莊之蝶在文學事業上獲得了成功，也有了相當的社會地位。可他卻身陷家庭危機、以及隨之而來的婚外情風波中。他試圖在放縱自我中尋找「無憂」的快樂，卻終於還是沉溺於更加頹廢的情緒中。莊之蝶關於「自我作踐著好。世上這事兒是，要想別人不難堪，也想自己不尷尬，最好的辦法就是自我作踐，一聲樂就完了」的議論與王朔「一點正經沒有」、「玩的就是心跳」、「我是流氓我怕誰」的豪言何其相似！在世俗化年代裏，這樣的頹廢言行相當流行。這裡的問題是，為什麼從成功到頹廢、自我作踐的蛻變如此迅速、不可逆轉？所謂「其興也勃焉，其亡也忽焉」的歷史定律，為什麼屢試不爽？

如此說來，成功顯然不是一切。尤其是在中國社會各種矛盾錯綜複雜、局勢多變的環境中，成功以後的忘乎所以常常通向難以預料的失敗。所謂「人無

千日好、花無百日紅」，所謂「富不過三代」、「君子之澤，五世而斬」，所謂「好就是了，了就是好」，還有「人狂沒好事，狗狂挨磚頭」……這些盡人皆知的常言、古語，凝聚了多少令人唏噓的教訓！所以，歷史上才常有「不為五斗米折腰」的長歎、還有「歸去來」的超越，以及「天意從來高難問」的感慨吧。大起大落的人生常常真不如平平淡淡的「活著」。而這，也許正是「平安是福」的玄機所在？

第三節　追問意義的活法

成功不易。改革更不易。改造社會也不是可以在幾十年裏完成的偉業。可在一個日新月異的社會上，改善自己的生活應該不難吧。現在的問題是，人在擺脫了僅僅活著的狀態後，會自然而然地思考活著的意義。

例如史鐵生。他在下鄉勞動時突然落下了殘疾。他絕望過，但最終還是從寫作中找到了樂趣。在他 1984 年發表的中篇小說《山頂上的傳說》中，他提出了這樣的問題：「為什麼一定要活著呢」、「人到這個世界上來是幹嗎呢」、「不走運可怎麼辦呢？」「你似乎是被一種莫名其妙的力量拋進了深淵，……」「唉，人類奮力地向前走，卻幾乎是原地未動。痛苦還是那麼多，歡樂還是那麼少，你何苦還費那麼大勁往前走呢？」……人們面對無力擺脫的厄運，面對那些無解之謎，終於意識到了自己的渺小。戰勝命運，談何容易！「樂觀的，是因為有樂觀的基礎；絕望的，是因為有絕望的處境」。「落到誰頭上誰就懂得什麼叫命運了」。史鐵生讓自己筆下的殘疾人選擇了西方的西緒福斯神話作為精神支柱：「人最終能得到什麼呢？只能得到一個過程」——小說中關於生存的偶然性思考，關於生存意義的虛無性的體悟，關於為抗爭而抗爭、神就是自己的邏輯推論都具有相當鮮明的存在主義色彩。這些思緒是 1980 年代初中國思想界、文學界的「存在主義熱」的結果。然而，值得注意的是，當存在主義關於現實的荒誕性學說風靡之時，有人因此而消極厭世或縱情玩世，史鐵生卻選擇了頑強的抗爭。為什麼《山頂上的傳說》與另一些存在主義色彩濃鬱的作品不同，把反抗荒誕的奮鬥寫得那麼深沉動人、可歌可泣？作家對深沉的抒情風格的追求是一個原因；還有一點，就是小說中隱隱約約透露出的宗教情感也格外引人注目。儘管小說中「什麼是神？其實，就是人自己的神」這樣的句子很容易使人想到「上帝已死」的喧囂，但對人無法參透造物的奧秘、

無法戰勝厄運的宿命的深重思考卻直接導致了這樣的頓悟：「上帝本來不公平。上帝給了你一條艱難的路，是因為覺得你行……」也就是說，作家感到了有一股在冥冥中支配著人的命運的異己力量在安排著一切。這股看不見的力量，中國人叫做「天命」，西方人名之「上帝」。人一旦面對生死之謎的玄思、對生存意義的詰難、對自我渺小的承認，便會自然產生關於天命或上帝的猜測與浩歎的。從存在主義出發接近宗教的主題顯示了史鐵生探索道路的獨特。本來，存在主義就有「無神論的存在主義」（以薩特為代表）和「宗教的存在主義」（如馬塞爾等）〔註5〕之分，而史鐵生，作為沒有受過宗教教育的中國青年，卻在自己的摸索前行中從自強不息的存在主義走向了胸懷豁達的宗教。在這方面，他與《晚霞消失的時候》的作者禮平不謀而合。《山頂上的傳說》中的「他」有關「幸福不在天涯，而在自己的心中」，「誰都是只相信自己的心」的頓悟也就與《晚霞消失的時候》中的南珊關於「這個世界的希望，更多的是在人類自己的心靈中，而不是在那些形形色色的立說者的頭腦中」的見地於冥冥中若合符契了。經過「文革」的磨難，他們不約而同地認識到了：自救是最可靠的道路。

我不知道史鐵生在寫作《山頂上的傳說》時是否受過《晚霞消失的時候》的影響。顯而易見的是，前一部小說的宗教意識遠不如後一部小說那麼清晰。但1985年以後，史鐵生對宗教的求索卻一下發生了質的飛躍。他發表在《鍾山》1986年第1期上的創作談《交流、理解、信任、貼近》已明確寫道：

> 教堂的穹頂何以建得那般恐嚇威嚴？教堂的音樂何以那般凝重肅穆？大約是為了讓人清醒，知道自身的渺小，知道生之嚴峻。於是人們才渴望攜起手來，心心相印，互成依靠。
>
> 這至少也是小說的目的之一吧。

從那以後，史鐵生以一系列充滿崇高、溫馨宗教情感的作品打動了廣大讀者——從中篇小說《禮拜日》到散文《我與地壇》再到長篇小說《務虛筆記》。他成為當代文壇的一面旗幟：以豁達的情懷理解命運、以博愛之心給人以溫暖的旗幟。

韓少功十分推崇史鐵生。他在讀了史鐵生的名篇《我與地壇》後曾經寫道：「史鐵生……以個體的生命為路標，孤軍深入、默默探測全人類永恆的純

〔註5〕參見【法】約瑟夫·祁雅理：《二十世紀法國思潮》（中文版）第五、六章，吳永泉等譯，商務印書館1987年版。

靜和輝煌。史鐵生的筆下是較少有醜惡相與殘酷相的」。〔註6〕而韓少功本人選擇的自救之路，則是部分回歸田園，過「半耕半讀」的生活，這很自然令人想起了陶淵明。韓少功早在「傷痕文學」風生水起的年代就已發表《月蘭》、《西望茅草地》等名作，到1985年首倡「尋根」，發表中篇小說《爸爸爸》、《女女女》，為人稱道也引發了爭鳴。此後，趕上海南開發的熱潮，舉家遷往海南，辦《海南紀實》雜誌，發行超百萬份，取得巨大成功。《海南紀實》被迫停刊後，又改辦起《天涯》雜誌，多年來也深受廣大讀者歡迎。到2000年，遷居當年下鄉的湖南省汨羅市八景鄉，過上「融入山水的生活，經常流汗勞動的生活」（《山南水北》），像蘇東坡那樣，「興趣廣泛，順應自然」。〔註7〕他那部記錄自己鄉間見聞的散文集《山南水北》就像萬花筒一樣異彩紛呈、妙趣橫生：有懷舊的真情，有神異的趣聞，還有民俗的感想、人生的奇思。作為當代「尋根」的倡導者與踐行者，他以《山南水北》的清新、奇異風格表達了對從古典筆記到當代「筆記小說」傳統的認同。他使人想起了陶淵明、蘇東坡，但他又並沒有像在終南山隱居的人們那樣遠離現代化生活。〔註8〕他因此成為當代作家的又一面旗幟：嘗試多種活法，讓自己的生命豐富多彩；既時時關注當代世界與當代思潮，又保持了相對超脫的思想者姿態。

在大變動的年代裏，一些人在嘗試多種活法中迷失了自我，另一些人則找到了思考與寫作的樂趣，收穫了文學的榮譽，活出了人生的瀟灑，完成了人生的飛躍。

是的，哲學、宗教、文學，都是可以使人活得充實、自在的。

第四節　有沒有可以堅守的「底線」

這些年，「底線」一詞十分流行。或者是驚歎「底線被不斷突破」，或者是決心「守住底線」。世俗化浪潮中，太多的誘惑與狂歡令人躁動難安，突破底線的權錢交易、權色交易、行賄受賄已經司空見慣。一直到反腐的重拳落下，多少人因此淪落為階下囚。另一方面，許多不合理的制度、變化多端的人際關

〔註6〕韓少功：《靈魂的聲音》，《小說界》1992年第1期。

〔註7〕韓少功：《穿行在海島和山鄉之間》，《大題小作》，人民文學出版社2008年版，第148頁。

〔註8〕美國漢學家、佛經翻譯家比爾·波特曾來到中國，尋訪當代人終南山隱士，後出版《空谷幽蘭》一書（明潔譯，民族出版社2006年版），頗有影響。

係也使得種種腐敗層出不窮。從「文革」後期「走後門」已成風氣到「文革」結束後「關係網」的無處不在，許多「底線」被突破、踐踏的現實令人失望、絕望、冷漠、麻木，直至如何堅守「底線」居然成為了問題！都知道「修身齊家」的重要，都知道「一失足成千古恨」的許多教訓，可仍然不斷有人倒在了狂歡的浪潮中。在令人眼花繚亂的「官場小說」中，官場腐敗、人性狂歡的一幕幕場景，驚心動魄。

那麼，「底線」是否已經蕩然無存了？堅守「底線」的人們在哪裏？現在讓我們來看看，作家們是如何探索「底線」問題的。

擅長描寫金融領域複雜人際關係矛盾的作家鍾道新就在 1996 年發表的兩部中篇小說中以相當深刻的筆鋒突出了對於「底線」問題的思考：《公司衍生物》揭示了民營企業老闆與官商打交道中的暗流、漩渦與做人的「底線」——民營企業老總浦耳與高幹子弟出身的官商李寒做生意，漸漸發現李寒的興趣是「洗錢」。可浦耳不敢「洗錢」，他的「底線」是不拿自己的事業作賭注。因為他知道：「商場上的風波險惡，處處都是陷阱。」他因此只好拖延、敷衍，直至得罪了財大氣粗、有恃無恐的李寒。好在浦耳別尋到融資的出路，而李寒也因為嫖娼被抓。作家因此寫出了堅守「底線」的不易。值得注意的是，李寒的倒楣純屬意外。另一方面，作家也刻畫了浦耳管理公司的老到手段：他知道「水至清則無魚」，所以能夠容忍部下的某些缺點，同時也對有缺點的部下存有戒心。當他的部下因為醉酒而放肆起來時，他開除這個部下的理由是：「現在賄賂、回扣之類的，幾乎蔓延全中國，可幹任何事情都得有分寸。」這也是管理的「底線」：深諳人性的不完善，同時絕不放任自流到過分。浦耳因此成為當今能夠自律的老闆的縮影。還有《權力的成本》中寫官場「潛規則」遭遇到副區長金冶抵制的故事：高幹子弟要開賭場，金冶的上級為其說項，並以晉升作誘餌。可金冶不同意。工作中遇到可以拿「回扣」的事他也拒絕，為的是問心無愧：「維護了我的作人準則」。浦耳、金冶都不是焦裕祿、孔繁森式的英雄模範。他們都生活在規則亂套、權力橫衝直撞、金錢擺平一切、誘惑無處不在的當今社會，但他們都為了守住做人的「底線」而與「潛規則」保持了距離。在《權力的成本》的創作談《成本者說》中，作家一針見血地指出：許多官員「除去當官外，基本上沒什麼能『看』住『家』的本領」。〔註 9〕這，正是無數官員只能在官場中混、因此也只好遵守官場「潛規則」的根本原因所在吧。

〔註 9〕鍾道新：《成本者說》，《中篇小說選刊》1996 年第 5 期。

另一方面，我們也的確可以在官場上看到一些能夠嚴於律己、「出淤泥而不染」的清官，從海瑞、曾國藩到焦裕祿、孔繁森。

閻真是新世紀文學中探討「底線」問題的代表作家。他先是在 2001 年發表的長篇小說《滄浪之水》勾勒了新一代大學生在官場上從清高到不得不隨波逐流的人生旅程。作家說過：《滄浪之水》「表現的是功利主義對人的強大牽引和負面改造。市場決定了功利主義的合法性，一個人站在其對立面，不但是無法生存的，也是沒有充分理由的。」〔註10〕此書一出版就深受到廣大讀者的喜愛，得到相當廣泛的認同，令人感慨！好在作家沒有止步於此。接下來的問題是：「是不是基於生存理由的功利主義就是意義和價值的全部呢？《活著之上》想表現的就是一個知識分子在現實面前的艱難堅守。功利主義的合理性並不是絕對開放而沒有底線的。」作家 2014 年發表的長篇小說《活著之上》就回答了這一問題。世俗化浪潮的力量實在強大。在一個「生活動一動就要錢」、「生活的壓力太大了」、「世界變了，所有的事情都得重新理解」的年代裏，在「活條命好難啊」的歎息中，在小人、鼠輩因為渾水摸魚而收穫多多的環境中，主人公聶志遠一次次捫心自問：能不能像陶淵明、曹雪芹那樣守住底線？「也許，凡俗就是這一代人的宿命。我不是文化英雄……我只是不願在活著的名義之下，把他們指為虛幻，而是在他們的感召之下，堅守那條做人的底線。就這麼一點點堅守，又是多麼地艱難啊！……畢竟，在自我的活著之上，還有著先行者用自己的血淚人生昭示的價值和意義。」他想通了這一點，就超越了隨波逐流的窩囊、蠅營狗苟的尷尬。《活著之上》因此與《滄浪之水》形成了耐人尋味的悖論：隨波逐流有隨波逐流的無奈，守住「底線」也有守住「底線」的勇氣。重要的問題是，古往今來，許多沒有隨波逐流的士大夫雖然沒有富貴榮華，但也能像陶淵明、李白、蘇東坡那樣活得瀟灑、自在，自得其樂。事實上，在這個活法已經多元化的年代，其實不乏敢於直言、敢於蔑視蠅營狗苟活法、在學術研究邊緣化的園地裏自得其樂、也收穫了公道人心的人們。中國的知識分子並沒有在世俗化浪潮中「失語」。有許多的文章、著作、帖子可以作證。

活著不難。

守住「底線」也不需要那麼多的悲情。像陳寅恪、顧準、傅雷那樣的學者、思想家為了堅守知識分子的底線，付出了沉重的代價，固然是無可迴避

〔註10〕閻真：《總要有一種平衡的力量》，《文藝報》2015 年 3 月 13 日。

的事實，但也有錢鍾書、李澤厚那樣的學者在「文革」中遠離了「造神」的狂熱，潛心治學，到新時期一開始就以思想解放的新視野、新思想開啟了新的園地的。

由此可見，對「底線」的認識與《活著》、《貧嘴張大民的幸福生活》和《高興》這些以「活著」作為主題的作品之間，存在著潛在的對話關係：活著不易。能夠在生存環境惡劣的境況下活著，需要頑強的生命意志，也需要苦中作樂的情懷。另一方面，活著，要守住做人的「底線」，在滾滾紅塵中拒絕那些可疑的誘惑，去踏實地生活，也十分重要。在當今這個人們已經普遍厭倦了政治說教的年代，對於「活著」與「底線」的不同思考與對話，顯得實在也深刻。

「如果陸地注定要上升，／就讓人類重新選擇生存的峰頂。」這是詩人北島在「文革」中產生的思考，也成了突如其來的新時期文化多元化的預言。以上關於「活著」與「活法」的研究，正是當代人「重新選擇生存的峰頂」的可貴嘗試。

當然，關於「活著」與「活法」的探討還在繼續。在更年輕的一代人那裡，有完全不一樣的景觀，值得關注。

發表於《蘭州大學學報（社會科學版）》2019 年第 5 期

第二章　野性的記憶為什麼綿綿不絕？

　　中華民族素以禮儀之邦、文明古國著稱於世。中華民族為世界文明不僅貢獻了「四大發明」，還以琳琅滿目的美食、絲綢、瓷器、詩詞、書畫、園林、武術、風水……令人驚歎。然而，另一方面，中國歷代的社會動盪、王朝更迭、農民暴動、集體械鬥，也顯得格外頻繁、格外殘酷。中國的古典名著中，杜甫的「三吏」、「三別」，還有《三國演義》、《水滸傳》都是歷史上社會矛盾錯綜複雜、集團鬥爭激烈殘酷的真切寫照。由此，中華民族性的複雜、充滿矛盾可見一斑：既熱愛生活，又充滿苦難；既嚮往和平，又頻繁鬥爭。儘管儒家文化一直推行「溫柔敦厚」的「禮教」，道家文化崇尚「無為」，佛教文化信仰「普度眾生」，可神州大地上的各種社會矛盾、鬥爭仍然綿綿不絕。有歷史學家統計，中國歷史上農民起義的頻率之高，舉世罕見。這一發現與關於中國老百姓熱愛和平、最能忍耐的說法形成了耐人尋味的對比。孫犁先生也曾經指出：「讀中國歷史，有時是令人心情沉重，很不愉快的。倒不如讀聖賢的經書，雖都是一些空洞的話，有時卻是開人心胸、引導向上的。古人有此經驗，所以勸人讀史讀經，兩相結合。」〔註1〕這說法令人想起魯迅先生《狂人日記》中關於「吃人」的著名感慨。那麼，在當代文學中，作家對「野性」主題的表現與思考呈現出怎樣的景觀呢？這樣的表現與思考又為當代文學研究的深入展開提供了怎樣的素材呢？

　　其實，歷史上早有記載：中華民族素有「尚爭」的稟賦──從「黃帝與炎

〔註1〕孫犁：《耕堂讀書記（五）》，《散文》1980年第8期。

帝戰於阪泉之野」、「涿鹿之野，血流漂杵」到孔夫子因為反對弟子冉求支持變法而號召弟子們「鳴鼓而攻之」的歷史記憶，從強者「天無二日，民無二主」、「臥榻之側豈容他人鼾睡」的霸道到民間「一山不容二虎」、「人活一口氣」的爭強好勝心態，一直到毛澤東「與天奮鬥，其樂無窮！與地奮鬥，其樂無窮！與人奮鬥，其樂無窮！」，「馬克思主義的道理千條萬緒，歸根結底，就是一句話：『造反有理』。」「鬥則進，不鬥則退，不鬥則垮，不鬥則修」的霸氣論斷，都充分證明了「尚爭」的傳統也源遠流長、深入人心。那從來沒有停止過的種種鬥爭是中華民族的歷史分外驚心動魄、也因此而千迴百轉的基本動力。另一方面，作家柏楊在《醜陋的中國人》一書中關於「窩裏鬥」是「中國人的重要特性」的說法也流傳甚廣，深得眾人認同。人與人之間的鬥爭本來常常難免，問題在於，為什麼在我們的史書中、現實生活裏，人與人之間的鬥爭常常顯得那麼突如其來，而且出人意料之外的激烈、殘酷？野性敘事的綿綿不絕顯然昭示了「國民性」的一個重要側面。

第一節 記憶中的「血色浪漫」

　　經歷過「文革」的人都應該記得「武鬥」的血腥場面：那些滿懷革命熱情的人們，突然間就分成了勢不兩立的兩派，拿起從棍棒、梭鏢到自動步槍、機關槍等等武器，彼此廝殺。在北島的名詩《回答》中，那句「看吧，在那鍍金的天空中，／飄滿了死者彎曲的倒影」，就足以喚起人們對於「文革」的恐怖記憶。顧城的詩《永別了，墓地》也記錄了詩人在重慶那座著名的紅衛兵之墓前產生的凝重之思：「誰都知道／是太陽把你們／領走的／乘著幾隻進行曲／去尋找天國」……而「文革」的喪鐘，不是也敲響在「四五」的天安門廣場上嗎？那一天，人民因為哀悼周恩來而爆發的強烈不滿與統治者的鎮壓發生了激烈的流血碰撞！「文革」始於「破四舊」、抄家，經過大規模武鬥、終於一場血腥的鎮壓。真是不可思議的荒誕：一場熱熱鬧鬧的「文化大革命」，卻陰差陽錯演變成為徹頭徹尾的野蠻浩劫！

　　當代小說中，記錄武鬥場面的作品有鄭義的短篇小說《楓》、金河的短篇小說《重逢》，都曾經是「傷痕文學」的名篇。《楓》講述了一個很有典型意義的悲劇故事：一對戀人盧丹楓與李紅鋼在突如其來的革命風暴中卻陰差陽錯參加了勢不兩立的對立兩派，這一現象在那個年代十分常見，可見那時人們的

政治意識之強，難以理喻。在武鬥逐步升級的環境中，李紅鋼被「敵方」抓獲。盧丹楓雖然設法放走了戀人，可事後又自責。逃生後的李紅鋼一面布置血洗「敵方」的戰鬥，一面又為堅守據點的盧丹楓擔憂。經過革命教育的兩個年輕人都身陷要革命還是要愛情的折磨中。殘酷的武鬥開始後，戰友們的鮮血激起了盧丹楓的仇恨，她毅然向李紅鋼開槍！負傷的李紅鋼仍率眾攻佔了「敵方」的據點，並在堆積的屍體中找到了昏迷的盧丹楓。血戰之後，這一對曾經的戀人重逢，他們都堅定地勸對方投降，最後，絕望的盧丹楓高舉戰旗，跳樓犧牲……盧丹楓死後，李紅鋼才萬念俱灰，悄悄退出了「組織」，當上了逍遙派。可殘酷的後續鬥爭並未放過他。隨著「敵方」掌權，李紅鋼作為逼死盧丹楓的「反革命兇手」，被無情處決。小說的深刻之處在於：「文革」初期的政治狂熱中，因為「站隊」的不同而導致的夫妻反目、祖孫成仇、戀人分手、兄弟失和、家庭破裂……屢見不鮮。當時流行的觀念是「親不親，階級分」、「爹親娘親不如毛主席親」。可吵過了，鬥過了，等那股子狂熱過後，人們才突然發現：一切多麼荒唐！那些在武鬥中死於非命的人們，他們的亡靈在何方？他們的親戚朋友心中永遠的傷痕必定終生難以癒合。那一場驚天動地的「全面內戰」何其荒唐！

　　金河的《重逢》也寫了武鬥導致的悲劇：「文革」中兩派群眾組織勢不兩立，市委副書記朱春信因為支持其中一派而成為另一派的攻擊目標。兩派因此發生了武鬥。為了保護他，「造反派」葉衛革在負傷的同時也刺傷了對手，並因此在「文革」過後的清查「打、砸、搶分子」運動中成為罪犯。作家別具匠心揭示了悲劇的荒唐：葉衛革保衛革命領導幹部是出於純潔的動機，在武鬥中殺人也是為了迫不得已的自衛。可時過境遷，被他保護的革命領導幹部繼續陞官，而他卻必須為武鬥付出沉重的代價。作家由此寫出了命運的不公，並進而提出了這樣的問題：為什麼有的領導幹部對自己在「文革」中犯的錯誤隻字不提？小說旨在喚醒「文革」參與者的自省意識，與 1980 年代巴金的深刻懺悔、劉再復「全民族共懺悔」的呼聲心心相印。儘管，這樣的呼聲也激起過一些當事人非議（「文革」的罪過是不是人人有份？懺悔會不會淡化了「四人幫」的罪責？），可也畢竟產生了久遠的回聲。2013 年，當年的紅衛兵陳小魯（陳毅元帥之子）為「文革」道歉；2014 年，當年的紅衛兵宋彬彬（宋任窮上將之女）也為「文革」道歉，就都可以作證：「懺悔」是「文革」的積極參與者無法迴避的嚴峻話題。雖然，他們的道歉並沒有得到那些死難者親屬的原諒。

雖然，他們的道歉也未必是出於響應巴金、劉再復的動機。由此可見，難以理喻的狂熱、暴行，可以逞兇於一時，卻終於難逃遲到的良知譴責。

《楓》和《重逢》都發表於 1979 年。1980 年，路遙也在中篇小說《驚心動魄的一幕》中這麼描寫了一個縣城的「文革」瘋狂怪象：「有些家庭分裂了；有的父子決裂了。同志可能變為仇敵，冤家說不定成了戰友。過去的光榮很可能成為家庭的恥辱；今天引以驕傲的，也許正是過去那些不光彩的事。」「真理和謬誤混雜在一起，舌頭和拳頭交替著使用，華麗的辭藻和罵娘的粗話都能博得歡呼⋯⋯」縣委書記馬延雄在激烈的兩派鬥爭中、在駐軍也分裂成兩派的緊急狀態下，冒著生命危險去制止一場一觸即發的武鬥，結果被虐待至死。小說刻畫了一位殉道者的形象，也寫出了群眾的瘋狂。而韓少功發表於 1980 年的中篇小說《回聲》在揭露鄉村的武鬥時則寫出了野蠻鬥爭的歷史根源：農民們鬧分裂、鬥毆，是歷史上的家族糾紛的延續。那裡的男人們在武鬥前搶朱砂水、拜武聖關帝，乞求刀槍不入、馬到成功，更是現代狂熱直通古代迷信的絕妙寫照。武鬥過後，挑起武鬥的根滿失魂落魄，最終因為挑動宗族械鬥的罪名被判重刑⋯⋯一直到 1985 年，韓少功還在中篇小說《爸爸爸》中進一步刻畫了農民械鬥的慘不忍睹，其中關於打冤家、吃人肉的描寫「也是有生活原型的：『文革』時期道縣的一些農民就殺了一萬多人，就是這樣吃過人肉。」〔註 2〕這樣的刻畫使人又一次聯想到了魯迅的《狂人日記》中關於「禮教吃人」的恐怖吶喊，以及在談及《狂人日記》的寫作時說過的話：「《狂人日記》實為拙作⋯⋯後以偶閱《通鑒》，乃悟中國人尚是食人民族，因成此篇。此種發見，關係亦甚大，而知者尚寥寥也。」〔註 3〕還有，那篇《藥》中關於「人血饅頭」的可怖描寫。

到了 1981 年，禮平在中篇小說《晚霞消失的時候》中將對「文革」的反思與對「文明與野蠻」的哲理思考結合在了一起：為什麼「文明和野蠻就像人和影子一樣分不開」？革命（當然包括「文革」）是否必定與「暴烈的行動」聯繫在一起？小說中對於紅衛兵內部的激烈爭論的描寫揭示了那個年代裏理性不敵狂熱的無情現實：「我們紅衛兵是造反的！⋯⋯我們今晚的抄家行動，就正是這洪流的一個巨大洪峰，它對於文化大革命新高潮的形成非常重要！

〔註 2〕韓少功：《鳥的傳人》，《大題小作》，人民文學出版社 2008 年版，第 112 頁。
〔註 3〕魯迅：《致許壽裳（1918 年 8 月 20 日）》，《魯迅全集》（第十一卷），人民文學出版社 2005 年版，第 365 頁。

我認為，這才是我們的歷史任務，這才是我們政策的基點。剛才有人說：我們蠻橫！會傷了好人！請問：革命難道不是暴烈的行動嗎？暴烈的行動難道能夠是不蠻橫的嗎？至於什麼好人，對不起，在馬克思主義的辭典裏沒有這樣的詞彙。作為一個無產階級革命者，作為一個紅衛兵，說出這樣的話來是喪失覺悟的，可恥！如果裝在他頭腦中的不是階級和鬥爭，而是什麼好人和壞人，那麼，我要向他說：這不是我們紅衛兵在這場激烈的階級大搏鬥中所使用的語言，而是無知小孩在看電影時所使用的概念！」這是怎樣的雄辯！那個狂熱的年代裏，這樣的「革命理論」大行其道。多少文化的遺產和碩果被「革命暴力」恣意摧殘！多少弱者被「革命暴力」奪去生命！由此聯想到當年納粹的暴行、日寇的獸性、蘇聯「大清洗」的災難、「紅色高棉」的滅絕人性，都足以使人產生浩歎：二十世紀，為什麼人類的野蠻獸性此起彼伏、空前恐怖！英國思想家以賽亞·伯林曾經指出：二十世紀「是西方史上最可怕的一個世紀。」〔註4〕英國歷史學家霍布斯鮑姆也將二十世紀的特質概括為「極端的年代」。在《極端的年代》一書中，他特別指出：「凡屬左翼意識形態的組織，都愛爭愛辯」，〔註5〕令人深思！科技的飛速發展與人性的極端化（極速退化到野蠻狀態），在這個世紀形成了多麼怪異、刺眼的對比！

　　由此可見，同樣是寫武鬥，當代作家卻從不同的角度揭示了「文革」的可怕：以革命的名義釋放野蠻的瘋狂，而在那瘋狂的深處，又有著理性難以阻擋的人性荒唐、歷史仇恨。那些辯論是如何淪為武鬥的？那些批判又是怎樣演變為暴行的？在正義與狂熱、崇高與殘忍之間，湧動著怎樣的邪惡？許多過來人回首往事，也感慨不堪追思。

第二節　詩歌創作的野蠻化傾向

　　「文革」結束以後，中國回到了正常發展的人間正道。在思想解放的寬鬆氛圍中，被極左暴政壓抑的種種情感（從「小資情調」到「農民意識」，從「個人主義」到虛無主義等等）都得到了充分的釋放。然而，就在人們滿懷夢想的1980年代初，悲涼、躁動的「世紀末情緒」也悄然擴散了開來。先是新一代詩

〔註4〕【英】霍布斯鮑姆：《極端的年代》（上），鄭明萱譯，江蘇人民出版社1998年版，第1頁。

〔註5〕【英】霍布斯鮑姆：《極端的年代》（下），鄭明萱譯，江蘇人民出版社1998年版，第580頁。

人的野性吶喊：「為了真誠，我們可以不擇手段」；〔註6〕「搗亂、破壞以至炸毀封閉式或假開放的文化心理結構！」「一定要給人的情感造成強烈的衝擊」；〔註7〕「詩人與探險者、偏執狂、醉酒漢、臆想病人、現代寓言製造家共命運」；〔註8〕「與天鬥，鬥不過。與地鬥，鬥不過。與人鬥，更鬥不過。」於是就「撒嬌」〔註9〕……《深圳青年報》和安徽《詩歌報》敏銳捕捉到這些躁動的情緒，連袂推出「中國詩壇1986現代詩群體大展」。在這次大展中，有的詩人為驚世駭俗而口出狂言：「真理就是一堆屎／我們還會拼命去揀」（男爵：《和京不特談真理狗屎》）；「我們把屁股撅向世界」（默默《共醉共醒》）；「魔鬼之子在投胎／那就是我們！」（海上：《野失》）「我們病了我們病了我們病了」（胡強：《在醫學院附屬醫院就診》）；「在女人的乳房上烙下燒焦的指紋／在女人的洞穴裏澆鑄鍾乳石」（唐亞平：《黑色洞穴》）……這些毫無詩意、野性十足的句子充滿了粗野、狂暴的情緒，詩人們在褻瀆詩神中盡情宣洩墮落的快感，張揚赤裸的欲望。儘管不乏批判的怒喝，可一直到2000年的「下半身」詩歌浪潮中，我們都可以感受到一代又一代的青年野性的張揚。那麼，諸如此類充滿叛逆情緒與野性話語的情緒表明了什麼？

雖然「文革」已經過去，生活已經回歸正軌，但每個時代都有自己的苦悶。在「文革」中，就產生了「手抄本」《少女之心》那樣的淫穢作品，表現出專制高壓也窒息不了的欲望衝動。到了「傷痕文學」的浪潮中，也產生了一些「另類」作品，其中，既有王靖的電影文學劇本《在社會的檔案裏》那樣暴露高干犯罪的敏感作品，也有一些描寫格調低俗的作品（如李劍的《醉入花叢》等），都受到了此起彼伏的批判。這樣的批判顯然會激起一部分文學青年的不滿與叛逆。此外，1980年《中國青年》雜誌發表署名潘曉的文章《人生的路呵，怎麼越走越窄……》引發了不同人生觀的爭鳴，也喊出了一部分青年在社會上找不到出路的心聲。諸如此類的「世紀末情緒」，明顯不同於思想解放帶來的歡欣氣氛，也迥然有別於主流文藝執著「反思」、「改革」的正路，而更

〔註6〕引自徐敬亞、孟浪、曹長青、呂貴品編：《中國現代主義詩群大觀（1986～1988）》，同濟大學出版社1988年版，第74頁。

〔註7〕引自徐敬亞、孟浪、曹長青、呂貴品編：《中國現代主義詩群大觀（1986～1988）》，第95頁。

〔註8〕引自徐敬亞、孟浪、曹長青、呂貴品編：《中國現代主義詩群大觀（1986～1988）》，第145頁。

〔註9〕引自徐敬亞、孟浪、曹長青、呂貴品編：《中國現代主義詩群大觀（1986～1988）》，第175頁。

近於尼采「上帝死了」的狂言、「垮掉的一代」的嚎叫。

尼采，曾經是魯迅的知音。魯迅曾在《摩羅詩力說》開篇引尼采的話作為題記：「求古源盡者將求方來之泉，將求新源……」新源是什麼？是「不惡野人，謂中有新力……文明如華，蠻野如蕾，文明如實，蠻野如華」。這正是魯迅所追求的精神境界：「所遇常抗，所向必動，貴力而尚強，尊已而好戰，其戰復不如野獸，為獨立自由人道也」。「不克厥敵，戰則不止」。魯迅以此為「精神界之戰士」吶喊。〔註10〕一方面倡導「蠻野」、「好戰」的「摩羅詩力」，另一面又止於「不如野獸」，高揚起「獨立自由人道」的旗幟，充分體現出魯迅思想的矛盾性，以及那個啟蒙年代的精神品格。到了 1980 年代，「尼采熱」應思想解放之需求，勃然興起。多少青年在「重新選擇生存的峰頂」時，選擇了狂人尼采。值得注意的是，這一次，不少青年繼承了尼采的「蠻野」、「好戰」，卻好像對成為「精神界之戰士」沒什麼興趣。在思想解放的同時，被長期壓抑的人慾也空前高漲。於是，才有了詩歌界的狂野、粗鄙浪潮。儘管有學者指出：「反對引進尼采主義，這種極端個人主義哲學一旦和中國封建政治中本來就有的唯我獨尊、毫無原則的權勢欲望結合，會導致非常可怕的價值趨向」，〔註11〕儘管也有思想家坦言：「從來我就不喜歡尼采……尼采那種個人主義，那樣一種高高在上蔑視群體的貴族派頭」，還有，「尼采是一種破壞性的東西」，〔註12〕可尼采的狂放畢竟為吃狼奶長大的那一代青年提供了特別刺激的精神食糧，為他們的叛逆、吶喊、張揚自我提供了旗幟與武器。

在中國詩歌史上，這個時代的狂放、粗野詩風也許空前絕後。

第三節　小說創作的野蠻敘事

如此說來，思想解放也自然導致了人慾橫流。欲望敘事成為野性喧嘩的另一種形態。這不僅是欲望向主流文化發起的挑戰，也是青年文化（包括充滿虛無主義色彩和標新立異風格的「現代派」文化，以及渴望巨變、渴望成名的躁動心態，還有王朔式「躲避崇高」的玩世情緒）在多元文化中佔有不可忽略地位的表徵。

〔註10〕魯迅：《墳·摩羅詩力說》，人民文學出版社 1980 年版，第 56～57、75、92 頁。
〔註11〕胡河清：《論阿城、馬原、張煒：道家文化智慧的沿革》，《靈地的緬想》，學林出版社 1994 年版，第 172 頁。
〔註12〕李澤厚、陳明：《浮生論學》，華夏出版社 2002 年版，第 214 頁。

　　欲望敘事因此成為從「1986 現代詩群體大展」到「新寫實小說」（從劉恒的《伏羲伏羲》、《虛證》到蘇童的《妻妾成群》、《罌粟之家》）再到「性文學」（從張賢亮的《男人的一半是女人》到王安憶的《小城之戀》、《崗上的世紀》、鐵凝的《麥秸垛》、《棉花垛》，一直到賈平凹的《廢都》、衛慧的《上海寶貝》）的共同主題，從激情湧動的 1980 年代一直延伸到世俗化浪潮高漲的 1990 年代。欲望，是人生的基本主題。而當作家們寫出貧困也窒息不了的欲望、禮教也馴服不了的欲望時，他們就寫出了生命意志的強大、野蠻。於是，渲染暴力的作品也漸漸多了起來——從「先鋒小說」中馬原的《錯誤》、莫言的《枯河》，「新寫實小說」中蘇童的《少年血》、余華的《現實一種》，還有王朔的《動物兇猛》，到「知青文學」中老鬼的《血色黃昏》，加上 2000 年以後以寫犯罪人生見長的須一瓜的《雨把煙打濕了》、《第三棵樹是和平》、《太陽黑子》，還有邵麗反映當代鄉鎮尖銳社會矛盾的《劉萬福案件》、《第四十圈》等等，都常常寫到少年的衝動、家庭的暴力、日常生活中的各種殘酷衝突，以及各種匪夷所思的犯罪衝動。讀這些作品，也都可以催生出對於人生的思考：在日常生活中每天都會發生的打打鬧鬧、甚至生死打鬥中，埋藏著怎樣的情感之謎啊！都知道「己所不欲勿施於人」的古訓，可事到臨頭了，還是免不了衝冠一怒、揮拳動粗。這是怎樣的活法！此外，張煒的《古船》、陳忠實的《白鹿原》、莫言的《天堂蒜薹之歌》、《豐乳肥臀》中對政治動盪年代裏家族鬥爭、匪患、民變的暴力敘事，也都凸顯了暴力在社會生活、民間歷史中的特別意義。

　　這裡，應該特別提到另一類暴力敘事——革命暴力敘事。從 1980 年代喬良的中篇小說《靈旗》、黎汝清的長篇小說《皖南事變》、《湘江之戰》、《碧血黃沙》到 1990 年代權延赤的《狼毒花》、鄧一光的《戰將》、《父親是個兵》、《我是太陽》再到 2000 年都梁的《亮劍》，都顯示了當代作家在寫革命戰爭的歷史、革命軍人的命運方面，為重新認識革命的複雜性、歷史的偶然性、農民的個性，寫出不同於從前的革命史故事的新篇章的成功探索。在這些作品中，暴力敘事是與英雄氣概緊密相連的。雖然《靈旗》、《皖南事變》、《湘江之戰》、《碧血黃沙》那樣的作品寫出了個人在歷史悲劇中的渺小，《戰將》、《父親是個兵》、《我是太陽》和《亮劍》還是寫出了普通農民在戰爭中成長、在重重危機中揮灑粗放的英雄豪情、農民本色的文學篇章。細細辨來，權延赤的《狼毒花》因為成功塑造了一個十三歲殺人，十八歲闖世界，後來被八路軍收編的青年，在戰爭中屢建奇功，卻一直不改嗜酒好色的本性，哪怕因此屢受處分也樂

此不疲，如此特別的「革命」軍人形象，足以催生這樣的思考：嚴肅的軍紀，嚴厲的處分，為什麼就改變不了一個人的本性？而當作家寫主人公常發甚至常常憑藉自己嗜酒好色的天賦而為革命作出了其他人真不懂的特別貢獻時，也就進一步揭示了道德與功業之間陰差陽錯的微妙關係：有些功業也許是道德正派的人難以建立的──從秦始皇、漢武帝的霸業到隋煬帝開京杭大運河，從韓非子的法家理論到蘭陵笑笑生的《金瓶梅》……再看《父親是個兵》，作家濃墨重彩寫出了自己的父親，一個老紅軍獨特的革命經歷：他率性而活，為逞個人的英雄氣而拒不服從軍令，戰後受到撤職的處分，卻依然在回鄉時像當年指揮作戰一樣指揮故鄉的農民攔路搶了兩車化肥。作家因此寫出了父親的個性：「從農民來，又還原成農民」。他參與了偉大的中國革命，卻並沒有因此而「改造自己的主觀世界」，使之「無產階級化」。那是中國農民根深蒂固的野性與血性，可以讀作「英雄氣」，也可以讀作「匪性」的吧。如此說來，誰又能說中國農民最能忍耐壓迫與剝削？還有《亮劍》中的八路軍團長李雲龍，不是也野性十足嗎？他就「不太喜歡『軍事民主』這個詞」，認為「東一個主意，西一個主意，到底聽誰的？老子是團長，就得聽老子的」，可謂霸氣十足。連日本人也知道他的「性格：桀驁不馴，膽識過人，意志堅毅，思維方式靈活多變，多採用逆向思維，處事從不拘泥於形式，是個典型的現實主義者。紀律性差，善做離經叛道之事。」「他對有文化的人表現出一種輕蔑，對自己的無知和出身表現出一種莫名其妙的優越感」。這樣的好漢令人很自然想到了陳勝、吳廣、劉邦、朱元璋，想到了《三國演義》中的張飛、《水滸傳》裏的武松、李逵、《紅高粱》中的余占鰲……正是這樣的平民英雄長期受到了廣大讀者的熱烈歡迎，彰顯了民眾的文化脾性。根據小說成功改編的同名電視劇的一直熱播，就充分表明：今天的觀眾，真心喜愛這樣的暴力敘事──集霸氣、匪氣、農民氣於一身，能夠衝鋒陷陣、建功立業，也充滿普通人不服從命令、率性而為的霸氣、野性。在革命風暴過去的和平年代裏，這樣去寫出革命暴力的浪漫豪放、可歌可泣，還產生了持久的轟動效應，堪稱奇觀。其中不僅湧動著重寫歷史的使命感，也明顯透露出作家們對前輩血性浪漫的無限神往。

如此看來，對暴力敘事，又豈可一概而論！魯迅當年不就曾經在《摩羅詩力說》中呼喚的「貴力而尚強，尊己而好戰」的「至誠之聲」麼？他老人家不是還在《論「赴難」和「逃難」》一文中批判了中國傳統的教育嗎？「施以獅虎式的教育，他們就能用爪牙，施以牛羊式的教育，他們到萬分危急時還會用

一對可憐的角。然而我們所施的是什麼式的教育呢，連小小的角也不能有，則大難臨頭，惟有兔子式的逃跑而已。」〔註13〕這樣的感慨與毛澤東時代「全民皆兵」、連女子也「不愛紅妝愛武裝」的風尚顯然一脈相通。一直到了當代，作家姜戎的《狼圖騰》一書再度發出了強悍的呼喚：「歷史證明，一個民族的性格強悍進取，這個民族生存發展的機會就大就多；而一個民族的性格軟弱，這個民族被淘汰的可能性就增大。從世界上實際存在的民族價值標準看，民族性格軟弱是一個民族最致命的缺陷。因為，軟弱的民族性格是萬惡之源，它將導致一系列最可恥、最不可饒恕的罪惡：不思進取，坐井觀天、喪權辱國、割地賠款、叛賣投降、俯首稱臣；人民被殺戮、被販賣、被奴役、被歧視；民族被改種、改文、改姓、改身份等等。世界上無數古老農耕民族就因其性格軟弱，而被殘酷的世界無情淘汰。世界發展到現在，人口激增，生存空間和資源日益短缺，民族性格問題更加突出，因此，必須更加充分重視民族性格問題。」此番宏論令人警醒，如同警鐘長鳴。

另一方面，也不能不看到，那暴力在日常生活中也可能導致悲劇的層出不窮。中國素有「匪」與「俠」的傳統。當代小說中的土匪故事有的旨在張揚百姓的野性（如莫言的《紅高粱》），更多的則暴露了土匪的兇殘（如苗長水的《染坊之子》、水運憲的《烏龍山剿匪記》）。到了人慾橫流的年代，人性之惡也釋放出可怕的能量。閻連科的長篇小說《丁莊夢》講述了「土皇帝」組織農民們賣血掙錢、結果導致艾滋病爆發、引發了仇恨蔓延的當代悲劇，他的父親為民除害，最終擊殺惡貫滿盈的兒子（「土皇帝」），那是怎樣的絕望與仇恨，令人不寒而慄！邵麗的中篇小說《劉萬福案件》、《第四十圈》都聚焦底層的仇殺案件。《劉萬福案件》通過一個本分的農民不堪地痞劉七的欺凌，上告也於事無補，只好怒砍仇人，然後投案自首的故事，「試圖在劉萬福的故事裏尋找背面的東西，也就是說，為什麼會發生這樣的故事？這是比故事本身更耐人尋味的東西……要是派出所把劉七嚴打了能會咋樣？我告訴他，生活是不能假設的，不是應該咋樣，而是就是這樣。……」只是，「如果真是一個國家的老百姓都信這個，那這個國家還有救嗎？」從一樁案件寫出底層人無告的悲憤與絕望，是從司湯達的《紅與黑》、雨果的《悲慘世界》到陀思妥耶夫斯基的《罪與罰》都反覆寫過的批判現實主義主題，這樣的悲劇至今綿綿不絕，不能

〔註13〕魯迅：《南腔北調集·論「赴難」和「逃難」》，《魯迅全集》（第四卷），人民文學出版社1981年版，第474頁。

不令人唏噓。還有《第四十圈》，也是從一樁案件寫出底層人無告的悲憤與絕望：本分的生意人齊光祿受到派出所所長查衛東的小舅子的欺凌，他的喊冤導致了仇家的下臺，可到頭來也沒有擺脫被權力擺佈的厄運。他在殺了查衛東以後體會到的快感被作家刻畫得驚悚無比：「齊光祿騎到查衛東的身子上，像劈柴一樣猛砍起來。這把刀出人意料的鋒利，血肉像木屑般亂飛。那種利索和痛快，給了他極大滿足。憤怒和悲哀已經脫殼而出，離他而去。他的注意力完全集中在刀上了，忘記了周圍的一切。他惟一的擔心就是，身下之物不夠喂這把刀，以延續他的狂歡。一下、兩下、三下……他快活得淚流滿面。」當仇恨只能以這樣的方式了斷時，你不能不感到正義的蒼白。邵麗寫出了浮華年代裏那些層出不窮的野蠻：從野蠻的欺凌到野蠻的復仇，從獸性的蠻橫到復仇的野性，也就寫出了難以化解的緊張矛盾、一觸即發的社會危機。

還有擅長寫犯罪題材的須一瓜。她常常聚焦變態人生，筆觸相當冷酷：《第三棵樹是和平》中的打工女孫素寶為什麼殺夫？因為家暴的忍無可忍。小說這樣寫家暴：「楊金虎喜歡打擊她的頭，有時是提著她用力撞牆，直到把她打昏或者半昏迷，然後在厲聲咒罵中做愛。有時並不做愛，他喜歡在她無力抵抗的時候，審查她一天的全部經過，任何不滿意的解答，都必須受到懲罰。」「楊金虎起碼砍爛了孫素寶20條內褲，只要他檢查時，認為聞到了別人的味道，那麼這條褲子就算完了。」他甚至在女人的肚皮上刻字，詛咒她是「蕩婦」，可謂變態至極！而孫素寶在殺了作惡多端的丈夫後的體驗是：「真的，我一點都不後悔。我心裏挺高興。」可怕嗎？底層的生活重負本已不堪承受，再如何忍受家暴的野蠻？更可怕的是在復仇完結以後的快意，那是怎樣的情感釋放與心理扭曲！而在當今，眾所周知，家暴已經成為一個相當嚴重的社會問題。

當代暴力敘事折射出令人憂心忡忡的現實：儘管法制社會的建構已經取得了歷史性的進步（例如許多「民告官」案件的勝訴，以及「反腐」力度的明顯強化），可通過暴力了斷恩怨的悲劇仍然層出不窮。快意恩仇，也許從來就是我們民族與生俱來的精神品格，它從不會因為法制的健全、理性的增強而銷聲匿跡。一邊是經濟的迅猛發展、生活的明顯改善、法制的不斷加強，另一邊是道德的困惑與日俱增、突發的暴力事件防不勝防、狂歡野性的與日俱增——這，便是我們時代面臨的困境，令人擔憂、催人警惕。

第四節　關於野性與理性的思考

當尼采發出「上帝死了」的狂言時，他顯然無視一個有目共睹的事實：上帝其實還活在許多信眾的心中。當他鼓吹「超人」思想時，他「從來沒有想到，他賦予他的超人的那種權力欲本身就是恐懼的結果。」〔註14〕然而，他開啟的這扇門卻成為無數青年反傳統、反文化、反體制的出口。多少人是在他的引導下走向狂放、狂歡、狂妄的！何況，「上帝死了」的狂言與關於「西方的沒落」、「意識形態的終結」、「烏托邦之死」乃至「人的終結」的種種歎息息息相通！〔註15〕既然理性在試圖回答這些問題時越來越顧此失彼、蒼白無力，當代人就索性「跟著感覺走」，而那感覺的狂歡其實也只能暫時使人忘卻生存的壓力、競爭的重負、精神的苦悶。

另一方面，中國早就有「狂狷」的傳統：從孔子的「狂狷」說、孟子的「民為貴，社稷次之，君為輕」到老莊的「獨與天地精神往來」，再到魏晉風度、禪宗思想，還有李白的「安能摧眉折腰事權貴，使我不得開心顏」、王安石的「天變不足畏，祖宗不足法，人言不足恤」，都可謂士大夫之狂；而陳勝的「王侯將相寧有種乎」、項羽的「彼可取而代也」、黃巢的「我花開後百花殺」，則是農民、軍閥之狂。《三國演義》中的赤壁之戰、六出祁山，是「統一」夢想的悲壯實踐；《水滸傳》中那一個個逼上梁山的故事，則是「造反有理」的率性寫照。如此看來，中國文化中早有形形色色的叛逆精神，與正統文化分庭抗禮又互為補充。因為對近代政治腐敗不滿而發生北伐戰爭、五四運動、農民革命，其實也是歷史上狂放精神、野性風格的延續與昇華。所以，當代文學中的野性敘事、欲望敘事，雖然明顯受到西方現代文化中狂放精神的影響，其實也深深植根於中國傳統文化的狂放傳統中。所謂「名士風度」、「狂放不羈」、「目中無人」、「我行我素」、「特立獨行」、「無法無天」……說的不都是這樣的人生嗎？只是有的名垂青史，有的身敗名裂，有的出奇制勝，有的聚訟紛紜，命運各不相同，有機緣的千差萬別，也有境界的高低不同吧。不過，當「娛樂至死」已成大勢所趨、泡沫化、粗鄙化浪潮也勢不可擋時，令人憂慮的就不僅僅是人

〔註14〕【英】羅素：《西方哲學史》（下卷），中譯本，馬元德譯，商務印書館1976年版，第320頁。

〔註15〕德國思想家斯賓格勒著有《西方的沒落》一書；美國思想家丹尼爾·貝爾著有《意識形態的終結》一書；美國思想家拉塞爾·雅可比著有《烏托邦之死》一書；法國思想家福柯關於「人也將死」的說法也廣為人知。

們審美水平的明顯滑坡、「重口味」的大行其道，也凸顯出這樣的問題：人們離思想、理性越來越遠，而與欲望、感覺、非理性越來越密不可分時，那些曾經照亮過人類前行的思想火炬、信仰燈塔，還會不會重放光芒？

發表於《當代文壇》2018 年第 5 期

第三章 日常生活與風俗中的
野性敘事

　　梁漱溟先生是現代新儒家的代表人物。他曾在《東西文化及其哲學》中認為：「中國人的思想是安分知足，寡欲攝生，而絕沒有提倡要求物質享樂的；卻亦沒有印度的禁慾思想……不論境遇如何，他都可以滿足安受，並不定要求改造一個局面。」〔註1〕李澤厚曾經指出：「與魯迅揭示『國民性』的劣根性一面相反，梁著重揭示了貫徹在『國民性』中的中國傳統和哲學優良的一面。這一面也許被他極大地誇張了，但以所謂『似宗教非宗教，非藝術亦藝術』作為儒學的人生態度和極高境界，以及認『仁』、『樂生』、『剛健』、『情理綜合』為儒家基本精神，這在今天看來，也還是有其描述的準確性的。」〔註2〕梁漱溟先生的思想在 1980 年代～1990 年代重放光芒，顯示了其智慧的遠見卓識。然而，對梁漱溟的思想，胡適先生是不認同的。他曾經針鋒相對地指出：「梁先生難道不睜眼看看古往今來的多妻制度、娼妓制度，整千整萬的提倡醇酒的詩，整千整萬恭維婊子的詩，《金瓶梅》與《品花寶鑒》，壯陽酒與春宮秘戲圖？這種東西是不是代表一個知足安分寡欲攝生的民族的文化？只看見了陶潛、白居易，而不看見無數的西門慶與奚十一；只看見了陶潛、白居易詩裏的樂天安命，而不看見他們詩裏提倡酒為聖物而醉為樂境——正是一種『要求物質享樂』的

〔註1〕梁漱溟：《東西文化及其哲學》，曹錦清編選《梁漱溟文選》，上海遠東出版社 1994 年版，第 51 頁。
〔註2〕李澤厚：《略論現代新儒家》，《中國現代思想史論》，東方出版社 1987 年版，第 289 頁。

表示：這是我們不能不責備梁先生的。」〔註3〕這一番話，也一針見血、言之成理。關於中國傳統文化的特質是「吃人」（如魯迅就這麼看）還是「成就人」（新儒家就這麼認為），關於中國傳統文化是有助於現代化建設還是妨礙了現代化進程，關於是應該「弘揚傳統文化」還是「全盤西化」的爭論，一直就沒有停止過，各執一詞，各有其理，說到底，還是因為中國文化太難以一概而論了。它既有「自強不息」的一面，也有「知足常樂」的一面；既有「崇文」的傳統，也有「尚武」的風氣，還有「重商」的思潮；時而「艱苦奮鬥」，時而「耽於享樂」、也善於享樂；有時「天下太平」，忽然又「天下大亂」……

從這個角度看，中國文化的複雜性有待進一步探討。尤其是暫且放下學者的理性著述，而轉向更加豐富多彩、更加混沌生動的文學作品，看看作家們如何寫出人生的一言難盡、文化的陰陽轉換，從而感悟傳統的千姿百態、魚龍混雜，是可以幫助我們超越那些偏頗之見的。

例如傳統文化以「禮教」約束「人慾」，可「人慾」真就被束縛住了麼？看看那些沉溺於享樂之中的王公貴族、風流才子，再看看那些欲壑難填、任性胡來的惡霸、土匪、地痞，還有那些覬覦權力寶座的野心家……這些人常常就輕易地顛覆了正統的公共道德、攪亂了社會秩序，甚至常常鬧得天下大亂、生靈塗炭。另一方面，當社會失範之時，也常常是英雄輩出之時，那些「以天下為己任」的英雄好漢在亂世中救民於水火之中，也常常靠的是「替天行道」的主張和非凡的勇氣、謀略與毅力。他們與惡魔的鬥爭、以及英雄與英雄之間的鬥爭常常驚天地泣鬼神，那野性的狂放、手段的殘酷也常常匪夷所思。而當平民百姓在一次次浴血的劫難中也見識了「禮教」的蒼白、人道的無力，領略了「霸道」的冷酷無情、鬥爭的殘酷無比時，他們在日常的爭鬥中當然也會使出全部激情、百般伎倆。這些平時都懂「禮教」的人們可以在一瞬間就走上叛逆、造反的道路──這，已是在中國上演過多遍的野性歷史。如此說來，也許聚焦於那些野性的人生比禮讚那些溫文爾雅的人們更具有探討「國民性」奧秘的意義。

寫到這裡，想起了梁啟超關於「凡內亂頻仍之國，必無優美純潔之民」的論述，〔註4〕還想起魯迅曾經說過：「我中華民族雖然常常的自命為愛『中庸』，

〔註3〕胡適：《讀梁漱溟先生的〈東西文化及其哲學〉》，引自沙蓮香主編《中國民族性（一）》，中國人民大學出版社1989年版，第87～98頁。

〔註4〕梁啟超：《新民說》，引自沙蓮香主編：《中國民族性》（一），中國人民大學出版社1989年版，第65頁。

行『中庸』的人民，其實是頗不免於過激的。譬如對於敵人罷，有時是壓服不夠，還要『除惡務盡』，殺掉不夠，還要『食肉寢皮』。」「然則聖人為什麼大呼『中庸』呢？曰：這正因為大家並不中庸的緣故。」〔註5〕據許壽裳回憶，魯迅還說過：「別國的硬漢為什麼比中國多？是因為別國的淫刑不及中國的緣故。」〔註6〕周作人也由1927年的政治株連感慨：「我覺得中國人特別有一種殺亂黨的嗜好，無論是滿清的殺革黨，洪憲的殺民黨，現在的殺共黨，不管是非曲直，總之都是殺得很起勁，彷彿中國人⋯⋯就把殺人當做目的，借了這個時候儘量地滿足他的殘酷貪淫的本性。⋯⋯我相信這在中國總是一種根深蒂固的遺傳病，上自皇帝將軍，下至學者流氓，無不傳染得很深很重」。〔註7〕儲安平也在比較研究中國人與英國人的民族性時指出：中國人「在實際的政治生活及社會生活中，理性的痕跡極其微弱。⋯⋯多年以來，中國的政治實以強力為核心。⋯⋯中國內戰之多，實開現代國家之最高紀錄」，這足以表明「中國人不以理性而以感情駕馭一切」，「中國人無論在私人生活或公共生活中，儘量放縱他自己的意志和感情，而毫不知有所約束。」〔註8〕這樣的國民性，值得研究。

　　這樣，就有了這篇研究當代文學中的野性敘事的筆記。

　　野蠻生長，是當代文學的一個重要主題。從「50後」作家的「文革」記憶到「60後」、「70後」作家的欲望敘事，都體現出這一點。從「文革」中的革命風暴、上山下鄉到新時期以後伴隨思想解放高漲起來的人慾橫流、社會失範，在急劇變動的社會中，人們為什麼常常不約而同選擇了野性、率性、任性的活法？雖然中國的思想家一直倡導「禮教」、「仁政」、「理學」、「心學」、「放下屠刀，立地成佛」，雖然雄才大略的政治家常常要求「萬眾一心」、「步調一致」、「一切行動聽指揮」、「六億神州盡舜堯」，可歷史上卻寫滿了「你死我活」、「不共戴天」、「天下大亂」、「寧教我負天下人，休教天下人負我」、甚至「寧可錯殺三千，不可放走一個」的血淚記憶。那些記憶頻頻昭示著一個民族的悲哀：為什麼人與人之間的仇恨那麼深？為什麼人與人之間的鬥爭那麼殘酷？

〔註5〕魯迅：《南腔北調集·由中國女人的腳，推定中國人之非中庸，又由此推定孔夫子有胃病》，《魯迅全集》第四卷，人民文學出版社1981年版，第506頁。
〔註6〕許壽裳：《亡友魯迅印象記》，人民文學出版社1981年版，第80頁。
〔註7〕周作人：《怎麼說才好》，《談虎集》，北新書局1936年版，第295頁。
〔註8〕儲安平：《英人·法人·中國人》，遼寧教育出版社2005年版，第20～21、15頁。

有一首流行歌曲《野蠻生長》，其中有這樣的歌詞：「你受不了嗎，我驚擾天下／你看不慣嗎，明年再看吧／萌芽到開花，舞爪又張牙／春要來等不到夏，太壓抑幹嘛／推倒最高的圍牆，堅持野蠻的生長／他們都歌頌玫瑰香，我偏開出仙人掌／超越平庸的想像，不安邏輯的閃亮／我用我喜歡的模樣登場……」「翻翻天覆覆地，橫蠻的很有理／我投奔放肆不認識委屈／翻翻天覆覆地，有個性不迴避／最漂亮一擊叫忠於自己」……這歌充滿了叛逆的情緒和個性的吶喊，是新一代青年對於「任性」一詞的最好詮釋。其實，細細想想，「野蠻生長」不是也可以看作我們民族的生長特質麼？無論怎樣的嚴格控制，也不管有怎樣嚴格的家庭教育、組織管理，到頭來常常在野性的誘惑或衝擊下土崩瓦解。野性的頑強不羈、野性的如火如荼，譜寫出這個民族格外苦難深重也格外激動人心的歷史，導演出神州大地格外波瀾壯闊也格外不可思議的一幕幕人間大戲……

第一節　野蠻的民俗

在當代文壇上，曾經有過「尋根熱」。作家們學習加西亞・馬爾克斯、福克納的榜樣，從本土尋找創作的靈感，寫出了一批膾炙人口的名作──從阿城的《棋王》到鄭義的《老井》，從鄭萬隆的《老棒子酒館》到莫言的《紅高粱》……這些作品多立足於重新發現民間、弘揚民魂的立場。然而，其中也常常寫出了民間的野性、民風的殘酷。

對於經歷過革命年代的一代人，在民間的見聞令他們刻骨銘心──例如韓少功就在《爸爸爸》中記錄了殘忍的民俗：「為什麼祭谷神不用豬羊而要用人肉，為什麼殺人得殺個男人，最好是鬚髮茂密的男人……這些道理從來無人深究。」「有些寨子祭谷神，喜歡殺其他寨子的人，或者去路上劫殺過往的陌生商客，但雞頭寨似乎民風樸實，從不對神明弄虛作假，要殺就殺本寨人。抽籤是確定對象的公道辦法，從此以後每年對死者親屬補三擔公田稻穀，算是補償和撫恤。」小說中關於吃「槍頭肉」的描寫也足以令人側目：「按照打冤家的老規矩，對敵人必須食肉寢皮，取屍體若干，切成了一塊塊，與豬肉塊混成一鍋，最能讓戰士們吃出豪氣與勇氣。」而男人在自己了斷生命的選擇時也是莫名其妙的殘忍：「君子坐有坐相，站有站相，死也要有個死威，死得頂天立地，還用得著準備什麼？他提著彎刀進山來，就是要選一處好風景，砍出一個

尖尖的樹樁，然後樁尖對準糞門，一聲嘿，坐樁而死，死出個慷慨激昂。他見過這種死法。前些年馬子洞的龍拐子就是一個。他咳痰，咳得不耐煩了，就昂首挺胸地坐死在樁上。後來人們發現血流滿地，樁前的草皮都被他抓破，抓出了兩個坑，翻出了一堆堆浮土，可見他死得慘烈、死得好，不僅上了族譜的忠烈篇，還在四鄉八里傳為美談。」在這樣殘忍的民風描寫中，作家披露出深深的憂思：人們為什麼習慣於以殘忍的方式去踐行傳統？在短篇小說《鞋癖》中，作家還披露了一段鮮為人知的史事：在野史《澧州史錄》中，記載了乾嘉年間，澧州一帶土民突發「鄉癲」，狂奔亂跑，裸舞狂歡，朝廷派兵進剿，斷癲匪六百多人雙足。後來，那一帶的女性熱衷做鞋，甚至積下一大箱子鞋子；那裡的人們送禮也最喜歡送鞋；給死人送葬，也得多燒紙鞋；甚至「連咒人也離不開鞋，比如『你祖宗八代沒鞋穿的』之類。這種嗜鞋習俗確實有些特別。」其中是否有歷史記憶的神秘作用？作家記下了歷史的晦暗與神秘，令人遐想。

　　鄭義的中篇小說《老井》中描寫「惡祈」的文字也令人觸目驚心：大旱時節，「萬般無奈之時，只好用『罪人』自甘受罪受罰的慘狀，來觸動神祇的惻隱之心，那受苦流血的場面，對神祇而言，不無要挾之意味；對觀眾而言，自然頗為熱鬧刺激的。」請看：或者「罪人赤膊，十字披掛鐵鍊，粗長沉重的鐵鍊在地上拖曳著，在毒日頭下暴曬著，罪人身上燙滿了泡」，或者「罪人用鐵鉤勾住兩鎖骨，一邊弔一把鍘刀，也很威風好看的」。孫石匠也光著膀子，頸套刀枷，刀枷由六把二尺許的小鍘刀綁紮而成。三把鍘刀成一三角形，套在「罪人」肩頸上。六把刀片，都是刃朝裏。稍不留意，頭上頸上就會被刀刃所傷。「孫石匠頭上已綻出一道並不洶湧的血流……他一如平素，溫良敦厚地笑著，向鄉親們微微點頭致意」。孫石匠在鄉親們震天的哭聲中走了四十多里路，直至精疲力盡……此舉感天動地！卻最終並沒有祈得雨水。《老井》的這一場景將絕望中的苦苦祈禱、英雄好漢的犧牲狂熱，以及百姓既當著看客又深受感動的情緒，寫得血氣衝天、五味俱全！

　　莫言的《紅高粱》不也因為對殘酷場面的描繪（例如其中剝人皮的刻畫）而一開始就受到了尖銳的批評嗎？評論家艾曉明就曾經發表過《驚愕‧噁心‧沉思》的文章，對「紅高粱」系列作出過中肯的分析：其中既有令人噁心的描寫，也有發人深思的反省。那些使人慘不忍睹的場面顯然有「自然主義」傾向，又何嘗不是許多慘絕人寰悲劇的寫照！莫言的小說中，常常有關於暴力與酷刑的描寫（如《枯河》、《拇指銬》、《生死疲勞》、《檀香刑》）。那些描寫中浸透

了作家在貧困的鄉村耳聞目睹的多少悲劇！莫言曾經自道：從小「感受不到人世間的溫暖」。而他自己，也有過這樣的體驗：「小時候，我曾經把一隻羽毛未豐的小鳥塞進一個草洞，第二天早起竟看見一群螞蟻把那小鳥吃成一團漆黑。從那時起我就訓練出了一種變異的感覺……」〔註9〕那是怎樣的心理扭曲！而這樣的心理扭曲結出的竟然是那樣奇特的文學碩果——混合著豔麗與恐怖、質樸也詭異、洋洋灑灑亦泥沙俱下、豪氣干雲又粗鄙野蠻……莫言小說取得的巨大成功與他天馬行空到毫不拒絕「重口味」的風格有沒有某種聯繫？答案應該是肯定的。看當今之世，從電影電視到「網絡文學」，從行為藝術到新聞報導，哪裏沒有旨在吸引大眾的「重口味」？

　　馮驥才的中篇小說《神鞭》寫老天津「夠份兒的混星子都得有一段凶烈帶血的故事。」先是挑起事端，使橫逞兇，然後「依照混星子們的規矩，必須往地上一躺，雙手抱頭護腦袋，雙腿彎曲護下體，任憑人家打得死去活來。只要耐過這頓死揍，掌櫃的就得把他抬進店，給他養傷，傷好了便在店裏拿一份錢，混星子們叫『拿一份』。」這是怎樣可怕的風俗與經歷！黑社會也有他們的慘烈「規矩」。到了中篇小說《三寸金蓮》中描述裹腳之痛：「裹腳這關賽鬼門關」——小女孩兒為裹腳之痛而哭，親奶奶也得咬咬牙裏！這也是為了遵循自虐自殘的習俗！

　　李佩甫的長篇小說《李氏家族第十七代玄孫》記錄了各種痛苦的往事：李滿鳳性情剛烈，為逼爹改掉賭博惡習，當眾剁去自己一節小拇指頭！李家與張家的家族械鬥，「一切都失去了控制」，「到處是年輕的、火爆爆的力……天天都有強奪女人的廝殺聲。」連丐幫的「每一次權力的交替必然帶來血腥的仇殺和火並……唯強者是善，惡者是爺。」「當年，丐爺面對眾多強悍的無賴，安然地用利刃挖去了自己的一隻亮眼」，後來，二膘子以六把匕首插入自己的身體，八賴跪釘板……都是怎樣的忍性和血性啊！

　　再看酷刑。中國歷史上早就記載有商鞅被車裂、孫臏膝蓋骨被挖、酈食其被烹、司馬遷被閹……種種慘絕人寰的酷刑。唐浩明在長篇小說《曾國藩》中也記錄了曾國藩以酷刑治軍的歷史：命人製作十個站籠，犯人頭卡在木枷中，四肢捆綁，不給吃喝，天天到處巡遊，不出三四天，便慘死在籠中。百姓在發慌的同時，也知道了曾國藩之厲害、殘忍。他後來有「曾剃頭」的外號，與此有關。小說中關於曾國藩命人殺牛、「血祭出師」的描寫也相當震撼地寫出了

〔註9〕趙玫：《淹沒在水中的紅高粱——莫言印象》，《北京文學》1986年第8期。

古代儀式的殘忍，驚心動魄。

　　莫言的長篇小說《檀香刑》也因此而令人震驚：小說中借德國總督克羅德之口說，「中國什麼都落後，但是刑罰是最先進的，中國人在這方面有特別的天才。讓人忍受了最大的痛苦才死去，這是中國的藝術，是中國政治的精髓……」在那些殘酷至極的酷刑中，埋藏著怎樣的狠毒之心！檀香刑就是「用一根檀香木橛子，從那人的谷道釘進去，從脖子後邊鑽出來，然後把那人綁在樹上。……犯人施刑後，肚腸並沒有受傷，但血在不斷地流，為了讓他多活時日，必須每天給他灌參湯。」這是怎樣的折磨？慘無人道到了匪夷所思的地步：以折磨為樂！

　　我們的民間生活中，有著無數歡樂、喜慶、精彩紛呈的民俗，從那些節慶到婚俗、禮節。另一方面，也有許多陰暗、殘忍、令人毛骨悚然的陋俗、惡俗。作家們在自己的作品中記下了民俗的這一面，也就足以發人深省：那些陋俗、惡俗為什麼那麼根深蒂固？經過一次次革命的衝擊，有的灰飛煙滅了（如三寸金蓮、檀香刑等等），可仍然有邪教的蒙昧、械鬥的血腥在不斷重演，有數不清的家庭暴力、校園欺凌、街頭打鬥層出不窮。有多少無辜的生命還在被野蠻、蒙昧的黑暗吞噬？文明與蒙昧的纏鬥一直就沒有終結。

第二節　日常生活中的野蠻

　　風俗是日常生活的沉澱。雖然社會的發展常常呼喚「移風易俗」，也有許多的陋俗漸漸被歷史的浪潮淘汰，可仍然有一些可怕的陋俗幽靈還游蕩在日常生活中。

　　還有什麼比日常生活中的野蠻無處不在更能體現一個民族的蠻性的呢？即使沒有戰爭、沒有政治運動，人們也會在雞毛蒜皮的日常紛爭中動輒訴諸暴力。在我們的詞典中，諸如家庭暴力、兄弟反目、手足相殘、同室操戈、「本是同根生，相煎何太急」，還有「棍棒下面出孝子」、「不打不成器」……都令人扼腕。

　　王蒙的長篇小說《活動變人形》講述了舊時代的家庭悲劇：一個有過留學經歷的人，在家裏卻飽受老婆、大姨子的攻擊、折磨，到頭來只好苟活。小說寫的是作家父母的故事，他們之間的吵吵鬧鬧無休無止，正好證明了「不是冤家不聚頭」的俗語。這樣的悲劇故事令人想起巴金的《家》、《寒夜》、老舍的

《駱駝祥子》、曹禺的《雷雨》、張愛玲的《金鎖記》、余華的《現實一種》……為什麼那麼多的悲劇都發生在家庭裏？

余華的中篇小說《現實一種》是「新寫實小說」的名作。小說講述了一起因為意外而發生的家庭悲劇：在一個平時只有冷漠的家庭裏，兄弟之間、母子之間、祖孫之間都毫無親情。悲劇的導火索一旦點燃，接下來的就是手足相殘的家庭暴力輪番上演，直至相繼為此付出生命的代價。後來，在長篇小說《細雨與呼喊》中，也是一系列的家庭暴力繼續上演：父子之間、祖孫之間，都充斥著暴力或冷漠。比起《現實一種》，《細雨與呼喊》將悲劇的舞臺擴大到學校與社會：國慶與慧蘭的早戀得到的是慧蘭父母對女兒的痛毆，以及國慶提著菜刀上門行兇；老師對學生的懲罰變幻莫測，包括在下雪天讓犯錯誤的學生雙手捧住大雪球，直至雪球慢慢融化，還有武裝部幹部王立強因為私情暴露鋌而走險，拉響了手榴彈自殺……這一切，都在一個成長的少年心中集聚了多少的幻滅、仇恨與困惑不解！

而那些鄉土小說中關於農民日常生活中的暴力描寫也驚心動魄──張石山的短篇小說《甜苣兒》寫鄉村的種種暴力：鄉村先生管理學生，「主要是打，打得狠，就是好先生」；「幹部打社員，賽如喝涼水。幹部們愛講一句話：有道是『八路軍不打好人』。你挨打，就證明你是壞人」；甜苣兒自由戀愛，在家裏激起軒然大波，就因為二人同姓同宗，所以犯了大忌，不僅親哥哥要殺妹妹的對象慶雲，連慶雲的父親也毒打兒子！直鬧得甜苣兒喝農藥。慶雲被逼另娶媳婦以後，也常常打媳婦。張石山的中篇小說《神主牌樓》裏記錄下鄉村的俗語：「打到的媳婦揉到的麵」，「沒兩下鞭子，牲口還不上套哩！」「打是為打好，不是為打孬。」還有「忤逆不孝，攪家不賢，殺不得也打得！打那潑婦一個皮開肉綻、滿身紅龍！」「要按過去，老子送兒子忤逆，縣大堂上問也不問，掀翻就打！家族裏呢，打死也白白打死！女人不登公堂，族裏收拾；留人呢，打個半死；不留呢，活埋！想得錢呢，賣了！」從這些鄉村的「規矩」中，可以看出暴力的無處不在：從官衙到村裏，從學校到家庭，從家規到民風，都充滿了暴力，而且代代相傳。

陳忠實的名著《白鹿原》這樣描寫懲罰偷情者的刑罰：「白嘉軒從臺階上下來……從執刑具的老人手裏接過刺刷，一揚手就抽到小娥的臉上，光潔細嫩的臉頰頓時現出無數條血流。小娥撕天裂地地慘叫。白嘉軒把刺刷交給執刑者，撩起袍子走到白狗蛋跟前，接過執刑人遞來的刺刷，又一揚手，白狗蛋的

臉皮和田小娥的臉皮一樣被揭了，一樣的鮮血模糊……男人女人們爭著擠著搶奪刺刷，呼叫著『打打打！』『打死這不要臉的姨子！』刺刷在眾人的手裏傳遞著飛舞著，小娥的嘶叫和狗蛋的長嚎激起的不是同情而是更高漲的憤怒。」酷刑本為約束鄉村風紀而設，要在不嚴苛不足以儆戒眾人。可那份血腥也實在折射出衛道士的殘忍、狂熱。

　　到了政治運動壽終正寢、人們開始奔小康的年代，連享樂也顯得那麼野性十足！例如林白的長篇小說《婦女閒聊錄》，就真實記錄了人民公社解體以後鄉村生活的巨變：勞動輕鬆多了，人們的性觀念、家庭觀念也發生了巨大的變化。打牌成為狂歡的方式：「打牌，整夜打，一直打，不知道打了幾天呢，昏天黑地的，下來看什麼都是七筒八筒，吃飯看筷子，也是七筒八筒，看兩個兩個的，都是七筒八筒，就是湊不了一胡。看兒子女兒也是七筒八筒。真是迷得，寧可不吃飯，也要打牌。」「我們在家一天到晚打麻將。不睡覺，不吃飯，不喝水，不拉不撒，不管孩子，不做飯，不下地。要是小王做了飯，端給我，我就吃，不端，我就不吃。兩個孩子，一兒一女，從小就喝涼水，饑一頓飽一頓。女兒小，嬌氣，每天要兩塊錢買零食吃，吃了零食就不吃飯了。兒子懂事，九歲那年自己走了五里地找外婆，讓外婆教他做飯。」「有兩次打麻將都快打死過去了，不吃不喝不睡打了一天一夜，突然眼睛一片漆黑，什麼都看不見，也說不出話來，全身發軟沒力氣。當時以為快死了，睡了三天，沒死，又接著打。」「我們村女的都這樣，天天打麻將，都不幹活，還愛吃零食，每天不是瓜子就是蠶豆，不然就煮一大鍋雞蛋，一大鍋花生，大家圍著吃，全吃光。」「王榨的人都挺會享受，有點錢就不幹活了，就玩麻將，誰不會玩就被人看不起。」這是怎樣的狂歡！麻將是「國粹」。在毫無節制、隨心所欲的集體任性、聚眾狂歡中，彰顯了人慾橫流的民風。野性，與縱慾狂歡也緊密相連。

　　而盛可以則一直在講述著底層人野蠻生長的驚悚故事。她的長篇小說《北妹》（又名《活下去》）講述了洗頭妹野蠻生長的故事：錢小紅因為胸部太大而早熟，輟學以後闖蕩社會，利用自己的嫵媚作派、粗鄙言行與那些欲望蓬勃的男人們周旋，也以此掙錢，滿足自己的肉慾。小說中寫道：「錢和性是活著的兩大基石，是活得舒坦的基本要素」，「為欲望服務」，就是她和她的夥伴看到的現實。長篇小說《野蠻生長》則揭示了家族歷史中綿綿不絕的蠻性。這種蠻性不僅僅體現李家人的生存環境的艱難上，也深深浸透在家族成員的血液中。父子之間的關係緊張、夫妻之間的打鬥吵鬧、孩子的叛逆、出走、賣

淫、自殺……都散發出不可阻擋的野性蠻力。父親的專制、粗暴激起了兒女的怨恨與反抗，兒女們也以各種野性的叛逆與反抗突圍，雖然突圍的結果仍然是綿綿不絕的吵鬧、打鬥、被算計、被欺騙。每個人都靠著原始的生命力野蠻生長著，任性霸蠻、橫衝直撞，而這一切，又與巨變時代的粗暴密切相關──從「嚴打」的殘酷無情到計劃生育「該紮不紮，房倒屋塌；該流不流，扒房牽牛」、「寧可血流成河，不准超生一個」的「土政策」，從收容制度蛻變為「黑金政治」的黑暗、媒體披露反被打壓的黑暗，到性開放導致的種種家庭悲劇等等。書中那句「基本上把自己當牲口伺候」，還有那句「鄉下孩子，哪個不是牲口一樣長大？」足以令人想起無數底層孩子缺少關愛的悲劇故事──從莫言的《透明的紅蘿蔔》、《枯河》、《歡樂》到蘇童的《少年血》、劉震雲的《塔鋪》……

甚至，盛可以筆下的都市男女之間的愛恨情仇也表現得那麼粗野、鋒利──例如《快感》中貫穿全篇的刀的意象：寫女友：「她那眼神他媽的是捅進豬脖子的那柄長刀，具有優美的弧度，勾魂奪命，沾滿鮮血的水靈……我臥在刀叢中，並在刀尖上跳舞。」寫做愛時的體驗，「我像刀一樣切割著她的肉體……把她剁成快樂的肉醬」；打鬥時，女的會揮刀削下男友的一截小拇指！「鮮血滴答滴答往地下掉，節奏無比優美，像遠古傳來的跫音衝擊耳膜，產生不遜於交響樂狂轟的巨響。」而自虐時，也曾經「試過用鏽鈍的裁紙刀對著手腕磨來磨去，也試過用自己的肌膚嘗試刀子的鋒利。我看到鮮血像豆子一樣蹦出來，冒著熱氣……汩汩流淌並大面積漫延……這是妙不可言的」！這些感覺奇特的文字寫活了當今青年的怪異生命體驗。同樣是寫青春的血，《快感》與老鬼在《血色黃昏》、《血與鐵》講述的革命青年寫血書的往事多麼不一樣！

那麼，大都市的青年呢？例如衛慧，她擅長講述「上海寶貝」的生命體驗。還有什麼比《像衛慧那樣瘋狂》這樣的題目更能體現衛慧的渴望與存在方式呢？衛慧這麼表白「我們的生活哲學」：「簡簡單單的物質消費，無拘無束的精神遊戲，任何時候都相信內心衝動，服從靈魂深處的燃燒，對即興的瘋狂不作抵抗，對各種欲望頂禮膜拜，盡情地交流各種生命狂喜包括性高潮的奧秘，同時對媚俗膚淺、小市民、地痞作風敬而遠之。」這已經與傳統的「小資情調」很不一樣了。這是「小資情調」的升級版──「布波一族」（即「布爾喬亞──波西米亞族」）。這是渴望體驗「瘋狂」、「狂喜」、「燃燒」感覺的人生。到了《上海寶貝》中，這樣的體驗表現為「失控」：「我和我的朋友們都是

用越來越誇張越來越失控的話語製造追命奪魂的快感的一群紈絝子弟，一群吃著想像的翅膀和藍色、幽惑、不惹真實的脈脈溫情相互依存的小蟲子，是附在這座城市骨頭上的蛆蟲，但又萬分性感，甜蜜地蠕動，城市的古怪的浪漫與真實的詩意正是由我們這群人創造的。」人，異化為甲蟲，是卡夫卡《變形記》發出的悲歎；可到了衛慧這裡，在大都市享受浮華生活的體驗，則是像蛆蟲一樣「甜蜜地蠕動」的幸福感。

　　慕容雪村的長篇小說《成都，今夜請將我遺忘》也彌漫著玩世不恭的氣息，其中寫男男女女之間的放縱遊戲，已經到了見怪不怪的地步。例如主人公陳重的觀點：「這世上根本就沒有什麼正人君子。在合適的時間，合適的地點，遇見合適的人，誰都會放縱自己」，他在風流過後如此回味：「這些年我跟無數女人上過床，對交配已經漸生厭倦。」「這年頭的姑娘們都喜歡壞男人，只要嘴皮子靈便，再加上點不要臉的革命精神，一般的家庭婦女都能生擒。還有一個要點就是不能把自己說得太好，人都有逆反心理，你越說自己是個壞蛋，她就越關注你的優點。」「誰讓我真正動過情呢？上帝說了，要讓一個人死，就先讓他瘋狂，要讓一個人瘋狂，就先讓他動感情。」「咋個會有真的愛情呢？」從性解放到性冷漠，不過一步之遙。在經歷過縱慾的瘋狂、婚姻的失敗以後，陳重的苦悶是：「究竟是從什麼時候開始的？究竟是什麼使我們發生了這麼大的變化？我們泛黃的記憶裏，誰在哭泣，誰在失落，誰在囂張？這樣想下去，最後連那句老掉牙的歌詞都被我想到了：究竟是我們操了世界，還是世界操了我們？」而事實上，「大四最後一學期，校園裏充彌著末日狂歡的氣氛。情侶們面對漸漸逼近的聚散離合，或笑如春花，或淚如雨下，但都不肯放過這日落前的時光，像瘋了一樣在情人身上消耗最後一袋精力，招待所外飄蕩著宛轉嘹亮的呻吟聲，小樹林裏丟滿各種口徑的避孕套。大家去向已定，未來宛在眼前，卻又看不真切，歡樂的表情掩飾不住每個人焦灼的心理……」儘管有方方面面的管教，可青春為什麼那麼容易與頹唐、放縱、淚水、瘋狂糾結在一起？

　　就這樣，盛可以、衛慧、慕容雪村這些「70後」作家以特別擅長描寫當代人任性、狂放的生命體驗而有別於習慣思考人生、感慨生活的「50後」作家們（例如史鐵生、李銳、韓少功、鄭義、張煒、王安憶、鐵凝……等等）。在他們筆下，不論是鄉村狂歡的農婦，還是進城打工的青年，或者是大都市裏尋歡作樂的「小資」、白領，也不管活得如何，在盡情釋放生命的野性方面，大家殊途同歸。當然，這些作品不是生活的全部。也有許多講述生命壓抑、情

感受挫、不滿膨脹的作品，像賈平凹的《高老莊》、莫言的《天堂蒜薹之歌》、邵麗的《我的生活質量》、李佩甫的《生命冊》、閻連科的《丁莊夢》……都令人長歎。然而，對於當代人狂歡粗鄙風格的刻畫，仍然有深刻的社會意義與文學價值。喜歡任性，從來就是許多人偏愛的活法──帝王將相喜歡為所欲為，平民百姓喜歡我行我素，土匪流氓喜歡橫行霸道，詩人畫家喜歡放浪形骸，表現各不一樣，而那份率性則如出一轍。中華民族的國民性中，有忍辱負重的一面，更常見率性而活的一面。所以，我們的文學作品中，才有那些狂放、強悍、縱酒舞劍、浪跡天涯的人物形象，才有那一腔或發憤圖強、或犯顏直諫、或獨登高樓、或桀驁不馴、或歸隱山野、或嘯聚山林的躁動熱血。正因為有了那些不拘禮教、狂放不羈的人生，才有了那些讀來血脈賁張、豪情萬丈的好詩好文。也正是這樣的情懷與文學的代代相傳，才推動了中國文化的發展、中國社會的巨變，當然，還有另一面：社會矛盾層出不窮，人生悲劇接連不斷。

　　社會的種種巨變，只是使人回歸了慷慨、率性的野性。而思想解放、個性解放、生活小康，也最終使人回歸了率性而活的任性。從這個角度看，無論世道如何變遷，我們民族的野性基因其實一直都根深蒂固，難以馴服。

第三節　歷史雲煙中的殘忍

　　曾經有過一段政治運動頻繁的年代，在啟動了人們的烏托邦夢想的同時也鬼使神差喚醒了人們心中的粗暴野性。在極左思潮的狂熱中，「殘酷鬥爭，無情打擊」曾經是革命黨內鬥爭的口號。借革命的口號打擊異己，也是政治鬥爭中司空見慣的現象。那些鬥爭手段的殘忍、血腥又足以使人想起歷史上的種種屠殺與冤獄，想起近代以來，從太平天國的「天京事變」到義和團濫殺教徒那樣的人間慘劇。暴風驟雨的革命當然不可能以溫柔、精緻的方式展開。只是，革命的狂熱為什麼常常與慘無人道的暴行相伴相隨？有多少革命者沒有倒在敵人的槍炮下，反而倒在了同志的屠刀下？又有多少革命者因為革命陣營內的自相殘殺而心灰意冷、半途而廢？

　　先看殘酷的刑罰。喬良的中篇小說《靈旗》寫紅軍歷史上湘江之戰的悲劇，其中寫到蘇區的「肅反」酷刑：「黨代表也死了。不是被敵人殺死的。是被自己人當作敵人活活打死的。……很慘。說他是 AB 團。還說他是社會民主黨。然後那幾個神情莊重的人把顏色暗紅不知是鏽還是血的鐵絲，緩慢無情

地刺進綁在廊柱上的黨代表的睾丸。任憑他腦袋上仰下俯，長呼短叫，那些人全然不動聲色，慢悠悠地從那端把鐵絲拉來扯去，直到受刑人停止鼻息。他們很風趣地把這叫做咬卵彈琴。那一陣子，很多人都嘗過這滋味。活下來的不多。」苗長水在中篇小說《犁越芳冢》中再現了「土改」「消滅地主」的風潮中那些殘酷的貧農鬥地主的場景：把地主弔在樹上，往下摔成「肉包袱」；或亂石砸死；連兩歲的孩子也一鍬劈成兩半……還有虐待地主女眷的酷刑：逼她們在燒紅的鏊子上走，用燒紅的鐵鍁烙她們的胯間……是怎樣的仇恨或者惡作劇心理使人們變著法子整人、從虐待的酷刑中取樂呢？

　　受到過勞改的張賢亮則在長篇小說《煩惱就是智慧》中介紹了勞改農場的「示眾」：「把人直挺挺地綁在扁擔上，然後頭朝下腳朝上地擱在 75 度斜坡的渠壩上『控血』是最常見的一種；剝了上衣綁在樹上讓蚊蟲叮咬又是一種。」而這樣的折磨比起鐵凝在長篇小說《玫瑰門》中刻畫的「文革」中「革命小將」虐待姑爸及其貓的暴行，則不算什麼了：小將們先是撕裂了那隻貓，然後——「打、罵、罰跪、掛磚也許已是老套子，他們必須以新的方法來豐富自己的行動。……他們把『人』搬上床，把人那條早不遮體的褲子扒下，讓人仰面朝天，有人再將這仰面朝天的人騎住，人又揮起了一根早已在手的鐵通條。他們先是衝她的下身亂擊了一陣，後來就將那通條尖朝下地高高揚起，那通條的指向便是姑爸的兩腿之間……」沒有人教過他們這些暴行吧，這是一群「革命小將」無師自通的行為吧！那麼，那暴行的源頭在哪裏？就在「革命小將」的心中嗎？

　　老鬼在長篇非虛構小說《血色黃昏》中回憶了躁動的青春歲月：為表示下鄉的決心，寫血書，發出「讓血來為我們開路」、「熱血無敵」的豪言壯語！蒙冤坐牢後，寫血信上訴，邊寫邊想起「割斷自己脖子的項羽，砍掉自己胳膊的王佐，削去自己鼻子的聶政，挖去自己一個眼的志願軍無名戰俘……」這樣的描寫令人唏噓，是那個崇拜悲壯、渴望犧牲的時代風氣的真切寫照！然而，也有知青們「為了一個大學名額，一項好差事，一句表揚話，人們互相爭奪，不惜打得頭破血流」的可怕描寫。那崇高與那打鬥是如何怪誕糾結在一起的呢？！到了《血色黃昏》的姊妹篇《血與鐵》中，作家講述了自己兒時「熱愛打仗，想當英雄」的夢想，於是一會兒絕食三天，鍛鍊挨餓的毅力；一會兒跟人打賭，喝洗腳水；一會兒請同學打自己，以「煉不怕疼」的工夫；一會兒寫血書，申請入團；讀書也是，「多讀打仗的書，少看愛情小說」，特別是讀了梁啟超的《中國之武士道》以後，渴望踐行。到了「文革」中，他的野性得到了

充分的釋放。書中寫道：「文革前打一架要受處分，現在可以隨便開打了。……好好過過打人癮」！這是多少「革命小將」的心聲？打人時，「不用拳頭打，那效率太低，又累又疼，全用皮帶抽」。那時，「不少女生也揮皮帶猛掄」。「有的拿老師當活沙袋，練拳擊；有的要老師吃夾竹桃葉兒，不吃就抽；有的初中小女孩逼老師喝痰盂裏的水，要洗滌老師的肮髒內心」；還有的甚至掐老師的睾丸、用刀扎老師的屁股……「看武鬥像看打仗電影一樣，刺激而有趣。」這些「惡作劇」沒有人教過，為什麼這些孩子們無師自通？在浪漫與野性之間，有一道怎樣的黑暗通道？

張賢亮的長篇小說《習慣死亡》是一部苦難之書。只有經歷過許多非正常死亡的人們才懂得，在那個動盪的年代，何謂「習慣死亡」！其中記錄了作家對野蠻時代的反思：「我原本是強盜的子孫，那是最革命的階級，爾後我的祖先搖身一變為貴族，我又成了革命的對象。但革命接踵而至，使我變成了什麼東西或許是一隻狼或狐狸吧！」這段文字耐人尋味：人性，是在怎樣的血與火的浸泡與燒烤中不斷被改變的？那翻來覆去的殘酷鬥爭釋放出怎樣變本加厲的罪惡能！

這些關於「國民性」的議論發人深省。革命本出於浪漫的衝動，可那衝動為什麼一到現實鬥爭中就突然與仇恨、暴行、殘忍燃燒出玉石俱焚的烈焰？尤其是，人整起人來，為什麼那麼變態？在作家們講述那些悲催故事的深處，有許多民俗學、人類學的奧秘有待進一步的探討。

第四章　從「重口味」看傳統文化的殘忍性

關於莫言小說中的「重口味」描寫，一直存在有非議。其實，中國文學作品中對於殘忍、暴力的描寫，一直不絕。這當然是歷史與「國民劣根性」的無情寫照。

第一節　殘忍，作為一種民族性

何謂「東方性」？例如西方人非常感興趣的「東方神秘主義」──從中國的「易學」、道教、禪宗到印度的印度教、瑜伽，等等，都玄妙至極，深不可測。還有「東方美學」──從中國的唐詩宋詞、泰戈爾的散文詩、川端康成的小說到長城、故宮、泰姬陵、吳哥窟……然而，任何文化都有令人難以直面的另一面。

在談及中國的民族性時，梁啟超曾經指出：「殘忍性」即其一端。〔註1〕魯迅也說過：「別國的硬漢比中國多，也因為別國的淫刑不及中國的緣故。我曾查歐洲先前虐殺耶穌教徒的記錄，其殘虐實不及中國。」〔註2〕這種殘忍性體現在史書上，如比干被挖心、商鞅被車裂、彭越被殺後屍體被做成肉醬、呂后殘暴虐待戚夫人、晁錯被腰斬、司馬遷被閹割、方孝儒被車裂並被滅十族、

〔註1〕梁啟超：《新民說》，引自沙蓮香主編：《中國民族性》（一），中國人民大學出版社1989年版，第65頁。

〔註2〕魯迅：《1933年6月18日致曹聚仁》，《魯迅全集》（第十二卷），人民文學出版社1996年版，第185頁。

戴名世被凌遲、袁崇煥被凌遲⋯⋯都慘絕人寰；體現在文學作品中，如《水滸傳》中薛霸用開水燙林沖、武松血濺鴛鴦樓、孫二娘賣人肉包子等情節也都令人觸目驚心。種種酷刑，需要怎樣的仇恨與心機才會發明出來？特別值得注意的是，這些殘忍的事件多與政治鬥爭、爭權奪利的激烈、暴虐、勢不兩立有關。中國的政治鬥爭，常常鬧到「你死我活」、「不共戴天」的程度，直至發生鄭莊公與母親、同胞弟弟的權力爭鬥，秦始皇囚禁親生母親，漢高祖劉邦殺功臣，魏文帝曹丕逼同胞弟弟曹植七步成詩、唐太宗李世民玄武門之變殺自己的兄長、弟弟，奪取皇位，武則天為嫁禍於人而掐死親生女兒、罷免親生兒子唐中宗李顯、唐睿宗李旦、直至自己取而代之，明成祖朱棣奪去侄子的皇位、雍正即位後迫害親兄弟⋯⋯那樣手足相殘、親人成仇人的悲劇，不可思議，也發人深思。為什麼儒家「克己復禮為仁」、「己所不欲勿施於人」的道理盡人皆知卻終究阻擋不了政治鬥爭的勢不兩立、你死我活？為什麼爭權奪利的殘酷、激烈連骨肉親情也難以阻攔？

一切都發人深思、令人喟歎。

第二節　暴行的記錄

當代文學作品中，描寫人間暴行與慘劇的場面就有：曲波的《林海雪原》開篇對土匪暴行的描寫——用鍘刀將人鍘成一節節，有婦女被開膛破肚，有嬰兒被摔死，有九顆人頭被掛在樹上，怒目圓睜，有老人被活活燒死⋯⋯一切都駭人聽聞、令人髮指；羅廣斌、楊益岩的《紅岩》中寫軍統折磨共產黨人的種種酷刑——從坐「老虎凳」、灌辣椒水到用竹簽釘入十指⋯⋯也都令人不寒而慄、怒髮衝冠。這些描寫都是非常年代裏人與人之間殘酷鬥爭的縮影，也曾經激起過革命年代裏廣大讀者的滿腔義憤。

到了 1980 年代，在思想解放、文學自由的大潮中，一批描寫、反思革命中的慘劇的作品產生了，披露了革命陣營內部自相殘殺的暴虐。例如喬良的中篇小說《靈旗》寫紅軍中「肅反」的悲劇，就重現了極左勢力施暴的那一幕：值得注意的是施虐者「不動聲色」、「很風趣」這樣的字眼，其中透露出施刑者的變態：不是仇恨，而是在施虐中體會漠然、開心的獸性！韓少功的《爸爸爸》中關於「打冤家」、吃人肉的描寫也值得注意。作家說過：《爸爸爸》中『吃槍頭肉』那一段，也是有生活原型的：『文革』時湖南道縣的一些農民就殺了

一萬多人，就是這樣吃過人肉。」〔註3〕他還曾經談及：「『文革』期間在廣西、湖南、江西有些地方出現自發的階級屠殺，出現各種『貧下中農法庭』，在無政府狀態下大量屠殺所謂『四類分子』，可能就與土改時留下的積怨有關。」〔註4〕他還在《馬橋詞典》中講述了兩樁與革命有關的悲劇：一樁簡直不可思議——「有個排長拉老鄉關係，結兄弟，新來的連長就把他當反革命殺了，連長才十六歲，個頭又矮，砍人家的腦殼還要跳起來砍，砍得血往天上噴，他就湊在頸根上趁熱喝，駭不駭人？」這一樁寫出了「肅反」的荒唐與殘暴。另一樁則是令人哭笑不得的同室操戈事件：馬橋的農民去另一個村莊鬧革命，「他們沒有料到那裡的農民也革命了，說洪老闆是他們的土豪，只能由他們來革，不能由外鄉的人來革；洪家的糧只能由他們來分，不能由外鄉的人來分。肥水不流外人田麼。兩個村子的農會談判，沒談攏，最後動起武來。」結果打了一仗。這樣的悲劇與多少年後「文革」中兩派群眾組織的武鬥何其相似。是因為嗜血、嗜殺的歷史已經深深沉澱在人們的記憶中，一旦社會失去平時的穩定，大家就露出了兇殘的獸性？還是「革命是暴動」的狂熱輕而易舉就啟動了人們嗜血、嗜殺的渴望？

苗長水也在中篇小說《染坊之子》中暴露了土匪的殘暴：割掉女人的乳房，將木棍釘進男人頭頂，用石碾壓死小男孩……令人不禁想到《林海雪原》中土匪的窮凶極惡。《染坊之子》中還有一段寫日本鬼子的殘忍：「鬼子殺人不同於土匪。土匪殺了人也燒，但燒乾淨燒不乾淨無所謂。鬼子把那些被殺的人堆到劈柴上，澆上洋油，一邊燒還一邊用鐵鉤子把屍首的肚腸扒開，腦殼敲碎，直燒得紋絲不剩……」再看張煒在《古船》中對還鄉團暴行的描寫：「還鄉團的人罵著窮鬼，點了一堆大火，扔進火裏一個人。那個人開始跪下來哀求，還是給扔進去。他爬出來，渾身是灰，頭髮焦了，又給扔進去。四十多個人嚇呆了一半兒，嚇哭了一半兒，不少人跪下求饒……那個人燒死了。是個小夥子，只當過幾天民兵。……有個小孩子想跑，背槍的人就踢倒了他，讓他仰面朝天，用腳踩他的肚子，說：『你跑！你跑！』小孩子喊也沒有來得及喊，嘴裏流著血就死了。為了防止逃跑，他們找到一根鐵絲，穿進人們的鎖子骨裏。鐵絲帶著血，從這人皮下拖出又插進那人的皮下！他們用刀捅、撬，老太太小孩全串到一起……那根鐵絲的兩端都有兩三個人扯著，扯的人一用力，被串了

〔註3〕韓少功：《鳥的傳人》，《大題小作》，人民文學出版社2008年版，第112頁。
〔註4〕韓少功：《大題小作》，《大題小作》，人民文學出版社2008年版，第162頁。

的人就撕心裂肺地呼喊一聲。就這麼在場子上扯來扯去捱到了天亮，滿場上都是血。天濛濛亮的時候，一串人被牽到一個大紅薯窖邊，一個一個往裏推……他們什麼過錯也沒有，吃了上頓沒下頓，只不過留了一點鬥地主的『果實』。全推進了窖子裏，哭叫聲驚天動地。還鄉團往下扔石頭、鏟土，有的還往裏解溲……」這些描寫都發人深思：為什麼地區不同、民族不同、階級不同，可在慘無人道的暴行方面，這些禽獸竟然如此無師自通？此外，《古船》中還提到種種酷刑：「放天花」（頭頂上砸入一枚長釘，猛地拔出，紅花四濺），大剖膛，零刀剐死；還有「點天燈」（將頭髮攏起，澆上煤油或豆油，然後點火，觀賞那紅中透藍的火苗）；還有「五牛分屍」（將頭與四肢各縛一牛，喊起號子，同時喝牛，身份五份）……而民兵鬥地主呢，也十分殘忍：用煙頭燙地主的下身、刀劈地主的頭、「前天埋掉的人綁在了樹上。她身上有一塊塊血印、傷疤，可全身還算雪白的。沒有一絲衣服，閉著眼，像睡著了。乳頭沒有，上面結了黑黑的血塊。……虧他們想得出哪！他們在她的陰部插了一顆蘿蔔……」《古船》中的慘狀記憶與苗長水的中篇小說《犁越芳冢》中關於土改中農民鬥地主的酷刑描寫也那麼相似：弔在樹上摔「肉包袱」，亂棍打死，或者亂石砸死，將兩歲的孩子一鍬劈成兩半，讓地主的家屬在燒紅的鏊子上走，用燒紅的鐵鍬烙她們的胯間……以殺人取樂，以羞辱人折磨人為樂事，在冤冤相報的後面，可以看出國民劣根性之一斑。

第三節　歷史的記憶

　　殘忍的歷史十分久遠。當那些血腥的慘劇多次上演，也就在人們的記憶中烙下了深深的印痕——

　　韓少功就在長篇小說《馬橋詞典》中寫到了張獻忠殺人如麻的往事：「當時他們的馬鞍下總是掛著人頭，士兵的腰間總是一串串的人耳，作為計功邀賞的憑據。」

　　山東作家矯健則在中篇小說《天良》中披露了一位農民的喟歎：「人會記仇。仇帶在血裏，一代一代往下傳。有些事沒人教你，可你急眼了就會做。莊稼人的血裏都帶著仇……」儘管孔子講「忠恕」，講「己所不欲勿施於人」，可歷朝歷代的暴政還是迫使一代一代的起義者揭竿而起、替天行道。問題還在於，有的農民軍不是也殺人如麻嗎？《天良》告訴讀者：「膠東的人本來被殺

光了，明朝永樂年間又從雲南、四川、湖廣搬些人來，繼上煙火。坎坷的生活，使人們的記憶裏藏著些可怕的東西。」而廣為人知的「湖廣填四川」也正與宋金戰爭的殘酷、明末張獻忠的嗜殺成性分不開。

因此想到曹操的《蒿里行》描寫戰亂年間「白骨露於野，千里無雞鳴。生民百遺一，念之斷人腸」的慘狀，想到杜甫的《無家別》感歎「寂寞天寶後，園廬但蒿藜。我里百餘家，世亂各東西。存者無消息，死者為塵泥。……久行見空巷，日瘦氣慘淒，但對狐與狸，豎毛怒我啼。四鄰何所有，一二老寡妻」的淒慘，想到韋莊的《秦婦吟》寫「家家流血如泉沸，處處冤聲聲動地」的恐怖場景──都是歷史上不絕於書的悲劇。這樣的悲劇發生得多了，人心必然會變硬。

而陳忠實的《白鹿原》中寫正義的殘忍，則是從風俗的角度切入的：仁義的白嘉軒率先懲罰亂淫男女，其中有多少難以遏制的義憤，又流露出怎樣的嗜血渴望！在中國，家有家規，村有村約，本意在約束人們的非分之想，可那些家規常常與「棍棒下面出孝子」、「打到的媳婦揉到的麵」等等殘忍的暴力結合在一起，到頭來不知道吞噬過多少鮮活的生命、激起過多少叛逆、反抗！

第四節　追問殘忍的根源

作家們不僅記錄了歷史與現實的殘忍，還努力探討著殘忍的根源。

張煒在《古船》中提出的問題是：人「怎麼才能擺脫苦難？他的兇狠、殘忍、慘絕人寰，都是哪個地方、哪個部位出了毛病？先別忙著控訴、別忙著哭泣，先想一想到底是為什麼吧。不會同情、不會可憐人……」這樣的問題觸及「人性惡」的深不可測，已經與從政治上反思社會悲劇的思路很不一樣了。是啊，人類的政治鬥爭中外都有，你死我活的拼殺一直不絕，可為什麼東方的殘忍格外慘絕人寰？那些罄竹難書的酷刑、那些血流成河的慘案為什麼在東方頻繁上演──從中國、日本的軍閥混戰、宮廷政變到 1937 年日本侵略軍南京大屠殺、1965 年印度尼西亞軍政府的大屠殺、1976～1979 年柬埔寨紅色高棉大屠殺、1980 年韓國光州慘案、1998 年印度尼西亞排華的「黑色五月」……

到了長篇筆記《暗示》中，韓少功進一步探討了「殘忍」的社會根源：一方面，大多數農民都有「軟心腸」，另一方面，「文革」中政府機構癱瘓以後，「貧下中農最高法庭」殺人如麻，「階級敵人一家家被殺光，屍體順著河水

流⋯⋯一度把河壩的水閘都堵塞。」「一個十幾歲的女子是有名的『殺人婆』，據說一把馬刀讓十三個人身首異處，原因僅僅是她欠了集體幾百斤糧食，還有一口失手砸爛了的鍋要賠，不得不動手。」對於這樣的仇殺，作家不認為是「獸性發作」、「蒙昧無知」，而斷言是因為「階級理論的創造」，「是理性的嚴重偏執和失控。」〔註5〕這樣的見解雖頗為獨到，但完全可以與獸性大發說並存。「階級鬥爭理論」是暴力理性的根源，而嗜血、嗜殺的獸性則是非理性的根源。問題在於：同樣接受了「階級鬥爭理論」的革命者卻為什麼在鬥爭手段上分歧明顯？有的有分寸、有克制，有的卻殺人如麻（如當年張國燾在白雀園大開殺戒，還有夏曦在湘鄂西屠殺眾多紅軍幹部的罪行）。其中的問題顯然就不是理論解釋得通的，而與惡人嗜血的獸性有關。由此引出的問題是：人性中的獸性遺傳為什麼如此根深蒂固？

　　此外，還有余華在中篇小說《一九八六年》裏對一位瘋子用古老的酷刑自虐的場面的描繪，還有蘇童在《妻妾成群》中對頌蓮逼雁兒吃下手紙的情節⋯⋯這些「溢惡」的記錄都暴露了日常生活中自虐與施虐的陰暗殘忍、駭人聽聞。日常生活的家暴中，已經積蓄了、湧動著多少不正常的邪惡能量！而莫言早年寫過的家暴悲劇還透露出政治意味：在短篇小說《枯河》中，那個可憐的鄉村孩子因為不小心得罪了書記，被書記用樹枝抽打、用皮鞋踢，自己的母親也變本加厲，用乾棉花柴沒鼻子沒眼地亂抽他，父親也用鞋底和繩子亂抽，最終將其虐待至死。父母打子女，在民間本來常見，而莫言還寫出了父母為了討好「土皇帝」而施虐的猥瑣，就拓展了寫家暴的社會內涵。後來，《紅高粱》中寫九兒懷揣剪刀威脅單扁郎、余占鰲為了九兒殺了單家父子的情節都寫出了高密東北鄉的彪悍民風。而小說中關於剝人皮的描寫驚心動魄，曾經引起過非議。但莫言也以此寫出了日本兵殺戮中國人的殘暴。到了《檀香刑》中，作家對於酷刑的描寫更使人心驚肉跳也足以使人聯想到古代凌遲的酷刑。還有這樣一段對於「看客」心理的刻畫：「這實際上就是一場大戲，劊子手和犯人連袂演出。在演出的過程中，罪犯過分地喊叫自然不好，但一聲不吭也不好。最好是適度地、節奏分明的哀號，既能刺激看客的虛偽的同情心，又能滿足看客邪惡的審美心。師傅說他執刑數十年，殺人數千，才悟出一個道理：所有的人，都是兩面獸，一面是仁義道德、三綱五常；一面是男盜女娼、嗜血縱慾。面對著被刀臠割著的美人身體，前來觀刑的無論是正人君子還是節婦淑

〔註 5〕韓少功：《暗示》，《鍾山》2002 年第 5 期。

女，都被邪惡的趣味激動著。」此外，還有《酒國》中關於宰殺「人形小獸」
（肉孩）的描寫，則在暴露了官場腐敗的同時，揭示了中國饕餮之徒的變態。
中國的食譜中有「禁菜」一說，如「烤鴨掌」、「澆驢肉」、「三吱兒」、「猴腦」……
都足以驚世駭俗。諸如此類的描寫寫出了難以直面的殘忍人生，也就寫出了國
民性的可怕一面。莫言小說中的上述描寫使一部分讀者感到噁心、不忍卒讀，
情有可原。然而，那也是對難以直面的人生的一種記錄。

　　想想我們一直就有「除惡務盡」、「斬草除根」、「斬盡殺絕」、「不留後患」、
「食肉寢皮」的傳統！這些說法的盡人皆知與「克己復禮為仁」、「寬以待人，
嚴以律己」、「四海之內皆兄弟」、「不把事情做絕」的格言水火不容。中國人講
「愛憎分明」、「水火不容」，講「大是大非」、「眼裏容不得沙子」、「不為聖賢，
便為禽獸」，從來都十分嚴酷。從「溫柔敦厚」、「寬以待人，嚴以律己」到「除
惡務盡」、「斬草除根」之間，並沒有不可逾越的鴻溝。孔夫子不就是既有溫柔
敦厚的一面，也有號召眾弟子對不喜歡的弟子冉求「鳴鼓而攻之」的一面嗎？
朱熹不既是理學大師也是為了肅貪嚴刑拷打妓女嚴蕊的酷吏嗎？由此可見中
國國民性的矛盾與變幻莫測。

　　這些年來，文學作品和影視劇中「重口味」現象十分流行。網絡上更是如
此。現代化的飛速發展、壓力山大使得人們越來越渴望「重口味」的刺激。那
些驚悚的新聞、恐怖的影片、刺激的遊戲（如「過山車」、蹦極、探險、博彩
等等），還有色情文化（包括虐戀的匪夷所思）的屢禁不絕，以及追逐狂歡、
喧嘩的此起彼伏的尖叫聲，都體現了人們越來越「任性」的生存狀態。體現在
文學作品中，便有了對殘忍情形的刻畫與渲染。儘管如此，我們仍然不能忽略
一個事實：當代文學作品中對殘忍情形的渲染，其實多與對苦難歷史的反思、
對人性惡的反思緊密相連，因此成為當代人「反思歷史與人性」主題的重要組
成部分。剩下的問題是：諸如此類的人間悲劇有沒有徹底終結的一天？

第五章　野性，也是一種浪漫……

　　中國的傳統文化，具有相當濃鬱的浪漫氣質。從老子騎著青牛出函谷關到孔子與弟子們「浴乎沂，風乎舞雩，詠而歸」的活法和「道不行，乘桴浮於海」的感慨，從莊子「獨與天地精神相往來」的思想到屈原《離騷》、《天問》那樣的瑰麗想像，一直到「竹林七賢」的隱居、李白的狂放不羈、蘇東坡的「把酒問青天」、張載的「為天地立心……為萬世開太平」、米芾的「顛不可及」，都光耀千秋，令人神往。一直到魯迅既推崇尼采也心儀魏晉風度、郭沫若既崇拜歌德也敬仰屈原，一直到金庸的武俠小說風靡華人世界半個世紀，進而推動「武俠熱」走向世界，一直到許多當代作家匯入世界性的「尋根」浪潮……都將傳統的浪漫情懷推進到更加闊大的人生境界。另一方面，一代又一代的普通農民也懷有「王侯將相寧有種乎」、「替天行道」的浪漫夢想，在歷史上掀起了一次次驚天動地的起義，無論最終的結局是功虧一簣還是改天換地，都昭示了農民的不甘平庸、不怕犧牲、敢作敢當、壯志凌雲。而每當我們在談論中國文學的「田園詩」、「飲酒詩」、「志怪傳奇」、「武俠小說」，品評中國文人的「清高」、「隱逸」、「狂放」、「風流」之時，都常常會與中國文化的浪漫氣質相遇。認識到這一點，才有可能理解中國民族性中的諸多看點：酷愛自由、敢於反抗、耽於奇想、變幻莫測。

　　西方有西方的浪漫主義。如盧梭的自由夢想、雨果的瑰麗神思、歌德的狂飆精神、普希金的本土情懷、海明威的冒險衝動……都影響了一代又一代的青年，提升了人類的精神境界。人類酷愛自由、崇尚個性、渴望返璞歸真、嚮往美好世界之心息息相通，而中國人的浪漫則自有其格外鮮明的特質——那便

是：深深植根於本土文化的神秘異彩、傳奇風格、野性力量……

　　是的，談論中國文學的野性敘事，就常常會邂逅中國人的浪漫情懷、中國文學的浪漫氣質……

第一節　男子漢的野性傳奇

　　與現代文學相比，當代文學顯然多了陽剛之氣。現代文學中「改造國民性」的主題是與山河破碎、民不聊生的社會現狀密不可分的。而 1949 年以後「收拾舊山河」、建設強國的事業，也使得「英雄傳奇」成為最引人矚目的文學景觀。以《紅旗譜》、《紅日》、《紅岩》、《林海雪原》、《鐵道游擊隊》、《烈火金剛》為代表的小說，以《洪湖赤衛隊》、《沙家浜》、《紅燈記》、《紅色娘子軍》為代表的戲劇，都不僅相當真實再現了普通百姓敢於鬥爭、出奇制勝、改天換地的英雄業績，而且在塑造平民英雄形象方面，直追《水滸傳》、《隋唐演義》的遺風。到了思想解放的新時期，「英雄傳奇」也並沒有因為文學的多元化發展而衰落。當代小說中，英雄系列大致有四個系列──一是隨著「改革文學」的一度興盛而產生的「改革家」群像（如蔣子龍《喬廠長上任記》、《開拓者》、《燕趙悲歌》、柯雲路《新星》中的主人公）；二是隨著歷史長篇小說的繁榮而崛起的帝王將相英雄群像（如二月河的《康熙大帝》、《雍正皇帝》、《乾隆皇帝》，凌力的《少年天子》、《晨鐘暮鼓》、《傾城傾國》、唐浩明的《曾國藩》、《張之洞》）、還有農民英雄群像（如姚雪垠的《李自成》、凌力的《星星草》、楊書案的《九月菊》中的主人公），以及士大夫英雄群像（如劉斯奮的《白門柳》、楊書案的《孔子》、唐浩明的《楊度》中的主人公）；三是當代「軍旅文學」中的軍人英雄群像（如李存葆的《高山下的花環》、朱蘇進的《射天狼》、《炮群》、畢淑敏的《崑崙殤》中的主人公）；四是普通百姓中的英雄群像（如鄭義的《老井》、莫言的《紅高粱》、馮驥才的《神鞭》、張承志的《心靈史》、陳忠實的《白鹿原》、嚴歌苓的《第九個寡婦》、遲子建的《額爾古納河右岸》中那些急公好義、威武不屈、敢作敢當的普通人）。這一排排英雄形象比起革命年代裏那些工農兵英雄形象，在個性的鮮活與豐滿方面，成就顯然更高。畢竟，在新時期思想解放、文學觀念開放的背景下，作家們寫英雄的人情味、個性的複雜或血肉豐滿，更加千姿百態、生機勃勃。

　　在革命年代，文學中的工農兵英雄形象曾經鼓舞過兩代人的理想主義與

革命英雄主義民氣；到了新時期，各有千秋的英雄人物形象的社會影響也不可低估：像《高山下的花環》就曾經是廣大青少年人人皆知的愛國主義教育的名篇，而《老井》、《紅高粱》則不僅喚起了一代人的浪漫記憶，改編成電影後先後榮獲國際電影節大獎，也為中國電影走向世界發揮了歷史性重要作用。還有二月河的「清帝系列」和唐浩明的《曾國藩》、陳忠實《白鹿原》長期暢銷，成為「傳統文化熱」復興的一個個亮點，也都是產生過「轟動效應」的文化熱點，其影響力毫不遜色於革命年代的「紅色經典」，儘管也難免引起了「帝王崇拜」的質疑。

那麼，這些新時期的英雄人物身上體現出怎樣的野性風采與浪漫品格呢？

像莫言筆下的《紅高粱》中的先輩們：「幾十年如一日。他們殺人越貨，精忠報國，他們演出過一幕幕英勇悲壯的舞劇，使我們這些活著的不肖子孫相形見絀，在進步的同時，我真切地感到種的退化。」像《豐乳肥臀》中的高密東北鄉的開拓者們，他們是「一幫酒鬼、賭徒、二流子——當然他們也都是不懼生死、武藝超群的好漢」，他們與侵略者鬥爭的業績，一如《紅高粱》中他們的子孫的抗日故事一樣，驚心動魄、威武雄壯。像《檀香刑》中的「高密東北鄉人深藏的血性進發出來，人人義憤填膺，忘掉了身家性命，齊聲發著喊，」聚眾抵抗德國人，連「乞丐的首領朱老八，也是個頂天立地、咬鋼嚼鐵的男子漢。」莫言一次次寫故鄉那些普通農民的強悍血性、敢愛敢恨、敢於抗爭、不怕犧牲，臨刑時也「江湖義氣，慷慨激昂。望鄉臺上，攜手並肩；化為彩虹，飛上九天。」都讀來酣暢淋漓、感天動地。這是農民的浪漫：不避粗俗，不懼強暴，率性而為，不計成敗。這樣的浪漫常常帶有匪氣、霸氣，卻實實在在體現了中國農民的灑脫活法、豪放品格。雖然，他們似乎缺乏李自成、朱元璋那樣的雄才大略，在釋放了自己的憤怒與豪情後很快歸於失敗，可這畢竟是與阿Q、祥林嫂、老閏土們很不一樣的人生快事了。

當代文藝作品中，多土匪故事。或如《林海雪原》，刻畫出土匪的兇殘，或如《紅高粱》，渲染土匪的浪漫；也有賈平凹的中篇小說《白朗》，寫土匪的奇聞異事，富有魔幻色彩，還有葉廣芩的長篇小說《青木川》，寫土匪對文明的嚮往和保境安民的才幹，令人感慨萬千；更有水運憲的電視連續劇《烏龍山剿匪記》，講述解放軍湘西剿匪的故事，驚心動魄⋯⋯這些作品，連同姚雪垠在 1940 年代的長篇小說《長夜》中對貧窮、亂世中一群土匪傳奇經歷的描寫，

以及後來在長篇歷史小說《李自成》中對土匪與農民軍彼此支持、呼應的描寫，都相當深刻地揭示了民間普遍存在的匪性：有強悍的個性、狡黠的手段、嘯聚山林的號召力，時而恃強凌弱，時而劫富濟貧，無拘無束，從心所欲，常常成為亂世中民間與官府周旋的一支力量，也常常同時昭示了生命的野性與無常。這麼多形形色色的土匪故事與那些忍辱負重、克己奉公、鞠躬盡瘁、留名千古的好人故事形成了多麼強烈的對比，也顯示了中國民族性中要麼自由到為所欲為，要麼克己到忍辱負重的矛盾性。而中國歷史上那一次次打著「替天行道」旗號聚義起事、在改變歷史進程的同時也充分顯示了民眾力量的農民起義，又何嘗不是不甘屈辱、衝冠一怒、逞性而活、慷慨悲歌的民性呈現？《孟子》中早就有「民為貴，社稷次之，君為輕」的民本思想，《荀子》中也有「君者，舟也；庶人者，水也。水能載舟，水能覆舟」的精闢之論。而以《水滸傳》、《隋唐演義》、《說唐演義》為代表的描繪農民義軍慷慨悲歌的古典小說和「水滸戲」（如《打漁殺家》、《逼上梁山》、《坐樓殺惜》、《林沖夜奔》、《野豬林》等等）、「隋唐戲」（如《秦瓊賣馬》、《虹霓關》）的廣為流傳，也都使民間反抗欺壓的浪漫精神廣為人知、代代相傳。這是中國文學史、戲劇史的一大看點。

於是，不妨把《紅高粱》看作一座精神的橋樑，一端通向《水滸傳》、《隋唐演義》，還有《李自成》、《紅旗譜》、《烈火金剛》，另一端通向《白朗》、《青木川》，還有權延赤的中篇小說《狼毒花》、鄧一光的中篇小說《父親是個兵》、都梁的長篇小說《亮劍》、《血色浪漫》那樣寫農民出身的革命軍人、知識青年血性充沛、野性十足、率性而活的作品。

《水滸傳》野性賁張，可梁山好漢的嗜血好殺、殃及無辜的悲劇（如武松血濺鴛鴦樓一回），以及最後不得不接受招安的結局，難免使人長歎息！那也是無數農民起義中常見的嗜殺悲劇。到了《李自成》、《紅旗譜》、《烈火金剛》中，革命時代的政治規範又使得那些農民英雄過於「革命化」、「高大上」了一些。倒是《紅高粱》，寫男女的「野合」酣暢淋漓，寫抗日的伏擊粗狂豪放，都散發出中國農民的率真野性，既不傷及無辜，又不高蹈如神，這樣才寫出了彌漫著人間煙火氣的草民的浪漫，讀來迴腸盪氣、心潮澎湃。雖然《紅高粱》的續篇《高粱殯》、《狗道》中也充溢著受挫的歎息、虛無的感慨，可作家畢竟在《紅高粱》以及後來的《豐乳肥臀》中盡情揮灑了農民率性而活的浪漫豪情，也催生對於到底什麼是中國民族性的新思考。

　　《狼毒花》成功塑造了一個「騎馬挎槍走天下，馬背上有酒有女人」的「罪犯兼功臣」的奇人形象。常發「這傢伙苦出身，13歲殺人出逃，不知在哪裏向什麼人學成一身武藝。18歲闖世界，多數走口外。他也販煙土，也幹劫富濟貧的買賣，也幹『採花』的勾當。據說他刺了一身錦繡，很能勾女人的心。到手的女人最後都心甘情願在馬背上隨他走天下。」他的酒量也很驚人，「能一口氣喝下一壇酒」，而且「喝醉酒什麼事都能幹出來」。參加八路軍後，他憑著過人的武藝屢建奇功，也因為好色而屢受處分，居然也常常因為海量與好色在關鍵時刻力挽狂瀾——這一筆，寫出了人生的變化無窮、一言難盡，也是歷史的別樣風景。小說的主題耐人尋味：「狼毒花一出現，就是草場退化的標誌。別的什麼草也不長了，只剩這一種草。那麼，要不了多久這裏就會變成沙漠的一部分。有人就說它比狼還毒，給人帶來的是恐懼和死亡的威脅。可是，沙漠裏來的人，看到它便看到希望，知道它的後邊就是生命和勝利。只有它能夠在沙漠的邊緣頑強而又奇蹟般地活下來，在臨界地帶伴著死亡開花結果。」小說寫出了一個「流氓英雄」的匪氣衝天，也寫出了人性的弱點在特別時刻可能發揮難以估量的作用這一玄機，將匪氣傳奇寫出了耐人尋味的哲理意味。

　　《父親是個兵》也有意渲染了一個紅軍的「匪氣」。無論是因為衝冠一怒參加紅軍，還是成為八路戰將後違抗軍令並因此受到處分，甚至在回到故鄉後「懷著再度鬧革命的強烈念頭」帶領眾鄉親攔路搶化肥，都張揚出無所顧忌、敢作敢當的匪氣。「他從農民來，又還原成農民，事情就這麼簡單。」

　　還有《亮劍》，寫八路軍團長李雲龍好酒、好鬥，性格粗魯，滿嘴髒話，因此屢次違反過軍紀，也受到了處分，職務升升降降，可打起仗來，依然豪情萬丈，「明知是個死，也要寶劍出鞘，這叫亮劍」！「只當自己是嘯聚山林的山大王，山大王是怎麼個活法呢？大碗喝酒大塊吃肉，論秤分金銀。」生當亂世，卻活得率性。一直到「文革」中，他也敢下令，制止武鬥，為此不惜開槍，最後飲彈自盡。

　　《狼毒花》、《父親是個兵》和《亮劍》不斷展示了軍人的匪氣、狂氣和浪漫活法。這些作品在1990年代的文壇產生，具有深刻的意味：1990年代是世俗化浪潮持續高漲的年代，是王朔、池莉、蘇童、劉震雲等等作家旨在描寫普通人瑣碎生活的「新寫實小說」風靡一時的年代，然而，上述寫出身農民的軍人的粗野性格、浪漫活法、英雄氣概的名篇仍然產生了可觀的影響，為 1990

年代的文壇增添了血性的浪漫色調。

其實，在城市青年中，有「匪氣」者也不少。例如北京人老鬼（馬波）就在其長篇非虛構小說《血與鐵》中記錄了自己「文革」中參與「大串聯」、與志同道合的同學組成「毛澤東抗美鐵血團」、扒貨車、偷越國境，去越南冒險，被遣返後去西藏的奇特經歷，一方面寫出了那個年代的「紅衛兵」追求「親手參加埋葬帝國主義的戰鬥」的理想的狂熱與坎坷，也寫出了「理想美麗，實現她的過程又苦不堪言」的無奈，以及一個夢幻滅後，又一個夢產生出來的遐想：「西藏與世隔絕，正是修身養性的好地方。說不定將來還能撈上仗打，印度一直占著我們大片地盤兒，很有希望。西藏還有許多人類從沒去過的高山深谷，生活會非常傳奇驚險。」這裡，革命理想與探險夢想水乳交融。可最後的結果卻是因為偷藏刀而狼狽逃回。由此可見，《血與鐵》寫出了「文革」中浪漫的一面。作者是老革命的後代。因此，他在「文革」中的冒險其實是革命的浪漫情懷、強悍匪氣在下一代身上的延續。「文革」前期，多少衝衝殺殺的老紅衛兵都是自命不凡的革命後代！

第二節 「行萬里路」的人們

除了從《紅高粱》到《狼毒花》、《父親是個兵》和《亮劍》這一脈謳歌浪漫民魂的思潮之外，還有另一脈展示年輕人特立獨行精神的思潮──中國文人素有「行萬里路」的傳統，這一傳統在以高行健、張承志、馬原為代表的當代作家身上，得到了延續和發揚。高行健曾經自道：「1983 年和 1984 年，我在長江流域跑了三趟。最長的一次將近 5 個月，跑了 1 萬 5 千公里，去了 8 個省，7 個自然保護區。我原計劃寫一部長篇小說，《野人》是我這些旅行的副產品。其間的遭遇將反映在我這部長篇小說中。」「我去的主要是羌族、藏族、彝族、苗族、土家族、佘族地區，因為我認為這些民族同漢文化的形成有密切的關係。……我是一個南方人，本能地偏愛長江流域那種豐富的原生態的非文人文化和它的古代文化。相反地卻排斥以儒家文化為代表的那種我稱之為古代倫理理性主義文化。」〔註1〕1990 年，高行健出版了長篇小說《靈山》，其中就以空靈、神秘的筆法講述了在長江流域尋訪古代遺跡、民間文化，感悟

〔註 1〕高行健：《京華夜談》，《對一種現代戲劇的追求》，中國戲劇出版社 1988 年版，第 175～177 頁。

歷史、文化與人生的旅程。作家在小說結尾標明寫於 1982～1988 年，正可與上面的自述相映證。由此可見，高行健也是 1980 年代「尋根文學」的踐行者。他對於長江流域文化的探尋與感悟浸透了對於歷史、文化、人生的豐富思考。張承志也是一位「喜愛騎馬、孤身長旅」、常年在大地上奔走的作家。他曾經自道：他的流浪性格，可能是因為內蒙游牧生活的影響。〔註 2〕他筆下的蒙古草原、新疆草原、黃土高原，都異彩紛呈。那篇《北方的河》曾以恢弘的氣勢、澎湃的詩情展示了一位當代大學生在考察北方河流的經歷中感悟人生的博大情懷、自由意志，是理想主義的代表作，也是作家本人一直在北方大地上奔走的寫照。他在長篇小說《金牧場》中寫到了長征，還寫到了「文革」中紅衛兵重走長征路的一幕，都寄託了作家的精神追求：「真正高尚的生命簡直是一個秘密。它飄蕩無定，自由自在，它使人類中總有一支血脈不甘於失敗，九死不悔地追尋著自己的金牧場。」馬原則自道：從小喜歡打架，「喜歡民間故事，喜歡刺激性運動，喜歡各種冒險遊戲」。〔註 3〕他「文革」中也參加了「大串聯」。大學畢業後去了西藏，後來寫出充滿神秘意味與先鋒意識的「西藏故事」，名噪一時。此後當過專業作家、大學教授，還曾在西雙版納隱居過，可謂隨性而活，「文革」中的「大串聯」是一代青年浪漫主義激情的大釋放。那滿腔激情與新時期持續升溫的「出國熱」、「旅遊熱」在精神氣質上沒什麼不同，都顯示了不安於現狀、渴望遠行、渴望走向更廣闊的世界的青春熱情。而這種熱情也可以上溯到歷代文人「行萬里路」的傳統——從孔夫子「周遊列國」到司馬遷遍訪名山大川、尋訪歷史遺跡、為寫不朽的《史記》打下堅實基礎，從李白「五嶽尋仙不辭遠，一生好入名山遊」到徐霞客一生長途跋涉，「達人所之未達，探人所之未知」的壯舉，從顧炎武遊歷北方二十餘載、廣交志士、積累新知到梁思成遍訪十五省二百多個縣，考察歷代古建築，為編寫《中國建築史》嘔心瀝血……還有什麼比浪跡天涯更浪漫的事情呢？

　　這也是率性而活，卻又是與余占鰲、李雲龍們隨心所欲、強悍粗獷的「匪氣」很不一樣的另一種活法，這是在浪跡天涯中不斷充實自我、擴展自我的活法，是「讀萬卷書、行萬里路」的活法。

〔註 2〕朱偉：《張承志記》，《鍾山》1993 年第 5 期。
〔註 3〕馬原：《馬原寫自傳》，《作家》1986 年第 10 期。《大元和他的寓言》之【簡介】，
　　　　《人民文學》1987 年第 1～2 期合刊。

第三節　男作家心中的女神

　　愛情是文學的永恆主題。不同的作家偏愛不同的女人。值得注意的是，當代許多作家都在自己的作品中塑造了性格率真、淳樸、潑辣的女性形象。這，也是他們心懷浪漫的又一個證明吧！

　　李準的《李雙雙小傳》是革命年代的名篇。主人公李雙雙是合作化年代裏思想進步的典型，而她的思想進步又是與性格的潑辣水乳交融的。作家十分推崇《紅樓夢》，曾經說過：「《紅樓夢》這部書，對中國人民的思想影響之大，是很難估計的。特別是近百年來，中國的知識階層，對封建社會的仇視；對煊赫官僚的鄙夷；對人道主義的嚮往；對女權思想提高的認識，以至於對愛情的謳歌，無不來自《紅樓夢》。」〔註4〕談到自己喜歡的「紅樓人物」，他說：「小時候，我最喜歡妙玉。她清雅……也喜歡晴雯。喜歡她的水蛇腰，水蛇腰的姑娘我都喜歡。……我也是泛愛論者。從每一個女人身上我幾乎都會發現她的美點。……鳳姐我不喜歡，這種女人我征服不了她。寶釵也不中。黛玉，我原來不大喜歡，後來行了。……秦可卿這種女人『厲害』，同這種人的愛情是最可靠的，又忠實，又口緊。」〔註5〕當代作家中，能夠這樣坦白自己的愛情理想者，可謂鳳毛麟角。到了長篇小說《黃河東流去》中，作家成功塑造了李麥的形象，她的性格開朗、潑辣、堅韌、頑強，使人很自然想起了李雙雙。還有馬鳳英，也是開朗、活潑的女性，令人想起《紅樓夢》中的史湘雲、晴雯，而雪梅勇敢追求愛情的潑辣、剛烈，直至最後殉情，又與《紅樓夢》中的尤三姐那麼相似！如此看來，革命年代的文學與《紅樓夢》之間的精神聯繫，深刻而悠遠。

　　「荷花淀派」作家中，孫犁也擅長刻畫性情潑辣的青年女子形象，像《山地回憶》中的吳召兒，樸素、潑辣、可愛，自不用提。連《鐵木前傳》中的小滿兒和《風雲初記》中的蔣俗兒那樣有著好逸惡勞、惹是生非性格缺陷、品德風流的女青年，作家也能寫出她們性格中頭腦簡單，率真潑辣，風流多情的一面，為那個年代的女性勾畫出「另類」的靈魂，堪稱難能可貴。作家善於描繪女性形象，當然與作家的經歷和氣質有關，也與作家受到《紅樓夢》的影響很

〔註4〕李準：《百泉三日談》，見孫蓀、余非《李準新論》，北京十月文藝出版社1988年版，第285頁。

〔註5〕李準：《百泉三日談》，見孫蓀、余非《李準新論》，北京十月文藝出版社1988年版，第287頁。

有關係。在列舉對自己的作品有明顯影響的長篇小說作家時，他提到的三個作家中，就有曹雪芹（另外兩個是果戈理和屠格涅夫）。〔註6〕還有劉紹棠，一直對描繪性格潑辣、率真的女孩子形象情有獨鍾。無論是《西苑草》中的女大學生黃家萍還是《蒲柳人家》裏的望日蓮、《娥眉》中的娥眉、《紅兜肚兒》中的紅兜肚兒，都充滿了率性、潑辣的青春氣息。而這一切也與作家喜愛《紅樓夢》有不解之緣。作家說過：「我從小就讀《紅樓夢》……拜讀《紅樓夢》不下十遍」。說到自己喜歡的《紅樓》人物，他說：「我喜歡晴雯和芳官」，「《紅樓夢》中的女子，我還是最喜歡晴雯和芳官的性本高潔，天真無邪。我在長篇小說《春草》中寫了個農村少女就叫芳官，又在長篇小說《野婚》中寫了個農村少女，外號叫小戲子。」「我這個鄉野出生的農家子弟……只有見到出身微賤、未失野性的晴雯和芳官，才產生相逢似曾相識，好像他鄉遇故知之感。」「我在我的鄉土文學小說中，寫過不少『鄉土晴雯』、『鄉土襲人』、『鄉土金釧』」。〔註7〕我們由此既可以發現劉紹棠看《紅樓夢》的獨特眼光，也可以看出他喜歡的女性類型與他的出身與性格之間的對應聯繫，還可以找到他筆下那些女性形象的「原型」。

由此可見，革命文學中的女性形象與古典文學中的女性形象，有著精神上的血脈聯繫。在這聯繫的深處，是可以看出鄉村女性的率真、潑辣的代有人傳的。值得注意的是，這些作家都沒有提到那位性情也潑辣、卻「機關算盡太聰明」的「紅樓人物」鳳姐。

除了上述心儀率真、潑辣女性的作家作品，還有一些擅長刻畫率真、潑辣女性的作家作品——如張賢亮的《土牢情話》、《綠化樹》、《男人的一半是女人》、《習慣死亡》中那些淳樸、癡情、主動追求愛情的農婦，莫言的《紅高粱》、《豐乳肥臀》中那些性情剛烈、率性而活的鄉村女性，賈平凹的《廢都》中那個為愛癡狂的文學女青年唐宛兒，還有張承志的《海騷》、《心靈史》中那些鐵骨錚錚、不怕犧牲的回族女子，畢飛宇的《青衣》中把戲看得比命還重要的京劇演員……都寫出了中國女性中不那麼溫柔賢慧，而是率真本色、潑辣如火、敢作敢當的「女漢子」精神。這些作品中的「女漢子」形象與女作家筆下那些性格潑辣、開放、我行我素的女性形象，例如丁玲的《莎菲女士的日記》、

〔註 6〕孫犁：《答吳泰昌問》，《孫犁文集》（四），百花文藝出版社 1982 年版，第 409 頁。

〔註 7〕劉紹棠：《十讀紅樓》，《紅樓夢學刊》1992 年第 2 輯。

鐵凝的《棉花垛》、《大浴女》、林白的《婦女閒聊錄》、盛可以的《北妹》、嚴歌苓的《第九個寡婦》……等作品中的女主人公心心相印，顯示了中國女性有主見、有魄力、有追求，而絕非柔情似水、忍辱負重、逆來順受之輩的品格。這樣的女性從古到今，綿綿不絕，從「孟母三遷」、木蘭從軍的傳說到「楊門女將」的傳奇，從南北朝時的女將冼夫人、再到「岳母刺字」的主人公、還有明末抗清女將秦良玉、才女柳如是，從義和團運動中的「紅燈照」到晚清的革命志士秋瑾、還有紅軍中的「紅色娘子軍」、抗日聯軍中的「八女投江」……無數美好的傳說、慷慨的悲歌，都譜寫出女性追求浪漫、為此不怕犧牲的光輝篇章。

欣賞「女漢子」、讚美「女漢子」的這些作品匯成了一股思潮，是否折射出 1980 年代一直流行的「陰盛陽衰」形象？當我們在張賢亮、賈平凹筆下看到了男人的逆來順受（如張賢亮筆下那些勞改的男人）或者男人的頹廢煩惱（例如《廢都》中的文化名人莊之蝶）時，似乎可以發出「陰盛陽衰」的感慨，可在莫言的《紅高粱》、張承志的《心靈史》、老鬼的《血與鐵》中，在那些謳歌改革家的作品中（從蔣子龍的《喬廠長上任記》到柯雲路的《新星》），充滿陽剛之氣的男人形象其實還是不絕於書、有目共睹的。如此說來，「陰盛陽衰」的現象的確普遍存在，另一方面，在各個領域，充滿陽剛之氣的男子漢們並未消失。這個民族的重新崛起，當然是無數男女共同奮鬥的結果。

因此，我傾向於將上述作家欣賞「女漢子」、讚美「女漢子」的作品看作他們人生經歷、人生追求的真實寫照。如果說在張賢亮筆下，那些底層的潑辣女性是拯救逆境中的男人的女神，那麼到了《紅高粱》和《心靈史》中，那些敢作敢當、無所畏懼的女性則揮灑出個性的光輝來，顯示了女性「身不得，男兒列，心卻比，男兒烈」（秋瑾詩句）的剛強情懷，可以說也寄託了這些作家的人格理想吧。有了這樣的女性存在，才有了一代代女性譜寫出的光輝歷史，也才有了中國女權運動風起雲湧的壯麗景觀——從毛澤東時代「婦女能頂半邊天」的口號盡人皆知到新時期以來「女性解放」的觀念深入人心、「女漢子」、「女強人」的身影到處可見……

發表於《福建論壇》2019 年第 1 期，

發表時題為：《論中國當代文學中的野性敘事》

第六章　癡迷與癡狂

　　比起許多民族來，中華民族經歷過的大災大難、大起大落，運勢之跌宕起伏，格外引人矚目。無論是王朝的更迭，還是民眾的起義，也不管是新思潮的崛起，還是新生活方式的流行，都常常突如其來、在短時間裏就改換了天地。所謂「其興也勃，其亡也忽」，早已是史家普遍認同的一大歷史定律。這規律既昭示了歷史的無常，也足以引發關於中國民族性的思考。中華民族好天馬行空的奇思妙想，也善於把那些奇思妙想融入改天換地的衝動或者改變生活的實踐中。而那衝動又常常與持久的癡迷、任性的癡狂緊密相連。即使到了現代化社會，人們的生活高度緊張，個性發揮的空間也相當有限，可那些描繪多彩人生的故事和那些聚焦當代人癡狂生活的故事仍然層出不窮。這些故事充分表明：無論時代怎麼變化，我們的民族性從根本上不會變。正所謂：「江山易改，本性難移」。

第一節　那些癡迷的故事

　　癡迷是一種生活態度。孔夫子聞《韶》樂，「三月不知肉味」，讀《易》「韋編三絕」，就是癡迷。李白好酒，「但願長醉不復醒」也是癡迷。癡迷，是發自內心的喜愛，是沉溺於那喜愛的忘乎所以。有的人癡迷於美食、美酒，有的人癡迷於養花、釣魚，有的人癡迷於武術，有的人癡迷於下棋……無數的癡迷活法創造出豐富多彩的民間文化。明明知道「萬般皆下品，惟有讀書高」，知道「學而優則仕」，卻依然癡迷於自己的生活趣味，這是相當一部分人的人生態度。

來看看那些描繪三教九流世相百態的文化小說吧。

中國美食，享譽世界。從形形色色的小吃到美不勝收的大菜，都體現了中國人在琢磨美食、創造美食方面的特別興趣與無窮智慧。中國人重吃、好吃，也因此而創造了獨特的美食文化——從各大菜系、山珍海味到「膾炙人口」、「秀色可餐」、「庖丁解牛」、「味同嚼蠟」、「軟硬不吃」、「五味俱全」、「鐵飯碗」、「醋瓶子」、「打醬油」、「蘿蔔白菜，各有所愛」、「品味人生」、「文化大餐」……可謂比喻傳神、博大精深。

當代作家中，陸文夫的中篇小說《美食家》就是一部刻畫一位好吃也講究吃的美食家的成功之作。作家寫道：「我們的民族傳統是講究勤勞樸實，生活節儉，好吃歷來就遭到反對。母親對孩子從小便進行『反好吃』的教育，雖然那教育總是以責罵的形式出現：『好吃鬼，沒有出息！』好吃成鬼，而且是沒有出息的。孩子羞孩子的時候，總是用手指刮著自己的臉皮：『不要臉，饞癆坯；饞癆坯，不要臉！』因此怕羞的姑娘從來不敢在馬路上啃大餅油條；戲臺上的小姐飲酒時總是用水袖遮起來的。我從小便接受了此種『反好吃』的教育，因此對饕餮之徒總有點瞧不起。」可另一方面，好吃者大有人在。資本家朱自冶就酷愛美食，一日三餐都非常講究。從早起吃第一碗麵的習慣到「蘇州菜有它一套完整的結構。比如說開始的時候是冷盆，接下來是熱炒，熱炒之後是甜食，甜食的後面是大菜，大菜的後面是點心，最後以一盆大湯作總結。」「中午的一頓飯他們是以品味為主，用他們的術語來講，叫『吃點味道』。所以在吃的時候最多只喝幾杯花雕，白酒點滴不沾，他們認為喝了白酒之後嘴辣舌麻，味覺遲鈍，就品不出那滋味之中千分之幾的差別！」那是怎樣的享受與癡迷！沒想到革命年代的「大眾菜」使他的口腹之欲得不到滿足，於是就到處打聽，一直尋到作私房菜的高手，為了美食與廚藝高超的女主人結婚。誰能料到在艱苦歲月裏，他居然寫成了一本食譜，為保存蘇州美食文化作出了可貴的貢獻。一個好吃鬼居然在歷史的顛來倒去中成為一名美食家，由此可見歷史的詭異、人生的變幻莫測。

除了吃，還有玩。中國的各種玩法之多恐怕也是世界第一：從釣魚、養花到養鴿子、遛鳥，從鬥蟋蟀到鬥雞，從打麻將到下象棋，從抖空竹到打陀螺、從練拳到跳繩，從跳橡皮筋到跳「廣場舞」，從劃拳到猜謎，還有各種收藏、各種聚會……林林總總，洋洋大觀。多少人就靠著癡迷的愛好度過了心滿意足的人生！

閻連科就寫過一部講述一位河南民間鬥雞傳統的中篇小說《鬥雞》。主人公姥爺一生酷愛鬥雞。鬥雞在中國有 2600 多年的歷史，可謂源遠流長。從馴雞到鬥雞，有無數的講究與路數。日子、歲月因此而充實。同時，人與人之間的意氣相投或明爭暗鬥，也都「完全被雞鬥左右」。「見了雞客，如兄弟一般，別人別事，則顯得冷淡異常」。到了革命年代，要劃階級成分了，就有意鬥輸，圖個政治進步。但另一方面，「背著政府在家喂」（正是「明修棧道暗度陳倉」，「上有政策下有對策」），也悄悄延續了這一賭戲的命脈。時光到了改革開放，鬥雞之風捲土重來。再辦起能夠容納一百二十個鬥場的陣場，養二百四十隻鬥雞，盛況空前。那份癡迷、狂熱的功過是非，難以理喻也說不清楚。

還有林希的中篇小說《蛐蛐四爺》，寫「天津異人」余之誠，從小「不聽蛐蛐叫不吃奶，後來是不聽蛐蛐叫不吃飯⋯⋯」成年後養了一萬八千多隻蛐蛐，由一百名童子侍候，還請了總管，可謂霸氣衝天。為了蛐蛐，他不沾煙酒，因為蛐蛐忌煙酒味；因為鬥蛐蛐大勝而改變庶出地位，爭得名分；「常勝大將軍」壽終正寢了，為之打金棺材厚葬。小說中寫「狂躁的猛蟲是不能上陣的」，寫「人，生而好觀鬥」，寫「蟲性便是人性」，都意味深長。由此引發的家庭矛盾、人與人較量，也都入木三分。中國有「玩物喪志」的成語，告誡人們勿忘大志，奮發有為。然而，古往今來也有不少玩出名的玩家：隱士林逋、詩人、美食家袁枚、當代收藏家王士襄、集郵家夏衍、研究「玩學」、出過《休閒‧遊戲‧麻將》一書的經濟學家于光遠、圍棋高手聶衛平⋯⋯能夠玩出名堂、玩出絕活，也了不起！

在魏潤身的中篇小說《幽古陶》中，還記錄了種種蛐蛐文化的產物——從《促織經》、《秋蟲圖》到贊蛐蛐德行的題跋：「斑駁六色，坦蕩八德；德色煌煌，百代謳歌：遇敵善鬥，其性勇也；塞則歸宇，其務識也；敗不矜鳴，其知辱也；身殘不歸，其情切也；食不擇類，其習隨也；穴織雙孔，其心智也；雄雌終老，其身潔也；鳴不失時，其德信也；觀鬥忘憂，聆吟怡性；益友良師，真君子也。」能從小小蛐蛐身上也發現這麼多的美德，足以令人想起《荀子》中記載的孔子見大水必觀的體會：「夫水大，遍與諸生而無為也，似德；其流也埤下，裾拘必循其理，似義；其洸洸乎不淈盡，似道；若有決行之，其應佚若聲響，其赴百仞之谷不懼，似勇；主量必平，似法；盈不求概，似正；淖約微達，似察；以出以入，以就鮮絜，似善化；其萬折也必東，似志。是故君子見大水必觀焉。」還有狀元陸潤庠「與菊同野，與梅同疏，與蓮同潔，與蘭同

芳，與海棠同韻，定自稱花裏神仙」的襟懷。中國人的感悟靈敏、聯想豐富，「獨與天地精神往來」，由此也可悟出奇妙之處。

陳建功的中篇小說《放生》寫「北京人養鳥兒，各有所好。有好漂亮的，那您就養鸚哥：虎皮啦，葵花啦。有好玩藝兒的，那您就養打彈的花紅，叼旗的黃鳥。更多的人則好聽鳥兒的『哨』。這鳥兒的『哨』……有一定的規矩……犯了規矩，就叫髒了口。」還有北京人的鳥籠子：「有了鳥籠子，北京人就把鶯歌燕舞全給帶身上了」。寫北京人養蟈蟈，是要「在數九隆冬，聽金鐘兒、油葫蘆、蟈蟈、蛐蛐兒『說與春消息』……那入神，那癡迷，恨不能自己也變了蛐蛐兒」。在人與花鳥魚蟲的親密關係中，藏著玩的深意：營造屬於自己的趣味小天地。

還有下棋。阿城的「尋根」名篇《棋王》就寫出了平頭百姓的人生之道：一方面，「一下棋，就什麼都忘了。呆在棋裏舒服」，玩就是樂以忘憂；另一方面，「『為棋不為生』，為棋是養性，生會壞性，所以生不可太盛。」那位教棋王懂得棋道的撿爛紙老頭自道從小沒學過什麼謀生本事，如此說來，倒是古訓壞了他？如何既自得其樂又不沉溺其中？小說寫棋王靠下棋走出一條生活之路，畢竟屬鳳毛麟角。大多數老百姓一生多為稻粱謀，有愛好也常常止於業餘。個中玄機，可謂「道可道，非常道」。《棋王》發表於 1984 年，其中的道家意蘊、平民活法立刻引來好評如潮。巧的是，次年的第一屆中日圍棋擂臺賽中，聶衛平連勝日本「超一流」棋手，為國爭光，在神州大地掀起了「圍棋熱」，顯示了棋道與國威、民氣的緊密聯繫。再次表明：玩物玩出名堂，棋道關乎國運。

就這樣，人們在吃喝玩樂中創造出了五光十色的民俗文化。世世代代的人們不僅在玩樂中彰顯了自己的趣味與愛好，還以這些五光十色的休閒文化拓展出民間文化的闊大江湖。這文化，在亂世中足以自保；在太平之世豐富了大家的日常生活。這文化，在代代相傳中顯示出的強大生命力，超過了多少盛極一時的王朝與說教。就連雄才大略的毛澤東也說過：「中國對世界有三大貢獻，第一是中醫，第二是曹雪芹的《紅樓夢》，第三是麻將……你要是會打麻將，就可以更瞭解偶然性與必然性的關係。麻將牌裏有哲學哩。」〔註 1〕其實，中國的美食、棋道、茶道、養生之道、麻將、園藝、雜技、魔術、戲曲、風水術、測字、手工藝、太極拳、還有種種節慶，都是中國那些癡迷於人生藝術化的人

〔註 1〕《毛澤東談中國對世界三大貢獻：第三是麻將》，http://news.ifeng.com/history/shixueyuan/detail_2012_06/18/15376355_0.shtml

們的偉大發明。其中許多已經走向了世界，改變了無數老外的生活。

原來，愛好與癡迷也是推動社會前進的動力，不可小看。

第二節　那些癲狂的故事

進入改革開放的巨變年代以來，思想解放的滾滾洪流催生出各種新的活法。從前，人們癡迷於種種遊戲的活法，到了更年輕、更任性的人們這裡，已經產生了許多新的玩法，而癡迷的心態好像也已經蛻變成癲狂的情緒了。是的，狂，任性，無所顧忌，渴望刺激、尋求巔峰體驗，已經成為當代青年的典型情緒特徵。這樣的心態與傳統的自得其樂很不一樣。

先看吃喝。中國曾經經歷過大饑荒的年代。一當農村恢復「包產到戶」，吃飯的問題就煙消雲散了。社會很快完成了從溫飽到大吃大喝的轉變。賈平凹就在長篇小說《廢都》中記錄了 1990 年代十分流行的民謠：「革命的小酒天天醉，喝壞了黨風喝傷了胃，喝得老婆背靠背……」到了莫言的長篇小說《酒國》，題目就散發出濃烈的酒氣。小說通過偵查員偵辦「紅燒嬰兒」案件，寫出了大吃人喝的瘋狂與腐敗：「這真是肉山酒海的時代」，連偵查員本人在辦案中也抵擋不了酒肉的進攻。圍繞著這一線索，作家寫出了人們沉溺於酒、也在其中狂歡、沉淪、蠅營狗苟、恣意妄為的風氣。就說那「嬰兒」吧，瞞天過海、糊弄外人的做法是：肥藕作胳膊，火腿腸作腿，身軀由烤乳豬加工而成，頭顱是一隻銀白瓜，頭髮是髮菜，可謂別出心裁也十分變態。而事實上，小說中關於「肉孩」是「為滿足發展經濟、繁榮酒國的特殊需要而生產出來的人形小獸」及其宰殺、烹飪方法的介紹已足以驚世駭俗了。此外，就一匹驢，也做出了「驢宴」二十幾道菜（諸如清蒸驢腦、珍珠驢目、酒煮驢肋、梨藕驢喉、參煨驢蹄、甚至還有一道「缺德菜」——用公驢母驢的性器官做成的「龍鳳呈祥」……），可謂挖空心思也令人驚悚。還有騾蹄、甚至還有瀕危保護動物鴨嘴獸，還有竭澤而漁式的瘋狂割取燕窩，以至「中國其實已無燕可採」的危機……作家因此寫出了美食文化的異化：「飲酒飲食都是一種嗜痂成癖、喜新厭舊、喜歡冒險、尋求刺激的行為。新的所謂的美食都是背叛傳統、蔑視法定的結果」，也就寫出了變態食客的怪異、殘忍，以及饕餮帶來的環境危機。莫言從小深受飢餓之苦，所以寫起饕餮之徒的腐敗來，自有一股怒氣充溢其中。他在「重口味」的描寫中對大吃大喝、暴殄天物的醜惡進行了有力的鞭撻。此

篇也與陸文夫的《美食家》形成了耐人尋味的對比。

再看打麻將，在生活已經相當休閒的年代，全民打麻將已經成為當代文化的奇觀。多少人靠打麻將消磨時光。多少人靠打麻將籠絡人脈。多少人為打麻將夜以繼日。多少人因為打麻將反目成仇。甚至連普通農民也將麻將玩出了瘋狂的花樣，就像林白在長篇紀實小說《婦女閒聊錄》中記錄的那樣：「王榨的人都挺會享受，有點錢就不幹活了，就玩麻將，誰不會玩就被人看不起。」「我們村女的都這樣，天天打麻將，都不幹活，還愛吃零食，每天不是瓜子就是蠶豆，不然就煮一大鍋雞蛋，一大鍋花生，大家圍著吃，全吃光。」毫無節制，縱情狂歡，這是怎樣的生活與任性，是怎樣的痛快與異化！除了打麻將，農民的日常生活也朝著隨心所欲、難以理喻的方向突變：夫妻離婚已經司空見慣；男男女女性關係隨便，有的女人「誰給她錢就跟誰睡」，有的女孩子「沒嫁就懷孕了，沒什麼見不得人的」，還流傳這樣的「順口溜」：「錢有 5000，老婆靠邊；錢有一萬，老婆要換。」也有司空見慣的打打鬧鬧；也有防不勝防的偷雞摸狗；沒人種田了；學手藝的也是混；孩子不願意讀書，因為不願意掏學費，有錢就留著娶媳婦……鄉村的衰敗一直是社會的憂患，然而，身處其中的人們卻似乎自得其樂。這也可謂「樂以忘憂」？的確，比起那個艱苦奮鬥多少年卻依然貧窮的年代，當今鄉村的狂歡已顯得十分難得了。

除了麻將，還有新生事物——網絡世界。在虛幻的網絡世界裏，人們飽嘗狂歡、偷情、罵街、偷窺的樂趣。就如同邢育森在網絡小說《活得像個人樣》中描寫的那樣：男女之間的愛情遊戲已經到了隨心所欲、喜怒無常、自輕自賤、不負責任的境地。「中國人到底怎麼了？好男孩比著墮落粗俗，好女孩搶著出國漂洋。就跟一群沒頭蒼蠅聞哪裏臭就往哪裏擠一樣。到處都是左傾主義者的革命面目，官僚主義者的醜惡嘴臉和功利主義者的跳樑表演。在繁榮和穩定的後面，隱伏著一隻多麼巨大的怪獸！它已經一口把我吞沒，又要吃下多少熱血青年？有多少人心甘情願爭著擠著往它嘴裏填？」作品充滿了牢騷，正是網絡世界網蟲典型情緒的真切寫照。

「60 後作家」吳玄的小說《虛構的時代》寫網蟲的體驗：「網絡就像地獄，人在上面就像鬼，有魂無體。」「章豪成了網蟲，這類蟲子的最大特徵就是喜好在網上找異性聊天，而忘了做愛。長此以往只怕要蛻化成無性別的蟲子。」老婆對他的嚴格管束居然使他有了「精神分裂的前兆，譬如失眠、頭痛、抑鬱、厭世」。在辦公室沉默寡言的他到了網上居然侃侃而談，虛構的生活就這樣改

變了人性，使人變得更加詭異、深不可測。可當他與女網友見面時，他居然感到尷尬、感到一切都是虛幻。正所謂「見光死」！

「70後作家」盛可以的小說《花飛的情網》寫一位女白領沉溺於網絡聊天的混亂體驗：一邊與男網友撒嬌，尋找刺激，一邊「對自己感到前所未有的噁心」，也因此與丈夫產生了難以調和的矛盾，直至分居。日常生活的乏味催生了「生活在別處」的想像，網絡正好成為想像的寄託。只是一不小心就迷失在網戀的夢幻中，那些浮光掠影的約會與性愛到底在多大程度上充實了空虛的人生？

「70後作家」李師江也在小說《網蟲辭典》中講述了一個研究生網蟲的生活：「我覺得我是最適合在網上遊戲人生而不適合在現實中過招的人。」「我以網為家，乃名副其實的網中之魚，即使半夜起來尿尿突然迸發，偶得妙語，也不忘立馬貼到BBS上去」。網上的各種信息令人想入非非也見怪不怪，青年既渴望愛情又有「愛情恐慌症」一筆相當深刻地寫出當今青年在愛情上的無所適從、情感退化。而「癡情是男人的大忌，一癡情女人就不把你當回事，最終只能自討苦吃」、「離開性去談愛情，就像用空氣去做飯，用精神去做愛，乃捨本求末之舉」之類奇談也折射出當今青年在情感與性愛方面的玩世不恭與放蕩不羈。小說通過一場虛擬的調情寫出了當今青年對人生如夢的新認識。

網絡的自由、刺激，網絡的虛擬、變幻莫測，在為人們提供了海量信息和更便捷的聯繫方式、生活方式的同時也悄然改變了網蟲的人性，使他們越來越「宅」，越來越離不開虛擬的空間，越來越玩世不恭或者粗暴易怒、在人際關係上則越來越隨便、不負責任，甚至沉溺於網絡不能自拔，有的甚至毀滅了自己的原本不錯的生活。雖然，生活中也不乏因為網絡而結緣、而改變了枯燥乏味的人生、而開啟了新生活的例子，可值得注意的是，作家們筆下的網絡世界，還是詭異的故事、逢場作戲的悲劇居多。

還有吸毒的體驗。吸毒是一種「嗨」的活法，也是一種自虐、慢性自殺。可還是有那麼多人深陷其中不能自拔。在「70後作家」棉棉的中篇小說《啦啦啦》中，就記錄了新一代癮君子，兩個「問題少年」、「問題少女」的吸毒體驗：「我們在一起也玩過藥丸，草，大麻，毒蘑菇……我們從來也沒覺著毒品有多好或有多不好。」毒品使他們「忘記這個世界的樣子」，讓他們的心「飛到了很遠很遠的地方」，可毒品也使他們「變得灰暗、孤僻、冷漠」。「酒精和毒品讓我們的生活走入極限……從瘋狂做愛到看都懶得看對方一眼……我不

明白為什麼我們的生活注定會失去控制。」他們喜愛的詩人是美國「垮掉的一代」的代表人物艾倫‧金斯伯格，因為艾倫「也是個愛想入非非的人，他也曾醉心毒品」。他們像他那樣沉溺於瘋狂、歇斯底里，同時也在吸毒以後陷入更深的苦悶與迷惘。「我們終於下決心擺脫已經嚴重影響我們自由和健康的毒品和酒精。毒品和酒精確實可以給我們帶來美妙的顏色和聲音，但是代價太大」。只是，在經歷過痛苦和惹是生非以後，還是「毫不猶豫地選擇了海洛因……整個世界在我面前消失了。海洛因最大的好處是讓我沒完沒了地進入令人眩暈的虛無，我從裏到外空蕩蕩的，時間開始變得飛快起來」。還有什麼比吸毒者的無可救藥更能證明青春的殘酷、生命的脆弱、人生的無常？是什麼驅使新一代的癮君子在瘋狂的惹是生非與自我折磨中沉淪無止境？

　　畢淑敏的長篇小說《紅處方》則是一部人性與毒品纏鬥的詠歎調。當今社會上毒品的泛濫之勢已如洪水猛獸。小說聚焦於戒毒醫院裏形形色色的悲催人生，在那裡，「各種迷誤與過錯、罪惡與懺悔像繩索一樣，把病人和素不相識的醫生、病人和他們朝夕相處的親人，緊緊地拴在一處。」在戒毒醫生與吸毒者的殘酷較量中，醫生簡方寧與人為善、兢兢業業，感動了不少失足的吸毒者，卻不曾想到叛逆而居心巨測的女吸毒者莊羽通過在一幅油畫上做手腳，使新毒品溶解在顏料中，然後漸漸揮發出來，使意志堅強的簡方寧也不知不覺染上了無法戒除的毒癮。這一筆，寫出了毒品的強大魔力。簡方寧最終毅然自殺，「用自己的生命向這罪惡抗議。」以此彰顯「人的意志是不可戰勝的」固然可歌可泣，卻也令人扼腕長歎。此外，小說中滕醫生關於「人類一直在同毒品進行著艱苦卓絕的鬥爭，但迄今為止，我們是漫長而光榮地失敗了」的歎息更能引人浩歎。作家還借簡方寧的好友沈若魚的目光，窺見了形形色色的吸毒者難以理喻的「人格怪僻，生性多疑」、「整天泡在謊言裏」的種種變態，從而揭示了毒品使人性變化的可怕事實，也展示了人類在抵制毒品方面所做的種種艱苦努力。只是，她「沒有看到一個戒毒有效的病人」。還有簡方寧那番關於「一場鴉片戰爭，是國恥……鴉片是會捲土重來的啊！」的感慨更如警鐘長鳴。於是，關於生與死、善與惡、誘惑與尊嚴、抗爭與失敗……重重思考都交織在了一起，打成一個死結。《紅處方》對於誘惑與抗爭之間無休無止的纏鬥的刻畫，對於仁心與醫術在與毒癮搏鬥中的堅忍不拔與無可奈何的深刻揭示，都發人深思。在現代化帶來的富裕與空虛中，毒品為什麼無孔不入？那麼多人沉溺於毒品的戕害中又表明了什麼？

　　思想解放的浪潮與人慾橫流的浪潮並駕齊驅。經過長期政治運動的壓抑，人慾一旦釋放出來當然輻射出可怕的力量。從藝術家到大學生，從城市青年到鄉村農民，都盡情吸納著個性自由的空氣，在狂歡中追逐著快樂的夢想，為此不惜衝破種種的禁忌、冒犯各種戒律。於是，狂歡成了這個年代的主題詞之一。多少人在狂歡中成就了自我？又有多少人在狂歡中毀滅了自我？還有多少人在經歷了狂歡的體驗後重返平淡從容的境界？狂歡，這種達到生命極致的精神狀態，其利弊得失，實在一言難盡！

　　從前人們五花八門的自得其樂、癡迷心態到了當代社會，已經變成不斷升級的癡狂——不再講什麼「道術」，而只要「嗨」成一片、「嗨」到歇斯底里、聲嘶力竭、精疲力盡才告一段落。也正是在這樣的情緒宣洩中，人們難以言說的苦悶、壓力山大的憂愁、孤獨寂寞的種種情緒才得到了暫時的釋放。野性就在這樣的宣洩中回歸了。傳統的「溫柔敦厚」、「閒情逸致」、「彬彬有禮」、「中正平和」在這樣的狂歡中搖搖欲墜。而傳統的「名士風度」、「狂放不羈」、「放浪形骸」、「我行我素」則在現代化光怪陸離的便捷生活中得到了空前的普及與弘揚。無論多少思想家、文學家、活動家對此憂心忡忡，不斷發出盛世危言，可人們追逐癡狂生活的情緒有增無減。對此，美國思想家丹尼爾·貝爾就以無可奈何的口吻說過：「現代文化的特徵就是極其自由地搜檢世界文化倉庫，貪婪吞食任何一種被抓到手的藝術形式。這種自由來自它的軸心原則，就是要不斷表現並再造『自我』，以達到自我實現和自我滿足。在這種追求中，它否認經驗本身有任何邊界。它盡力擴張，尋覓各種經驗，不受限制，遍地掘發。」然而，「醉狂終究要過去，接著便是淒冷的清晨，它隨著黎明無情地降臨大地。這種在劫難逃的焦慮必然導致人人處於末世的感覺——此乃貫穿著現代主義思想的一根黑線。」〔註2〕在這樣的背景下，再回過頭去回眸當代文化曲曲折折、熱熱鬧鬧的發展歷程，真令人感慨繫之！

　　剩下的問題是，在熱鬧、浮華、癡狂的文化浪潮中，還能產生出《曾國藩》、《心靈史》、《白鹿原》、《務虛筆記》、《日光流年》、《許三觀賣血記》那樣深沉、厚重、典雅的文學經典嗎？或者說，已經對癡狂的人生與狂歡的文學習以為常的人們，還會接受深沉、厚重、典雅的文學經典嗎？在未來的文學格局中，深沉、厚重、典雅的文學應該不會消亡吧。

〔註2〕【美】丹尼爾·貝爾：《資本主義文化矛盾》（中譯本），趙一凡、蒲隆、任曉晉譯，三聯書店1989年版，第59、97頁。

第七章　文人為什麼謳歌野性

第一節　渴望浪漫的傳統

　　中國文人，從小受孔孟之道薰陶，知書達禮，談吐文雅，為人謙和。然而，這只是文化與人生的一面。歷史的另一面是：相當一部分文人內心充滿了浪漫的渴望、野性的衝動。大略看去，文人的野性衝動體現在以下三個方面：一是言談舉止放浪形骸，如魏晉名士、李白、金聖歎，還有現代作家郁達夫；二是文化主張離經叛道，如李贄、胡適、魯迅；三是積極參與政治鬥爭，如王安石、東林黨人、黃宗羲、曾國藩、瞿秋白⋯⋯因此，中國文學史上便貫穿了一股揮灑野性、率性而活的激情。當循規蹈矩的理性在腐敗政治的擠壓下異化為無所作為的空洞說教時，那平時深埋在人們心中、關鍵時刻突如其來的野性怒火便會衝天而起，形成改變世界的燎原之勢。莫道是「秀才造反三年不成」，五四運動不就發起於一批北京大學生的怒火，並最終開闢了一個新的時代麼？共產主義運動不也是因為陳獨秀、李大釗、惲代英、毛澤東、周恩來這些文化人的呼風喚雨才勃然興起嗎？如此說來，野性正是革命的驅動力，而理論只是指路的星辰與火炬吧。而在五四以後越來越深入人心的個性解放、婚姻自主、積極參政、生活獨立等等方面，也都很容易使人感受到野性的生機勃勃、勢不可擋。

　　現在，讓我們來看看五四運動以來一百多年中國文人對於野性的認同與張揚。

　　五四運動的先驅者中，生性衝動者不乏其人，例如陳獨秀。陳獨秀是一位

特立獨行的狂人。他的文章充滿新文化的激情與野性。他的許多言論足以驚世駭俗：「世界文明發源地有二：一是科學研究室，一是監獄。我們青年要立志出了研究室就入監獄，出了監獄就入研究室，這才是人生最高尚優美的生活。從這兩處發生的文明，才是真正的文明，才是有生命有價值的文明。」「我們現在認定只有這兩位先生（德先生和賽先生），可以救治中國政治上道德上學術上思想上一切的黑暗。若因為擁護這兩位先生，一切政府的壓迫，社會的攻擊笑罵，就是斷頭流血，都不推辭。」〔註1〕他為人狂傲，因此開罪多人。據當時在北大教哲學的梁漱溟回憶，「陳這個人平時細行不檢，說話不講方式，直來直去，很不客氣，經常得罪人，因而不少人怕他，乃至討厭他，校內外都有反對他的人。」他還因為反對北洋政府坐過牢。發起成立共產黨以後，他在黨內行「家長制」，搞「一言堂」，也激起同志不滿。他提倡「獸性主義」，認為「強大之族，人性，獸性，同時發展。其他或僅保獸性，或獨尊人性，而獸性全失，是皆墮落衰弱之民也。……獸性之特長謂何？曰，意志頑狠，善鬥不屈也；曰，體魄強健，力抗自然也；曰，信賴本能，不依他為活；曰，順性率真，不飾偽自文也。」〔註2〕對待自己的親生兒子，他也相當嚴苛，不近人情，讓他們從小獨立謀生，艱苦奮鬥，「可以賣報紙也可以撿破爛，還可以乞討」。他的兩個兒子靠艱苦奮鬥成為共產黨的早期領導人，與他的嚴苛家教有沒有直接關係？

魯迅亦是性情狂放之人。他敬仰尼采、拜倫那樣的狂人，已顯叛逆個性。他欣賞尼采「不惡野人，謂中有新力」的思想，嚮往「所向必動，貴力而尚強，尊己而好戰……故其平生，如狂濤如厲風，舉一切偽飾陋習，悉與蕩滌，瞻顧前後，素所不知；精神鬱勃，莫可制抑，力戰而斃，亦必自救其精神；不克厥敵，戰則不止。而復率真行誠，無所諱掩，謂世之毀譽褒貶是非善惡，皆緣習俗而非誠，因悉措而不理也」的精神境界。〔註3〕因此，他從敢於發出「不讀中國書」的狂言，到激烈批判中國傳統文化，認為「中國人向來就沒有爭到過『人』的價格，至多不過是奴隸，到現在還如此」〔註4〕。與陳獨秀提倡「獸性主義」一樣，魯迅也提倡「獅虎式的教育」，說：「施以獅虎式的教育，他們就能用爪牙，施以牛羊式的教育，他們到萬分危急時還會用一對可憐的角。然

〔註1〕陳獨秀：《新青年罪案之答辯書》，《新青年》1919年1月第六卷第一號。
〔註2〕陳獨秀：《今日之教育方針》，《新青年》1915年10月15日第一卷第二號。
〔註3〕魯迅：《墳·摩羅詩力說》，人民文學出版社1980年版，第75頁。
〔註4〕魯迅：《墳·燈下漫筆》，人民文學出版社1980年版，第206頁。

而我們所施的是什麼式的教育呢，連小小的角也不能有，則大難臨頭，惟有兔子似的逃跑而已。」〔註5〕他的激進言論使他樹敵眾多。連毛澤東那樣的革命家也對他推崇備至，稱其為「現代中國的聖人」，「中國文化革命的偉人」，「是中國文化革命的主將，他不但是偉大的文學家，而且是偉大的思想家和偉大的革命家」。他對於二十世紀青年的影響之巨，足以表明一個世紀的主旋律。

還有郭沫若、郁達夫也都是率性而活的狂人。郭沫若從小就有叛逆性格，「他在土匪橫行的地方成長，對土匪這樣的草根英雄十分迷戀。」〔註6〕生當動盪之世，接受了新思潮的影響，他既崇拜拿破崙、俾斯麥那樣的英雄，也敬仰鄒容、徐錫麟、秋瑾那樣的先烈，還敢於反抗，敢於帶頭罷課，以抗議校方取消周末半日休假制，受到處分後居然酗酒、吸水煙、打牌、甚至逛胭脂巷，可謂狂放。他在 1919 年寫下了振聾發聵的詩歌《匪徒頌》，謳歌「一切政治革命的匪徒們」、「一切宗教革命的匪徒們」、「一切學說革命的匪徒們」、「一切文藝革命的匪徒們」、「一切教育革命的匪徒們」「萬歲！萬歲！萬歲！」叛逆的激情，溢於言表。到了大革命的滾滾洪波中，他投身北伐戰爭，曾任北伐軍總政治部中將副主任。很快又在蔣介石發起「清黨」後，寫下聲討蔣介石的檄文《請看今日之蔣介石》，指出「蔣介石是流氓地痞、土豪劣紳、貪官污吏、賣國軍閥、所有一切反動派──反革命勢力的中心力量」，是「一個比吳佩孚、孫傳芳、張作霖、張宗昌等還要凶頑、還要狠毒、還要狡獪的劊子手」，堪稱大無畏，也因此受到蔣介石的通緝。他接著參加過南昌起義，任起義軍政治部主任。後來避難日本。抗日戰爭爆發後，他毅然回國參加抗戰。一直到暮年，他還通過歷史劇創作「替曹操翻案」（《蔡文姬》），顯示了文人的勇氣，也顯示了他暮年壯心依然。郭沫若是古往今來無數文人投筆從戎的一個縮影，也是二十世紀無數浪漫文人投身革命的一個代表──從李大釗、瞿秋白到那些放棄了學業、投奔解放區的青年學子，還有掀起過「一二九運動」狂飆的青年學生們。

郁達夫生性多愁善感，也有英雄情懷，曾在《自傳》中自道：「平時老喜歡讀悲歌慷慨的文章，自己揮起筆來，也老是痛哭淋漓，嗚呼滿紙」，可謂率性。學生時代他也曾參與學生運動，並因此被開除。他經常酗酒，不拘小節；與美人一見鍾情就瘋狂追求，拋棄髮妻，鬧得滿城風雨；還因為旅途受到外國

〔註5〕魯迅：《南腔北調集·論「赴難」和「逃難」》，《魯迅全集》（第四卷），人民文學出版社 1981 年版，第 474 頁。

〔註6〕李歐梵：《中國現代作家的浪漫一代》，新星出版社 2005 年版，第 181 頁。

人的盤查而產生了「硬要想拿一把快刀，殺死幾個人，才肯罷休」的衝動〔註7〕。然而，在辛亥革命的高潮中，曾想衝鋒陷陣、為眾捨身的他卻「只呆在大風圈外，捏緊了空拳頭，滴了幾滴悲壯的旁觀者啞淚而已。」〔註8〕這與他追求婚外情時的狂熱、與郭沫若在革命大潮中激情滿懷、投筆從戎都形成了耐人尋味的對照。這一切與他內心深處根深蒂固的「小資情懷」密不可分吧。在他那裡，野性主要體現在「惟有他敢用筆把自己的弱點完全暴露出來」，「時而觀淫，時而睹物興起淫念，時而同性戀，時而以被虐滿足性慾，時而有偷物狂……」〔註9〕這樣的風格具有驚世駭俗的衝擊力，令人想到《金瓶梅》，卻又因為他認同「文學作品，都是作家的自敘傳」的說法而賦有了非虛構的文學魅力和心理分析的新意。這與他深受盧梭的《懺悔錄》精神影響密切相關，也體現出士大夫風流習氣在現代作家身上的流傳吧。此外，他是創造社的主將之一，又因為革命文學的興起而退出創造社；他是「左聯」的創立者之一，不久卻因為政治的壓力而憤然退出。他的率性、任性、野性於此得以凸顯。

生性衝動、心懷浪漫的文化人為新思潮、新文化奔走吶喊，順理成章。而生性淡泊、超凡脫俗的文化人也常常突發驚世之語，就更能顯示出野性激蕩的時代氛圍了。例如周作人就曾經自道，少年苦悶中一度「幾乎成了小流氓」，曾與混混為友，而且「著實學了些流氓的手法」〔註10〕。他寫過《兩個鬼》一文，自道：「有時候流氓佔了優勢，我便跟了他去彷徨，什麼大街小巷的一切隱密無不知悉，酗酒，鬥毆，辱罵，都不是做不來的……」〔註11〕，在與北洋政府、「正人君子」交惡時，他的「流氓鬼」心性表現得淋漓盡致。甚至他還曾經發起「徵求猥褻的歌謠」，以便「從這裡窺測中國民眾的性的心理，看他們（也就是咱們）對於兩性關係有怎樣的意見與興味」，〔註12〕都散發出無所顧忌的潑辣氣息，令人想起六十多年後王朔「我是流氓我怕誰」的市井霸氣。一直到晚年，他還這麼分析自我：「我的心裏是有『兩個鬼』潛伏著的，即所

〔註7〕郁達夫：《海上通信》，《郁達夫全集 3 散文》，吳秀明主編，浙江大學出版社2007年版，第 59 頁。

〔註8〕郁達夫：《大風圈外》，《郁達夫全集 4 遊記、自傳》，吳秀明主編，浙江大學出版社 2007 年版，第 297 頁。

〔註9〕夏志清：《中國現代小說史》，復旦大學出版社 2005 年版，第 78～79 頁。

〔註10〕周作人：《知堂回想錄・二四，幾乎成了小流氓》，《周作人文選・自傳・知堂回想錄》，群眾出版社 1999 年版，第 56 頁。

〔註11〕周作人：《談虎集》，上海書店 1987 年影印出版，第 393～394 頁。

〔註12〕轉引自錢理群：《周作人論》，上海人民出版社 1991 年版，第 169 頁。

謂紳士鬼與流氓鬼」，而且，「……究竟紳士鬼還只居其小部分……有時流氓鬼要露出面來」〔註13〕。他一方面恐懼群眾運動、社會革命，認為動輒「社會制裁」正是「蠻性的遺留」；另一方面，他在思想解放運動中的呼風喚雨，在「女師大事件」中仗義執言，也流露出潑辣的本色。

再看沈從文，他來自民風強悍的湘西，素以「鄉下人」自稱，他從小放蕩不羈，逃學，喜歡賭博，「從那方面學會了不少下流話，和賭博術語」，〔註14〕加入土著部隊後，見識了種種酷刑、殺人，也明白了「那些行為背後所隱伏的生命意識……知道這些罪惡如何為社會所不容，卻也如何培養著這個堅實強悍的靈魂。」〔註15〕而那些粗話野話也在後來的寫作中「增加了故事中人物的色彩和生命。」〔註16〕他欣賞那些「時時刻刻罵野話」的水手，因為「他們那麼天真爛漫的罵」，「一切極樸野……生活形式生活態度皆有點原人意味」，或者，「這裡人說話皆大聲叫喊，吃東西隨便把花生橘子皮殼撒滿一地……很有趣味。」〔註17〕在他看來，那些罵粗話、嫖娼、喜歡打架的水手，「比起『風雅人』來似乎也灑脫多了……也實在還道德得多。」雖然，他作為一位作家，也有過另一個角度的審思：「有什麼方法，可以改造這些人的狂熱到一件新的競爭方面去，可是個費思索的問題。」〔註18〕在《虎雛再遇記》中，作家也通過勸一位「有精神，有野性」、喜歡打鬥的「將門之子」，「勸他此後忍耐一點，應把生命押在將來對外戰爭上，不宜於僅為小小事情輕生決鬥。想要他明白私鬥一則不算角色，二則妨礙事業」，表達了超越樸野的思考。這樣的思考儘管在沈從文的腦海中遠不如欣賞樸野、放浪的主題那麼高亢，卻也透露出經過新文化的洗禮後，一個「鄉下人」人生觀發生的重要轉變。值得注意的是，他早期就寫過一束《狂人書簡》，宣洩了一個文學青年的苦悶：「眼前的一切，都是你的敵人啊！法度，教育，實業，道德，官僚，……一切一切，無有不是。」

〔註13〕周作人：《知堂回想錄·一四六，女師大與東吉祥（二）》，《周作人文選·自傳·知堂回想錄》，群眾出版社 1999 年版，第 397 頁。

〔註14〕沈從文：《我上許多課仍然不放下那一本大書》，《從文自傳》，人民文學出版社 1981 年版，第 35 頁。

〔註15〕沈從文：《一個大王》，《從文自傳》，人民文學出版社 1981 年版，第 96～97 頁。

〔註16〕沈從文：《我上許多課仍然不放下那一本大書》，《從文自傳》，人民文學出版社 1981 年版，第 35 頁。

〔註17〕沈從文：《湘行書簡》，《湘行集》，嶽麓書社 1992 年版，第 80、53、83、110 頁。

〔註18〕沈從文：《湘行散記》，《湘行集》，嶽麓書社 1992 年版，第 167、228 頁。

「說到匪⋯⋯你們似乎以為搶犯是人類中最劣等的東西，搶人是人類中最不良的行為；其實，你們錯了！你們都給傳統下來的因襲奴隸德性縛死了！」「到這世界上，誰個不是賴著與同類搶搶奪奪來維持生存？你不奪人，其實別人把你連生下去的權利也剝去了！金錢，名位，那裡不是從這個手中搶到那個手中？」〔註19〕這樣的嘶吼道出了許多失意青年的鬱悶與不滿，比起魯迅的《狂人日記》，顯然多了強烈的生存與競爭的焦慮。到了大革命年代，作家「聽許多人說及北伐時代兩湖青年對革命的狂熱」，又產生了這樣的憧憬：「我對於政治缺少應有理解，也並無有興味，然而對於這種民族的狂熱感情卻懷著敬重與驚奇。⋯⋯也許從一些人的歡樂或恐怖印象裏，多多少少還可以發現一點對我說來還可說是極新的東西。」〔註20〕這種對於「民族的狂熱」充滿期待的想法明顯不同於從前對說粗話、打架、賭博、嫖娼的樸野活法的欣賞，也從根本上不同於不久前《狂人書簡》中的匪性情緒，當然也與那些想通過走「第三條道路」開闢新生活的自由知識分子迥然不同，而與左翼知識分子的革命熱情不謀而合了。只是，他終於不曾像他曾經的好友胡也頻、丁玲那樣投身革命，更不可能料道，革命成功以後，他會成為被改造的人，飽受屈辱。

連深受西方紳士風度影響、在現代以倡導「幽默」聞名的林語堂也在1925年寫過《祝土匪》一文，反對言論界的「紳士」、「學者」氣的四平八穩、「中和穩健」，不敢講真話，倡導「士風將來也非由土匪來講不可」，不講面子、「生於草莽，死於草莽，遙遙在野外莽原，為真理喝彩」的新風〔註21〕。到了1926年，他還寫過《假定我是土匪》一文。其中寫道：「做個匪首，並不容易，第一便須輕財仗義，豪俠好交，能結納天下英雄，江湖豪傑，這是我斷斷做不來的。做土匪的領袖，與做公司或社會的領袖一樣，須有領袖之身份，手段，能幹，靈敏，陰險，辣潑，無賴，圓通，是非不要辨得太明，主義不要守得太板⋯⋯這是據我的觀察，一切的領袖所共有而我所決無的美德」〔註22〕。可見他紳士風度深處的野性渴望。他既入木三分地寫出了一種人的多副面孔，同時也深知文化人與匪首之間隔著的千山萬水，不是心嚮往之就能做到的。文化人對於土匪的想像有助於激發浪漫情懷，卻也常常只能到此為止。

〔註19〕沈從文：《沈從文全集》第11卷，北嶽文藝出版社2002年版，第26～27頁。
〔註20〕沈從文：《湘行散記》，《湘行集》，嶽麓書社1992年版，第260、274頁。
〔註21〕林語堂：《翦拂集・大荒集》，人民文學出版社1988年版，第8～9頁。
〔註22〕林語堂：《論語》第44期（1934年7月1日）。

　　周作人、沈從文、林語堂對樸野人生、土匪野性的欣賞很容易使人聯想到《水滸傳》、《三國演義》、《說唐全傳》中那些性格粗獷、滿口粗話、率性而活、無所畏懼的英雄好漢——武松、李逵、張飛、程咬金……還有《三俠五義》中除暴安良、笑傲江湖的俠客形象。這些來自村野的粗人以他們的英雄氣影響了多少普通人，赤手空拳，幹出一番英雄業績。其中真有李自成、石達開那樣的農民起義領袖，也有無數路見不平一聲吼、快意恩仇的江湖好漢、俠客，更有無數率性而活的普通人。到了革命年代裏，他們中許多人投身炮火硝煙，為推翻舊世界不怕流血犧牲。在那些講述普通農民在戰火中煥發出衝天革命熱情的小說中，從馬烽、西戎的《呂梁英雄傳》、袁靜、孔厥的《新兒女英雄傳》、丁玲的《太陽照在桑乾河上》、周立波的《暴風驟雨》、孫犁的《荷花淀》到梁斌的《紅旗譜》、知俠的《鐵道游擊隊》、劉流的《烈火金剛》、曲波的《林海雪原》、徐光耀的《小兵張嘎》、馮德英的《苦菜花》……都可以感受到革命浪潮中「國民性」的巨變，或者說，叛逆、抗爭、敢作敢當、不怕犧牲的「國民性」的復興。儘管，在政治運動頻繁的年代裏，作家們都深知「改造世界觀」、「夾著尾巴做人」的重要，但他們刻畫的平民英雄還是散發出了血性與抗爭精神的。

　　到了改革開放年代，在革命年代已經過去、世俗化浪潮又一次高漲的歲月裏，梁曉聲的《今夜有暴風雪》、老鬼的《血色黃昏》中那些抗爭的知青，李杭育的《最後一個漁佬兒》、鄭萬隆的《老棒子酒館》、莫言的《紅高粱》、《豐乳肥臀》中那些獨往獨來的鄉民，權延赤的《狼毒花》、鄧一光的《我是太陽》、都梁的《亮劍》、《血色浪漫》、何頓的《黃埔四期》中那些勇武的軍人，還有張承志的《心靈史》中那些義民，都延續了這一脈渲染野性、嚮往浪漫的傳統。此外，還有賈平凹的《懷念狼》、姜戎的《狼圖騰》也都在呼喚野性的回歸方面呼應了陳獨秀、魯迅、沈從文的野性吶喊。

　　由此可見，野性的回歸，是二十世紀思想解放、文學巨變的一個重要主題。儘管五四先驅者們呼喚的是「民主與科學」的新文化，而民主意識與科學意識也在二十世紀的歷史進程中已經深入人心，結出碩果，但對於廣大民眾來說，思想解放除了有追趕新潮的意義外，還與野性的回歸、我行我素、率性而活的生命熱能的噴發密不可分。因為有了民眾的積極參與，中國社會才發生了翻天覆地的巨變。雖然，他們常常也為此付出了始料未及的巨大犧牲。

第二節　革命，改革，都是浪漫情懷

只是，無論是在革命年代裏對集體主義、克己奉公的嚴格要求，還是到了改革開放新時期農民工潮水般湧入城市，使鄉村漸漸「空心化」，沈從文，還有「尋根派」（從賈平凹、李杭育、鄭萬隆到莫言）的浪漫情懷都只能止於懷舊的感傷中。

革命，是 20 世紀中國的一大主題。在轟轟烈烈的大革命中，毛澤東就指出：「革命不是請客吃飯，不是做文章，不是繪畫繡花，不能那樣雅致，那樣從容不迫，文質彬彬，那樣溫良恭儉讓。革命是暴動，是一個階級推翻一個階級的暴烈的行動。」〔註23〕因此，革命文學便賦有了「暴烈」的氣質──從蔣光慈的《短褲黨》到「紅色經典」中那些武裝抗爭的故事⋯⋯都記錄了那個年代的風起雲湧、刀光劍影、英雄傳奇、悲情壯歌。這些作品繼承了《水滸傳》的「造反」敘事，彰顯了普通百姓中蘊藏的巨大反抗熱情與鬥爭智慧。現代的革命文學意義不可低估。

到了思想解放、文學多元化發展的新時期，革命的歷史記憶並未煙消雲散。其中，既有喬良的《靈旗》、黎汝清的《皖南事變》、《湘江之戰》那樣反思革命歷史悲劇的力作，也有鄧友梅的《追趕隊伍的女兵們》、李存葆的《高山下的花環》、鄧一光的《我是太陽》、都梁的《亮劍》、權延赤的《狼毒花》那樣揮灑革命軍人英雄豪情的名篇。這裡需要特別指出的是，同樣是寫平民英雄，《我是太陽》、《亮劍》、《狼毒花》這樣的作品都濃墨重彩渲染了革命軍人性情中的農民本色和衝天豪氣。在這一方面，這些作品顯然與《水滸傳》中的「粗人」李逵、魯智深更心心相印，也很容易使人想起吳強的《紅日》中的石東根，《烈火金剛》中的丁尚武，《林海雪原》中的劉勳蒼、李勇奇等等率真、粗獷、豪放的英雄好漢。由此可見，重新弘揚「野性」，已經成為新時期革命歷史題材創作的一個基本主題。這些革命故事，與莫言的《紅高粱》、賈平凹的《白朗》、葉廣芩的《青木川》那樣的「土匪故事」，與莫言的《天堂蒜薹之歌》、張承志的《心靈史》、張笑天的《太平天國》那樣的「起義故事」，以及金庸的「武俠小說」一起，共同烘托出這個時代的浪漫精神──革命就是浪漫，造反就是痛快。誰說中國的「國民性」就是隱忍、麻木、窩囊、逆來順受？歷史上，百姓隨意隨性、我行我素的活法常常體現在凡事都要「爭口氣」的

〔註23〕毛澤東：《湖南農民運動考察報告》，《毛澤東選集》（一卷本），人民出版社 1968年版，第 17 頁。

衝動中。由此固然發生了大量「窩裏鬥」的悲劇，也激發出民間尚爭、好鬥、「不服周」、銳意進取的民氣。中國的農民起義此起彼伏，發生的頻率之高，舉世罕見，顯然與此有很大關係。粗獷、豪放、「衝冠一怒」也是我們民族的精神內核，並常常在隨心所欲的日常生活中、在無所畏懼的大大小小抗爭中突然噴發出來。

第三節　青春的野性與浪漫

　　值得注意的還有，在思想解放的年代裏，越是年輕的詩人、作家，越是以粗獷、狂放、任性的姿態作為出道的旗號。思想解放的時代洪流為後起的文人崛起打開了任性的大門。從 1980 年代的「新詩潮」中此起彼伏的標新立異、聲嘶力竭的吶喊——在 1986 年 10 月《深圳青年報》和安徽《詩歌報》聯合推出的「現代詩群體大展」中，粗俗之風佔了絕大的比例：諸如「為了真誠，我們可以不擇手段」、「一噸垃圾比一噸金子更有用。因為垃圾更直截了當地接近世界和事物的真相，更有利於發現、宣洩、蹂躪」、「我們天性逢佛殺佛，逢祖殺祖」、「搗亂、破壞以至炸毀封閉式或假開放的文化心理結構！」「一定要給人的情感造成強烈的衝擊」這樣顛覆普遍價值觀的嚎叫，都足以表明：在思想解放的環境中，個性（包括個人慾望）的解放終究會與狂歡的情緒、破壞的渴望、宣洩的衝動乃至自虐的訴求相遇。從遠離政治、關注自我到自我膨脹、自我褻瀆，從嘲弄崇高到嘲弄一切，張揚了青年心態的浮躁與焦慮，也顯示了時代巨變的某些軌跡：苦心孤詣的創作似乎已經很難滿足當代人的浮躁心態和狂歡渴望了。宣洩欲望已經成為最刺激、最本能、最流行的寫作動機。而當詩變成了詩人們宣洩欲望的器皿時，傳統的詩意也就在浮躁的喧嘩中失落了。1998 年，韓東與朱文發起了「斷裂：一份問卷」的調查，激烈地與現存的文學秩序宣告決裂：「當代漢語作家中沒有一個人曾對我的寫作產生過不可忽略的影響。50、60、70、80 年代登上文壇的作家沒有一個人與我的寫作有繼承關係。他們的書我完全不看。」「當代文學評論並不存在。有的只是一夥面目猥瑣的食腐肉者。他們一向以年輕的作家的血肉為生，為了掩蓋這個事實他們攻擊自己的衣食父母。另外他們的藝術直覺普遍為負數。」「對於今天的寫作而言，魯迅也確無教育意義。」「我對《讀書》、《收穫》兩大名刊的評價是：

知識分子和成功人士平庸靈魂的理想掩體。」〔註24〕可謂偏激。而到了 2000 年，還有一批更年輕的詩人創辦了《下半身》詩刊。在該刊的發刊詞中，有這樣一些句子：「知識、文化、傳統、詩意、抒情、哲理、思考、承擔、使命、大師、經典⋯⋯這些屬於上半身的詞彙與藝術無關，這些文人詞典裏的東西與具備當下性的先鋒詩歌無關。」「我們已經與知識與文化劃清了界限，我們決定生而知之⋯⋯讓那些企圖學而知之的傢伙離我們遠點，我知道他們將越學越傻。」〔註25〕至此，虛無主義、反智主義的浪潮已達無可挽回的深淵。這些吶喊令人想起尼采的狂言：「上帝死了」，希利斯·米勒的「文學消亡論」，還有福克納的歎息：「我們今天的悲劇在於普遍的恐懼感，這種恐懼感被保持在我們心中的年代太長遠了，以至我們都學會了忍受它。精神的問題已經不復存在了。剩下的只有一個問題：什麼時候我的軀體會被撕得粉碎？所以當代的青年作家，無論是男作家還是女作家，都不去注意處於自我衝突之中的人的心靈問題，可是只有這種衝突才能產生優秀的文學」。〔註26〕從滿腔熱情的野性呼喚到聲嘶力竭的狂放哀歎，文人的野性在歷史的長河中也發生了巨大的異變。野性越來越賦有了反智的意味。「『反智主義』的立場其實顯示了當代思想的困境：在缺乏強有力的思想武器去響應現實問題的挑戰的時代，在偏激的議論越來越成為在眾聲喧嘩的年代裏引起人們注意的策略的社會上，這些只好回歸『反智主義』的知識分子除了極盡諷刺、嘲弄之能事以外，別無可行的改良之策。」〔註27〕

其實，20 世紀文學家對野性的呼喚一方面有著傳統文化的背景——儘管儒家倡導「溫良恭儉讓」，道家主張「知其雄，守其雌」、「柔弱勝剛強」，歷代統治者也宣揚「仁政」、「禮教」，但事實上，中國歷代都不乏狂人。從「春秋無義戰」的刀光劍影到太平盛世中也屢見不鮮的宮廷政變，從詩人們「我本楚狂人」的放浪不羈到普通農民忍無可忍、揭竿而起、替天行道的造反有理，都體現出「仁政」遮掩不了的仇恨、「禮教」馴服不了的野性。多少次改朝換代、多少次社會動盪，常常是那些好衝動的狂人引領了時代的巨變、社會的轉型。

另一方面，20 世紀的中國文壇野性激蕩，其實也是百年國際風雲激蕩、

〔註24〕朱文：《斷裂：一份問卷和五十六份答卷》，《北京文學》1998 年第 10 期。

〔註25〕沈浩波語，引自徐江：《從頭再來》，《芙蓉》2001 年第 2 期。

〔註26〕劉保端等譯：《美國作家論文學》，三聯書店 1984 年版，第 367 頁。

〔註27〕樊星：《當代「反智主義」的嬗變》，《華中師範大學學報》（人文社會科學版）
　　　　2011 年第 3 期。

野性肆虐的縮影。就如同英國歷史學家霍布斯鮑姆在《極端的年代》一書中指出的那樣：「這是一個人類史上最殘酷嗜殺的世紀，其間充滿了戰禍兵燹，其程度、頻率、長度以及死在其戰火下的人們不計其數……它為人類帶來了史無前例的大災難，由歷史上最嚴重的饑荒，一直到有計劃的種族滅絕。」〔註28〕從兩次世界大戰到中東戰爭（1948～1982）、朝鮮戰爭（1950～1953）、越南戰爭（1955～1975）、前南斯拉夫戰爭（1991～2001），從南京大屠殺（1937）、柬埔寨大屠殺（1975～1979）、盧旺達大屠殺（1994）到烏克蘭大饑荒（1932～1933）、非洲大饑荒（1983～1985）……人類的理性、正義的輿論在歷史形成的深仇大恨面前顯得那麼蒼白無力，無數生命毀於戰火、饑荒，萬劫不復。那些罄竹難書的罪惡催人追問：20世紀，人類文明高度發達的百年，為什麼會與那些巨大的罪惡不期而遇？那些浪漫的夢想如何突然就變成了噩夢？那些熱忱的奉獻為什麼竟然眨眼間就煙消雲散？而思想家、文學家對浪漫夢想的呼喚又常常在現實的無情嘲諷下究竟結出了怎樣的苦果？都值得深入反思。

　　說到底，文人的「流氓氣」、「匪氣」、「野性」其實都深深植根於浪漫的想像中。古往今來，多少文人在失意以後或浪跡江湖、寄情山水（如屈原、陶淵明、李白），或隱居茅廬、著書立說（如黃宗羲、王船山），已成士大夫傳統。到了多災多難的20世紀，來自西方的浪漫主義思潮影響深遠，盧梭那激情飛揚的浪漫主義恰遇中國巨變，鼓蕩起一代又一代人的浪漫情懷——從梁啟超、魯迅、郭沫若、郁達夫、巴金、沈從文到1980年代的「尋根派」。只是，盧梭鼓吹的返璞歸真理想到了中國作家這裡，除了得到廢名、沈從文、蕭紅、汪曾祺、賈平凹、阿城、遲子建等人的呼應外，還在那些「野性敘事」中得到了別具一格的弘揚——對於許多中國作家來說，那些率性而活的俠客、土匪、軍人，才是從心所欲的理想人格象徵。

　　只是，文人嚮往野性、謳歌野性的浪漫情懷，為什麼常常會在無情的現實中碰壁？

　　例如瞿秋白，這位中國共產黨的早期領袖人物，有著「軟心腸共產主義者」的氣質，在政治動盪的年代裏，走上了領導武裝鬥爭之路。然而，在生命的最後時刻寫下的《多餘的話》中，他才確認自己其實只是一名「文人」，「像我這樣性格、才能、學識，當中國共產黨的領袖確實是一個『歷史的誤會』，

〔註28〕　【英】霍布斯鮑姆：《極端的年代》上冊，鄭明瑄譯，江蘇人民出版社1998年版，第19頁。

我本是一個半弔子的『文人』而已。直到最後還是『文人結習未除』的。對於政治，從一九二七年起就逐漸減少興趣，到最近一年──在瑞金的一年實在完全沒有興趣了。工作是『但求無過』的態度；全國的政治情形實在懶得問，一方面固然是身體虛弱，精力短少，而表現十二分疲勞的狀態，別方面也是十幾年為著『顧全大局』勉強負擔一時的政治翻譯、政治工作，而一直拖延下來，實在違反我的興趣和性情的結果，這真是十幾年的一場誤會，一場噩夢。」在這一段文字中，「歷史的誤會」和「興趣」格外耐人尋味：因為一時的衝動而壯懷激烈、投身革命洪流，到頭來卻發現那些工作與自己的興趣格格不入，可見一時衝動的野性與天賦文人性格的矛盾難以調和。在革命的高潮中奮勇爭先，到了革命轉入低潮時趕緊抽身，這樣的人生時有所聞。當代作家劉心武就在小說《七舅舅》中刻畫了一位從革命高潮中的弄潮兒到革命退潮後迅速變換人生角色，成為名醫的心路歷程。

而像丁玲那樣的革命者，在積極投身革命洪流，穿上一身戎裝，任「中央警衛團政治部副主任、西北戰地服務團主任」，成為「武將軍」的同時，不是也產生了新的困惑嗎？她在延安寫下的《三八節有感》，表達了對解放區革命女性遭遇的不平等對待的憂思，沒想到因此惹禍，受到始料未及的猛烈批判。儘管她迫於壓力，作了檢討，可終究沒能逃脫後來的政治暴風雨，付出了沉重的政治代價。丁玲的悲劇在那一代革命者中也很有代表性。詩人艾青、穆旦、郭小川都有過類似的經歷。雖然他們都是堅定的革命者，為革命作出過重要貢獻，卻終於在殘酷的「黨內鬥爭」中淪為犧牲品──從胡風、馮雪峰、邵荃麟、周揚這樣的文化人到高崗、彭德懷、劉少奇、林彪這樣很有野性的政治家、軍事家，以及從 1956 年的「大鳴大放」到 1966 年的「文革」中一批一批從直言到被打倒的那些知識分子、機關幹部，都顯示了政治漩渦中野性的危險。堅定的立場、率真的性格，在錯綜複雜的政治鬥爭中也常常會遭遇變幻莫測的打擊。

還有沈從文，也在飽覽了湘西的瑰麗人生以後為什麼會突然產生上大學的渴望，並因此北上，去北京大學旁聽？其中有新思潮的感召，還有年輕人「不安於當前事務，卻傾心於現世光色，對於一切成例與觀念皆十分懷疑，卻常常為人生遠景而凝眸」的渴望。〔註29〕這樣的渴望遠行衝動可以說是二十世

〔註29〕沈從文：《我讀一本小書同時又讀一本大書》，《從文自傳》，人民文學出版社 1981 年版，第 9 頁。

紀無數青年共同的情緒——從魯迅那一代人「別求新聲於異邦」的心聲到大革命年代裏投筆從戎的時尚，再到毛澤東時代「好兒女志在四方」、「到農村去、到邊疆去、到祖國最需要的地方去」的熱潮，直至改革開放年代裏莘莘學子爭相負笈留洋、青壯年農民紛紛進城務工，都使得「故鄉」的記憶越來越遠……故鄉與廣闊的世界成了落後與發達、封閉與開放的對應詞語。學者們常常用「浮躁」一詞概括二十世紀人躁動不安、上下求索的情緒，而「浮躁」正是「野性」的衝動使然。

在政治高壓的年代裏，人們不能不處處謹慎、如履薄冰。即便如此，仍然會有一場場政治運動突如其來，碾壓人們的良知和處世的基本常識。可是，為什麼還是有了野性在政治風暴中的爆發？例如當年「地下寫作」的綿綿不絕就是文心與野性在「地下」——強權鞭長莫及之處——萌芽、生長、蓬勃發展的可貴表現。在知青中產生了富有濃鬱「小資情調」的「白洋淀詩派」，還有趙振開（北島）的小說《波動》和靳凡的小說《公開的情書》充滿了對壓抑的不滿；因為懷念周恩來而噴發出對「文革」強烈不滿的「天安門詩歌」，都昭示了物極必反、世道滄桑的天理：被政治專制壓抑的人性、良知、思想終將如期歸來。

這樣，才有了政治局面突變以後的時代巨變，才有了思想解放的洪流洶湧奔騰，才有了一大批思想解放的文化人掙脫烏托邦迷信的束縛，為野性譜寫出新的篇章。

第八章　當代「反智主義」的嬗變

第一節　當代「反智主義」的由來

　　1976 年，余英時發表了《反智論與中國政治傳統》的思想史論，鋒芒直指大陸的「評法批儒」運動。文中指出：「中國的政治傳統中一向彌漫著一層反智的氣氛」──道家是反智的。但「中國政治思想史上的反智論在法家的系統中獲得最充分的發展。」「在法家政治路線之下，只有兩類人是最受歡迎和優待的：農民和戰士」。（這議論很自然會想起當時大陸政治生活中那個取代了人民的詞──「工農兵」）。〔註 1〕在該文的餘論《「君尊臣卑」下的君權與相權》一文中，他進而指出：「現代中國的反智政治當然有很大的一部分是來自近代極權主義的世界潮流，並不能盡歸咎於本土的傳統。但是潛存在傳統中的反智根源也決不容忽視。」〔註 2〕這樣的議論足以使人產生這樣的思考：在中國這麼一個歷來有著「崇文」傳統，連普通老百姓也堅信「萬般皆下品，唯有讀書高」的國度，為什麼「反智」的傳統也根深蒂固？在「崇文」與「反智」這水火不容的雙重傳統深處，顯然體現出了中國文化的尖銳矛盾──一方面，打天下常常靠的是武力和陰謀，因此，狂妄的武夫常常看不起甚至羞辱文化人，以至於「秀才遇到兵，有理說不清」的常言不脛而走；另一方面，「崇文」的讀書人常常以為「知書明理」就可以「修身齊家治國平天下」，卻在進入仕途後發現，正氣、才華常常不敵昏君的暴虐、佞臣的無恥，因此知難而退隱，

───────────────────

〔註 1〕余英時：《歷史與思想》，臺灣聯經出版事業公司 1976 年版，第 1、20、24 頁。
〔註 2〕余英時：《歷史與思想》，臺灣聯經出版事業公司 1976 年版，第 48 頁。

感歎「百無一用是書生」；還有，許多讀書人皓首窮經，卻屢試不第，到頭來發現自己甚至不如沒有上進心的農夫、小販那樣散淡度日，於是自暴自棄，悲歎「科舉誤我」……由此可見，中國社會的專制主義、混亂世事是滋生「反智」思潮的深厚土壤。

現代社會是尊重知識、尊重知識分子的社會。但中國進入現代社會的方式也十分奇特：一邊是皇權崩潰以後，群雄逐鹿，形形色色的軍閥（從北洋軍閥到蔣介石那樣的新軍閥）「亂哄哄你方唱罷我登場」，在相當長的戰亂歲月中，軍人成了歷史舞臺的主角；另一邊是隨著西學東漸而湧現出來的一代優秀知識分子因為傳播現代文明而開創了中國歷史的新紀元，他們學貫中西的氣象和比較優越的生活質量都深刻地影響了後人，以至於到了二十世紀末，政治地位和經濟地位都有了明顯改善的當代知識分子還以十分欽羨的口吻嚮往著那一代先驅者的經濟收入和生活質量。〔註3〕儘管如此，我們不難發現，在那一代作家筆下，知識分子的形象卻多顯得可憐、猥瑣、無能，從魯迅筆下的《在酒樓上》、《傷逝》、郁達夫的《沉淪》、葉聖陶的《倪煥之》到茅盾的《動搖》、巴金的《家》、《寒夜》、沈從文的《八駿圖》、錢鍾書的《圍城》……多是病態人生。像茅盾的《虹》那樣欣賞知識分子革命熱情的作品，實在太少。平心而論，這些作品真實地反映了相當一部分「小知識分子」（他們的經濟地位和政治影響當然無法與那些大知識分子相比）困窘的生存狀態，也深刻地揭示了知識分子的某些「劣根性」，體現了那一代作家呼喚「改造國民性」的現代意識。但這些知識分子題材的作品也在冥冥中為「反智」思潮提供了新的佐證：即使是現代知識分子，也難免在劇烈變動的社會和生計的擠壓下無所作為。中國的現代化靠知識分子去開拓道路，可許多知識分子脆弱、懦弱，難以承擔起自己應該承擔的重任。於是，事實上，是武裝起來的農民成了中國社會變革的主力軍。

而共產主義運動的倡導者也常常是將共產主義的理念與民粹主義的主張聯繫在一起進行宣傳的。從李大釗關於「要想把現代的新文明，從根底輸到社會裏面，非把知識階級與勞工階級打成一氣不可」的論斷和「青年呵！速向農村去吧！日出而作，日入而息，耕田而食，鑿井而飲」的呼喊，〔註4〕到毛澤

〔註3〕參見陳明遠：《文化人的經濟生活》，文匯出版社 2005 年版。

〔註4〕李大釗：《青年與農村》，《李大釗選集》，人民出版社 1959 年版，第 146、150 頁。

東關於「知識分子如果不和工農群眾相結合，則將一事無成。革命的或不革命的或反革命的知識分子的最後的分界，看其是否願意並且實行和工農民眾相結合」的說法，〔註5〕都可以證明這一點。雖然毛澤東也知道：「嚴重的問題是教育農民」，〔註6〕他在社會主義合作化運動中一直想將農民的小農經濟思想改造成為社會主義的新思想（這無疑是五四「改造國民性」思潮的延續和嬗變），但只要是將知識分子與工農放在一起比，他就會說：「拿未曾改造的知識分子和工人農民比較，就覺得知識分子不乾淨了，最乾淨的還是工人農民，儘管他們手是黑的，腳上有牛屎，還是比資產階級和小資產階級知識分子都乾淨。」〔註7〕在「文革」中，毛澤東思想深入人心，這樣的價值觀念自然也為人信奉。「文革」是知識分子被貶為「臭老九」的時代，是「知識越多越反動」的時代，是「讀書無用論」流行的時代，因此，「文革」也是「反智」思潮空前高漲的時代，是中國的現代化進程不僅停止，甚至大倒退的年代。從「紅衛兵」焚「四舊」書到大、中、小學生一律「停課鬧革命」，從大學一度停辦，許多大學淪為武鬥的堡壘到「工宣隊」、「軍宣隊」入駐學校、「工農兵上大學」，文化、教育的全面倒退駭人聽聞。

第二節　當代「反智主義」的浪潮

　　「文革」結束，經過一段時間的撥亂反正，崇尚知識的風氣重返神州。按說「反智」的思潮應該壽終正寢了吧，其實不然。與「崇尚知識」的風氣並存的，是知識分子的相對貧困化。

　　1980 年，諶容的中篇小說《人到中年》因為在謳歌知識分子敬業和奉獻精神的同時也真切刻畫了中年知識分子的清貧生活而產生了「轟動效應」。

　　到了 1987 年，蘇曉康、張敏的報告文學《神聖憂思錄》披露了教育的危機，而這危機的重要原因是：「教師的身份跌得太低了」，因為「教師的地位……名曰升，實則降」，「就是中教一、二級的老教師，月薪也不過百十塊，

〔註5〕毛澤東：《五四運動》，《毛澤東選集》（一卷本），人民出版社 1968 年版，第523 頁。

〔註6〕毛澤東：《論人民民主專政》，《毛澤東選集》（一卷本），人民出版社 1968 年版，第 1366 頁。

〔註7〕毛澤東：《在延安文藝座談會上的講話》，《毛澤東選集》（一卷本），人民出版社 1968 年版，第 808 頁。

還不抵大賓館裏的服務員。這到底是怎麼個事？」教師的待遇之低，使得「師道」不再尊嚴，也使得教育成為 1980 年代的「弱勢」部門。

到了 1988 年，霍達的報告文學《國殤》還在繼續講述著多名高級知識分子英年早逝的悲涼故事──菲薄的收入、貧困的生活、生活的重壓，使得數學家張廣厚這樣的英才也沒能逃脫病魔的打擊。作品中關於張廣厚生活條件的交代在那個年代是很有典型意義的：

> 在京城北郊馬甸的兩間低矮簡陋的小平房裏，張廣厚和他的妻子帶著兩個女兒一起生活了二十多年。這是張廣厚自己動手用磚頭隔成的「兩間」房，這邊放一張雙層木床，住著妻、女，那邊放一張單人木床，一張破舊的兩屜桌，一把木椅，權作他的臥室兼工作室，這些就是他們的全部家當，連同不可或缺的蜂窩煤爐子和鍋碗瓢盆。每天，他騎著自行車繞過大半個北京到遠在西郊的「科學城」去上班。回到家裏，還要買菜、捅爐子、做飯、哄孩子。……69 元工資一直延續了十幾年，卻從未間斷奉養雙親。

知識分子的貧困是 1980 年代最觸目驚心的社會悲劇。那年月裏，「拿手術刀的不如拿剃頭刀的，造導彈的不如賣茶葉蛋的」，「窮得像教授，傻得像博士」，「博士不如狗，碩士滿地走」的風涼話到處流傳。知識分子的貶值已經成為有目共睹的現實。知識分子隊伍中，「出國潮」、「下海熱」此起彼伏，很大程度上也與知識分子的貧困和「自己給自己落實政策」的心態有關。知識分子之間為了評職稱、分房子、爭獎金而反目成仇者，大有人在。在整個 1980 年代，教師隊伍的流失十分嚴重。

知識分子在長達二十多年的時間裏飽受了政治上受打擊的煎熬以後，又在 1980 年代到 1990 年代初期飽受了經濟上被壓抑的折磨。這一切，為「反智」主義的繼續擴散提供了社會基礎。所以，連王朔這樣的「痞子」也以不屑的口吻談論知識分子了──「中國的知識分子可能是現在最找不著自己位置的一群人。……他們已經習慣於受到尊重，現在什麼都沒有了，體面的生活一旦喪失，人也就跟著猥瑣。」王朔成名於 1980 年代末。他的成功使得調侃正經、玩世不恭的風氣在文學界和社會上迅速流傳開來。在談到自己的成功時，他這麼說：「我的作品的主題……就是『卑賤者最聰明，高貴者最愚蠢。』因為我沒念過什麼大書，走上革命的漫漫道路受夠了知識分子的氣，這口氣難以下嚥。像我這種粗人，頭上始終壓著一座知識分子的大山。他們那無孔不入的

優越感，他們控制著全部社會價值系統，以他們的價值觀為標準，使我們這些粗人掙扎起來非常困難。只有給他們打掉了，才有我們的翻身之日。」〔註8〕王朔的這番自白，非常坦率地道出了中國一部分「反智者」的複雜情感：因為自己不得躋身於知識分子的行列而怨恨知識分子。在這樣的心態中，我們不難感受到「崇文」與「反智」的奇特雜糅。

　　然而，不應忽略的是，1980 年代畢竟是中國的文化事業迅猛發展的年代。從 1980 年代初的「薩特熱」（此熱潮雖經「清除精神污染」運動批判反而更加流行）到 1980 年代中的「尼采熱」、「弗羅伊德熱」，還有聲勢浩大、波瀾壯闊的「新啟蒙」運動（這一運動中產生了影響了一代青年學子的重要思想家李澤厚）、「文化熱」，彼此激蕩，蔚為大觀。在貧困的經濟條件下，無數心憂天下的知識分子、莘莘學子熱烈地關心政治，積極參與改革，在撥亂反正和「新啟蒙」中，創造出了至今令人緬懷的文化奇蹟。因為「文革」而蹉跎歲月的一代青年在新時期爆發出了持久的（雖然也難免浮躁）的求知欲望；大學生、研究生一度被稱為「天之驕子」；「薩特熱」、「尼采熱」和「弗羅伊德熱」的此起彼伏為他們提供了強大的思想武器；「李澤厚熱」和「文化熱」又開啟了研究中國問題的新思路；……在短短幾年的時光裏，一批思想解放、胸懷寬廣、知識結構新穎、政治抱負遠大的青年學者脫穎而出。那令人感動的一幕毫不遜色於「五四」那一代有作為的青年。從這個角度看，1980 年代又的確是「崇文」風氣迅速高漲的年代。在那個年代，好像少有「學術腐敗」，也沒有「知識分子邊緣化」的歎息和「學術何為」、「文學何為」的迷惘。知識分子為改造中國而呼風喚雨的熱情與他們經濟地位的尷尬形成了鮮明的對比，一如全社會貧富差別、兩極分化越來越嚴重一樣。

　　是在現代化進程重新開始的 1990 年代，才有了世俗化思潮的迅猛高漲的。也是在這樣的時代洪流中，「知識分子邊緣化」的歎息和「學術何為」、「文學何為」的迷惘才成為引人注目的問題。1993 年，由上海一批學者發起的「人文精神大討論」，是知識分子反抗絕望的一次漂亮出擊，但它並沒有，也很難從根本上力挽狂瀾。一方面，是熱衷於追趕西方文化新潮的學者們積極引進「後現代」思潮，為世俗化、狂歡化提供理論依據；另一方面，是「王朔熱」在 1980 年代末和 1990 年代初的兩度迅速擴散，在文壇上和社會上和廣大青年中興起了調侃、「躲避崇高」、玩世不恭的風氣，從而也在相當程度上促

〔註 8〕王朔：《王朔自白》，《文藝爭鳴》1993 年第 1 期。

成了許多知識分子心態的巨變——從「新啟蒙」到「自我調侃」；從憂患深重到及時行樂。還有知識分子經濟待遇在 1990 年代後期的明顯改善也進一步加速了知識分子世俗化的進程。在貧困中憂患、進取的知識分子已經在小康的社會環境中選擇了自己的位置——為教育和文化事業發展中越來越多應接不暇的任務（從爭相入選「211 工程」〔註 9〕到爭相申報「博士點」、「國家級科研基地」，從為了評職稱而著書甚至編書到為了「上檔次」而評「博導」、特聘教授、「兩院」院士，從辦各種各樣旨在「創收」的學位班到在海外辦「孔子學院」……）而疲於應付。在這樣的激烈競爭中，許多知識分子都領教了「體制」的強大，發現了學校和科研結構「衙門化」進程的勢不可擋，也體會到了學術的實用價值，從而看輕了純粹的學術。

讓我們再看看事情的另一面。

與「崇尚知識」的口號相伴隨的，是應試教育對於青少年學生的摧殘，還有「混文憑」之風的盛行（從專為幹部「混文憑」而辦的各種「速成班」到市場上買賣「假文憑」的屢禁不絕）。這些陰暗面，催生了青少年的叛逆情緒。於是，「反智」的思潮繼續在擴散。這股思潮因為世俗化浪潮的高漲而更加迅速傳播開來。

在新時期文壇上，「反智」有了一個新的標籤——「反文化」。

一位當年的青年詩人就宣稱：「文化革命……直接為第三代人詩歌運動打下了良好的基礎。」「毛澤東以先哲的目光，意味深長地指出——教育要革命！這一指示的魄力，恰好是為一個將至的新世紀和它的新文化奠定了基礎。」「白卷又有什麼交不得的呢？我們為什麼一定要接受一種固有經驗的檢閱呢？面對世界，我們為什麼必須選擇一種方式呢？」因此，他們重新舉起了毛澤東的旗幟：「革命不是請客吃飯。」他們將當年農民革命和「紅衛兵」造反的粗獷風格熔入了自己的詩歌風格中：「第三代人詩歌運動，已經粗暴極了。橫掃一切牛鬼蛇神的戰鬥精神，貫穿到了每一個標點符號裏面。」〔註 10〕他們的詩歌散發出濃烈的「反文化」氣息——從韓東的《有關大雁塔》那樣的「反崇高」之作到李亞偉的《中文系》那樣寫盡高等學府世俗圖景的「反文化」之作，還有廖亦武的《雜種》那樣粗俗不堪的作品（「在現代詩壇上廖亦武也許是唯一一個自身生命力強大到可以不讀書、拒絕文化的詩人」，

〔註 9〕教育部關於在 21 世紀創建 100 所國家級重點大學的規劃。
〔註 10〕楊黎：《穿越地獄的列車》，《作家》1989 年第 7 期。

「他依靠原始的生命力進行破壞」〔註11〕）……李亞偉等人將自己的風格定位於「莽漢」，就有鮮明的「反文化」色彩。但，他們畢竟不同於「紅衛兵」那一代人了。「紅衛兵」還高舉著「崇高」的旗幟，為了「捍衛毛主席的革命路線」而衝鋒陷陣，而「莽漢」們已經遠離了崇高，在粗鄙的泥潭裏盡情地狂歡了！

更由於 1990 年代以後，隨著人口就業壓力的迅猛增強，旨在緩解社會就業壓力而產生的大學「擴招」引發了教育的「大躍進」。而這樣的「大躍進」必然導致的大學生素質的下降和最終無法迴避的大學生就業難也使得大學生不再有「天之驕子」的優越感。

「反智」的浪潮就是這樣在種種社會因素的「合力」作用下漸漸激蕩成強大的洪流的。這個時代的「反智」已經不再是愚民時代「知識越多越反動」的喧囂了，而是現代化進程中由於生存競爭的激烈、大眾文化的熱鬧、狂歡之風的盛行的必然結果。從這個意義上可以說，「反智」是與「知識經濟」並存的現代文化思潮，是「知識經濟」的重要補充。它提醒人們注意：知識和知識分子在現代社會為什麼會顯得那麼「無用」？是知識出了問題？還是知識分子無能？或者問題還別有癥結？

第三節　知識分子為什麼也「反智」？

還有什麼比知識分子「反智」更具有諷刺意義的呢？

當代作家中，張承志是不遺餘力的「反智」鬥士。他在自己的小說中痛貶了知識分子的懦弱——在長篇小說《金牧場》中，有一段描寫幾位中國教授在日本時向日本人訴苦的文字，特別寫了一位思想解放、德高望重的周教授在批判了「封建主義遺留的悲劇……官僚主義的『知識性土壤』」以後也會在日本突然地向日本人哭訴，對此，作家不以為然：「一生坎坷並沒有使你變成個有悟性的人。……你們沒一根自由的骨頭」。他曾經在《聽人讀書》一文中表示：「我接受了農民的觀點——寧無文化，也不能無伊瑪尼（信仰）。中國回族知識分子和幹部們有一種口頭禪……喜歡廉價地議論回民教育。而廣大回民區的老人們卻多是笑而不答」，就因為他們固執地認為：「書嘛念上些好是好哩，怕的是念得不認得主哩。」作家因此相信：「這是中國穆斯林反抗孔孟之

〔註11〕 開愚：《中國第二詩界》，《作家》1989 年第 7 期。

道異化的一步絕路。……真的，寧願落伍時代千年百年，也要堅守心中的伊瑪尼（信仰）──難道這不是一條永恆的真理嗎？」〔註12〕這種視信仰高於知識的觀點固然有強烈的現實針對性，卻又顯然與現代文明發展的潮流相違背。在他為哲合忍耶寫的教史《心靈史》中，也有一段這樣的一段文字：「在中國穆斯林中間，特別是在他們的知識分子中間常有一種現象，那就是責任感缺乏，往往樂觀而且言過其實。」〔註13〕他對於知識分子的批判當然不會僅僅限於穆斯林。在《無援的思想》一文中，他憤怒抨擊了當代知識分子的崇洋心態：美國正對中國虎視眈眈，「而中國智識階級還在繼續他們吹捧美國的事業，中國電臺的播音詞也操著一股盎格魯·撒克遜的腔調。」「龐大的中國知識分子陣營，為什麼如此軟弱、軟弱得只剩下向西方獻媚一個聲音？」值得注意的是，在同一篇文章中，他呼喚「應當有拼死的知識分子」。〔註14〕他崇敬魯迅，〔註15〕就表明他對知識分子有時也並沒有一概而論。由此可見，張承志的「反智」主要是不滿於知識分子的軟弱（缺乏信仰和崇洋心態都是軟弱的表現）──在這一點上，他倒是與1980年代知識分子深刻的自我反思（從張賢亮的小說《土牢情話》到巴金的散文《十年一夢》）有共鳴之處。但他偏激的情緒和民粹主義的立場畢竟在一定程度上偏離了時代的主流思想──從呼喚「科學的春天」到呼喚民主與法制的「新啟蒙」！

　　再來看看充滿「反文化」野性的藝術。旅美藝術家徐冰以詭譎的「新潮」風格馳名藝壇，他有一個奇特的宣言：「讓知識分子不舒服」。他有意以誰也看不懂的自己設計的作品和行為藝術《天書》、《文化動物》、《鬼打牆》挑戰知識分子的傳統理念。〔註16〕這樣的風格正是1985年以後「新潮」美術家、詩人、小說家不約而同競相追逐的──從形形色色創意怪誕的行為藝術到詩歌和小說的溢惡之風（從渲染變態性慾的「下半身」詩歌到追求「原生態」的「新寫實」小說）。對於銳意求新的青年藝術家來說，宣洩欲望、製造驚世駭俗的「轟動效應」，為此甚至不惜張揚怪誕、醜態、病態的姿態成為他們創作的主要衝動。

　　旅美學者薛湧更以「反智的書生」自命，並宣稱自己是中國「反智主義」

〔註12〕張承志：《聽人讀書》，《綠風土》，作家出版社1992年版，第282頁。

〔註13〕張承志：《心靈史》，花城出版社1991年版，第112頁。

〔註14〕張承志：《無援的思想》，《花城》1994年第1期。

〔註15〕張承志：《致先生書》，《中國作家》1993年第3期。

〔註16〕楊子：《徐冰：讓知識分子不舒服》，《南方周末》2002年11月28日。

「最鮮明的倡導者」。〔註17〕他在《從中國文化的失敗看孔子的價值》一文裏，竟然聲稱「知識分子代表了中國文化傳統中最醜惡的成分」，認為知識分子「本質上都是韓非理想中的法術之士，自以為掌握著某種國家理性，總想著獲得超越共同體自治的權力、干預老百姓的生活」。魯迅《阿Q正傳》等反思國民性的作品在他看來代表了知識精英「冷血」的「現代中國專制主義意識形態」，是對底層的妖魔化論述。〔註18〕他認為復興中國文化之路不在這些知識分子身上，而在於向保存著中國文化最質樸精神的小共同體裏的「最基層的小民百姓學習」。他痛恨「中國知識分子習慣憑藉自己對知識的壟斷佔據道德高地」，並將自己攻擊的矛頭直指「中國主流知識階層」，尤其是「主流經濟學家」：「他們以為是他們設計的改革，他們像『法術之士』那樣掌握了稀缺的專業知識，能夠為大眾規劃生活」，然而，在他看來，他們的種種設計常常「背叛了市場經濟的基本原則」。他為此而宣揚「反智主義」的基本信念：「最健康的制度，其公共決策是建立在最廣泛的參與之上，而未必是最專業的知識之上。」他呼籲「把我們的市場經濟建立在憲政的框架之中，建立在一人一票的遊戲規則之上。」〔註19〕這樣的「反智主義」在一定程度上反映了人們對主流經濟學家面對錯綜複雜的經濟困境無力應對的不滿。

　　這樣的「反智主義」理所當然遭到了知識分子的反擊。經濟學家吳稼祥就指出：「一，反智主義並不必然導致平民主義，更不必然趨向民主主義，它更可能是獨裁主義的侍婢，說到反智主義，居然想不到秦始皇，並不說明他不懂中國歷史，只說明他眼中沒有中國歷史；第二，中國歷史的主流確實是主智主義，但並非沒有反智主義傳統。值得深思的反而是，主智主義占主導地位時，往往天下治平，反智主義成為主流時，不是天下大亂，就是暴政虐制。」「美國社會可以反智，因為它是一個高度開放，高度教育化的社會，反智第一不會形成固定的官方意識形態，或暴烈的革命意識形態，第二不會妨礙人們受教育。當前的中國，則要警惕反智主義。我們的基礎教育還沒有完全普及，像盲山那樣的遠離現代生活的村莊還在愚昧中掙扎，許多失學兒童還在渴望回到課堂，我們的政治體制還沒有開放到可以隨機吸納各種社會思潮……這種情況下的反智主義，無異於大規模殺傷性武器，會把更多的人滯留在初級勞動

〔註17〕薛湧：《「反智主義」思潮的崛起》，《南方周末》2008年3月13日。
〔註18〕薛湧：《從中國文化的失敗看孔子的價值》，《隨筆》2008年第1期。
〔註19〕薛湧：《「反智主義」思潮的崛起》，《南方周末》2008年3月13日。

水平上，會誘發社會對立，激化社會矛盾，會把個別事件和零散的不滿情緒匯聚為社會群體意識，這對於處於脆弱平衡狀態中的改革社會來說，是抱薪救火，而不是普降甘霖。」〔註20〕平心而論，這樣的反擊是切中肯綮的，也體現了相當一部分有思想、有擔當的知識分子繼續捍衛知識的尊嚴和知識分子的尊嚴的自覺。

在部分知識分子中興起的「反智主義」思潮無疑具有深刻的文化意義：它既昭示了現代世俗化浪潮和民粹主義思潮對知識分子的衝擊與影響，也在一定程度上進一步暴露了知識分子的劣根性——軟弱，迂腐，虛偽，言過其實，等等。問題在於：「反智主義」的激進姿態除了引發思想的交鋒以外，未必有助於問題的解決。知識分子由於歷史原因形成的劣根性絕非「反智主義」的激烈言論能夠消除。還需要指出的是，「反智主義」的立場其實顯示了當代思想的困境：在缺乏強有力的思想武器去響應現實問題的挑戰的時代，在偏激的議論越來越成為在眾聲喧嘩的年代裏引起人們注意的策略的社會上，這些只好回歸「反智主義」的知識分子除了極盡諷刺、嘲弄之能事以外，別無可行的改良之策。需要指出的是，在當代社會，這樣的困境相當普遍。二十世紀初一度振聾發聵的時代強音「改造國民性」為什麼後來漸漸銷聲匿跡了？除了倡導者（主要是思想家、文學家和政治家）的設計理想主義色彩未免太濃以外，複雜的現實問題常常也制約了改造的可能。到了世紀末，在思想解放、價值觀多元的時代，人們的活法越來越不拘一格，率性而為。尤其對於生活在社會底層的人們，活著已經不易。活著的巨大壓力已經迫使「改造國民性」的理想設計顯得不合適宜。另一方面，那些倡導「改造國民性」的人們未必意識到：許多國民的劣根性其實是人性的弱點。愚昧、專制、「窩裏鬥」……這些劣根性常常也是人類的弱點。而人性的弱點常常也不是那麼容易改造的。如果承認這一現實，那麼，對於知識分子劣根性的改造也就不是那麼容易的了。因為，國民性也好，人性也好，知識分子的劣根性也好，都很難得到根本性改造。在各種宗教、哲學、文學、社會學、政治學專家絞盡腦汁，設計了汗牛充棟的改革方案以後，人類面臨的難題並不見少。因此，「解構」而不是「建構」漸漸成為時代的主流。

然而，換個角度看問題，「反智主義」的一再流行，也在一定程度上反映了當代知識的困境和當代知識分子的窘境。

〔註20〕見 2008 年 1 月 23《中國青年報》「冰點週刊」。

　　說到當代知識的困境，是因為當代知識在爆炸的同時反而不能解決當代人的困惑：無論是主流意識形態，還是形形色色的「新思想」，都不能應對當代人的重重困惑。在思想越來越晦澀、理論越來越蒼白的當代，在思想與文化的裂變與更新已經越來越迅猛的年代，知識和思想已經越來越成為知識分子紙上談兵的繁瑣設計。就像德國哲學家雅斯貝爾斯早就指出過的那樣：「哲學在今日的處境，有下列三項不明確的特徵。第一、我們這個時代造就了大批沒有任何信仰的人。第二、宗教雖然有崇高的教會組織來代表，在面對當前的時代卻似乎喪失了創造力。第三、在這一個世紀中，哲學似乎變得愈來愈像一種純理論與歷史的事業，也因此逐漸喪失它真正的功能。」〔註21〕這一現象反映了知識的蒼白和異化：知識越來越成為「象牙之塔」中的陳列品和知識分子出名、晉升的敲門磚。

　　而說到當代知識分子的窘境，也有當代學者以「猥瑣」二字概括之：這些人「四體不勤，五穀不分」，他們的著書立說其實常常如同「鬼畫符」，「他們吆喝叫賣自己知識產品的誇張口吻與商人相仿——甚至不顧廉恥。」「許多盛年的知識分子染上了不少江湖氣。」〔註22〕還有一位作家也尖銳地指出：對於許多「精英」而言，「學位論文是他們身份的證明而不代表他們的興趣，滿房藏書是他們必要的背景而從不通向他們的感情衝動。他們好談文化，準確地說只是好談關於文化的知識，更準確地說是好談關於知識的消息，與其說是知識分子，毋寧說更像是一些『知道分子』。」「他們是一些什麼知識都能談的知識留聲機……他們最內在的激情其實只是交際。」〔註23〕這些批判，連同那些生動描繪了當代知識分子蠅營狗苟生活的長篇小說（如張煒的《柏慧》、閻真的《滄浪之水》、張者的《桃李》、閻連科的《風雅頌》等等），都是知識分子世俗化的見證。

　　問題在於：這樣的批判與嘲諷不應該建立在「反智」的立場上，而應該建立在不斷審視知識的誤區、不斷追問知識分子精神危機的立場上，而這樣的立場不同於「反智主義」的根本點就在於：它沒有從根本上否定知識和知識分子。因為，從根本上否定知識和知識分子是埋藏著蒙昧回潮的危險的。

〔註21〕【德】雅斯貝爾斯：《當代的精神處境》，黃藿譯，三聯書店1992年版，第140頁。

〔註22〕南帆：《素描：學院知識分子》，《天涯》2002年第4期。

〔註23〕韓少功：《暗示》，《鍾山》2022年第5期。

一方面，是知識在現代傳媒的傳播下迅速普及；另一方面，是知識分子陣營中的「反智主義」與社會上「無知者無畏」、「我是流氓我怕誰」的心態的交匯；一方面，是知識在被人們用作改變自己命運的「敲門磚」（從高考到「混文憑」之風）方面空前異化；另一方面，「反智主義」也因為難以抵擋「知識經濟」、「高等教育普及」的現實而成不了多大的氣候──這，便是世紀之交中國思想的又一奇觀。在空前複雜的社會矛盾呈現膠著狀態，空前多元的價值觀念競相爭鳴、常常難以在對話中獲得共識的當代，許多思想都處於左支右絀、進退唯谷的尷尬境地，也正是多元化時代的突出標誌。換個角度看問題，「反智主義」對於知識異化、知識分子庸俗化的激烈批判又未嘗不是一劑猛藥。它提醒人們注意：在一個「尊重知識，尊重人才」的年代裏，知識和知識分子的異化必然導致人文精神的危機。

發表於《華中師範大學學報（人文社會科學版）》2011 年第 3 期

第九章　中華女性的潑辣風骨

　　在漫長的歷史隧道裏，「男尊女卑」、「重男輕女」一直是中國人（包括女人）都認同的傳統道德。然而，另一方面，當男人由於種種原因承擔不起自己應該承擔的家庭責任（所謂「修身、齊家」）和社會責任（所謂「建功立業」）時，就為女性的自強不息留下了歷史的空間。如果說，在「女媧補天」的神話中已經埋下了中華女性救世的預言，那麼，在「孟母三遷」、「斷機教子」的故事中，已經有了「嚴母」（而不僅是「慈母」）的成功榜樣；在卓文君與司馬相如私奔的故事中，已經有了女性主動追求愛情的「現代因子」；在民間關於「花木蘭替父從軍」和「穆桂英掛帥」的廣泛傳說中，已經有了「巾幗英雄」不讓鬚眉的衝天豪氣；在武則天獨斷朝綱幾十年的奇觀中，已經有了女人治國的非凡氣象；在李清照獨樹一幟的詞風中，也已經有了「才女」的浩蕩情思；在《紅樓夢》中賈寶玉那句「女兒是水做的骨肉，男兒是泥做的骨肉」的奇論中，其實也相當典型地體現出了相當一部分中國男人的自卑情結與「女性崇拜」，〔註1〕而這「女性崇拜」的情感又顯然是弗羅伊德精神分析學中的「戀母情結」理論難以包容得了的……如此說來，雖然「男尊女卑」、「重男輕女」的陳腐觀念一直根深蒂固，「女性當自強」的意志也一直源遠流長。中國傳統道德的自相矛盾與分裂，於此亦可見一斑。到了近代以降，山河破碎的苦難在激勵起無數英雄好漢奮起救國的壯舉的同時，也造就了一代又一代的「巾幗英雄」——從秋瑾的密謀暴動、慷慨就義到宋慶齡繼承孫中山的事業，從「紅色

〔註1〕例如詩人顧城就認為，《紅樓夢》中的「女兒性」就與歌德《浮士德》中「永恆之女性，引導我們走」的主題相合。（見顧城、高利克：《「浮士德」·「紅樓夢」·女兒性》，《上海文學》1993 年第 1 期。）

娘子軍」的英雄事蹟到「八女投江」的感人壯舉，再到毛澤東時代「婦女能頂半邊天」的口號深入人心……革命在鼓蕩起女性救國的英雄氣的同時也進一步強化了女性「生當做人傑，死亦為鬼雄」的傳統意識，使中國女性在女性解放的道路上遠遠走在了西方女權主義運動的前面。有了這樣的歷史背景，我們來看當代作家筆下的女性形象，就不難看出：塑造富於陽剛氣質（或堅毅，或潑辣）的女性形象，已經成為相當一部分男作家和女作家的共同追求。在這些別開生面的文學作品中，體現出作家們對於中華女性精神的深刻認識──她們決不只有「溫柔敦厚」、「賢慧體貼」的「婦德」，還有「自強不息」、「奮發有為」的心勁！這種認識足以豐富我們對於「國民性」的深入思考：深受儒家文化影響的女性既懂「婦德」，也深明「大義」；既能夠「修身、齊家」，也可以闖蕩出自己的一片自由天下的。

第一節　革命中的女性

在當代的「革命文學」中，那些革命女性的形象分外引人注目：革命點燃了她們追求崇高與浪漫的激情，使她們不僅在革命的烈火中掙脫了沉悶日常生活的束縛，而且在革命中贏得了浪漫的愛情與自尊。投身革命當然是需要勇氣的。那些女紅軍、女共產黨人的故事，就與當年茅盾筆下的梅行素（《虹》）、丁玲筆下的莎菲（《莎菲女士的日記》）那樣僅僅追求個性解放的「小資」女性區別了開來。

馮德英記錄故鄉親人參加革命歷程的長篇小說《苦菜花》中鄉村少女娟子的形象就很有代表性：「這姑娘從小就喜歡上山，知道幹活，不讓她去，她就哭，六、七歲時就能趕牲口運莊稼了。正由於勞動，使她發育得強壯有力。如果說前二年她像個男孩子那樣結實，那麼現在她和同年歲的小伴子相比，是一點也不亞於的。為她高高豐滿的胸脯和厚實的腳板，母親忍受過許多風言風語的責難。那時代，女人是不許這樣放縱的。七、八歲就要開始裹小腳，當時娶媳婦看新娘子俊不俊，先瞅瞅腳小不小。長大一點，還要帶上令人難以呼吸的奶箍，把胸脯束得平平的。母親以自己的身歷痛苦，又為著勞動，寬宥了不聽約束的女兒。在這些苦難的年月裏，娟子像亂石中的野草，倔強茁壯地成長起來了。」這樣的「假小子」在中國民間到處都有。她們知道何謂「婦德」，卻不願意委屈了自己潑辣的天性。她們的潑辣常常是她們投身革命的動力之一。

娟子參加革命以後，免不了有人風言風語：「娟子這閨女變壞了。跟男人平起平坐地混在一起，也不嫌害臊。」好在她的母親理解她：「女兒有什麼不對呢？她殺死了一家的大仇人，她和男人一樣的上山下地。女人就該比男人矮一頭嗎？不能同男人一起作事嗎？」娟子勇敢、善戰，小說中對於她與漢奸宮少尼搏鬥的描寫動人心魄。她在鬥爭中成長為區婦救會幹部。此外，小說中關於女共產黨員星梅、蘭子視死如歸、壯烈犧牲，母親飽受酷刑、寧死不屈的描寫也令人難忘。這些英勇無畏的女英雄形象，是革命史上無數向警予、趙一曼、劉胡蘭、江竹筠、丁佑君那樣的女烈士的縮影。革命，點燃了她們心中的浩然正氣；苦難，砥礪了她們威武不屈的崇高精神。

　　楊沫帶有自傳色彩的長篇小說《青春之歌》則是許多知識女性投身革命的歷史寫照。小說主人公林道靜天性叛逆（這常常是革命的原動力），〔註 2〕她的單純理想是：「要獨立生活，要到社會上去做一個自由的人。」因此她不願屈從包辦婚姻。投海自盡被救以後，也只是出於感恩的樸素情感與余永澤同居。只是在見到風流倜儻的青年革命家盧嘉川以後，她心裏才「升騰起一種渴望前進的、澎湃的革命熱情」。她從仰慕盧嘉川到主動向盧嘉川含蓄地表達愛慕之情（「你知道我多麼感激你們給了我——這種幸福。」），就顯示了一個女孩子追求革命與戀愛的浪漫情懷。這與楊沫不止一次主動追求愛情的經歷相吻合：無論是與張中行的熱戀，還是後來嫁給共產黨人馬建民，都是如此，「她受五四精神影響，思想開放，感情豐富，好就住在一起，不好就分，沒有從一而終的那一套觀念。她欣賞舞蹈家鄧肯，敢於叛逆傳統習俗、傳統道德」。〔註 3〕值得注意的是，楊沫「生前多次承認自己不是一個好母親」，「對革命至上、工作至上、他人至上的狹隘理解」使她對自己的親生孩子也缺少母愛。〔註 4〕這樣的人格缺失在革命者中雖然不一定有普遍性，卻可能具有相當的典型性。部隊作家項小米的長篇紀實小說《英雄無語》中的地下黨員項與年（項小米的祖父）就是一個對革命事業無限忠誠、對自己的妻女卻冷酷無情的難以理喻者。

〔註 2〕據楊沫之子老鬼回憶：「母親與任弼時是同鄉，身上流著湖南湘陰人的血液，渴求動盪，不甘平庸。她厭煩整天圍著鍋臺轉，當家庭婦女。她渴望投身到一個偉大運動中，給自己的生命注入價值，即便危險叢生，也比這種灰色平庸的小布爾喬亞生活有意思。」（《母親楊沫》，長江文藝出版社 2005 年版，第 33 頁。）
〔註 3〕老鬼：《母親楊沫》，長江文藝出版社 2005 年版，第 35～36 頁。
〔註 4〕老鬼：《母親楊沫》，長江文藝出版社 2005 年版，第 287～292 頁。

在「十七年」裏，也湧現出了許多新時代的女英雄，如申紀蘭、邢燕子、侯雋、趙夢桃、蔚鳳英、李素文……在許多小說中，我們也可以看到這些革命積極分子的身影。李準的中篇小說《李雙雙小傳》就塑造了一個不甘做家庭婦女，政治上積極上進，「敢和他們男人來挑戰」的村姑形象。她是個「直性子女人」，有「火辣辣的性子」，敢寫「大字報」，敢上臺發言，還敢和丈夫打架，「愛在街上管閒事，說閒話。因為多管閒事，就斷不了要跟一些人吵嘴」。憑著為人「利利灑灑」的那股子勁兒，當然，還憑著領導的支持，她改變了自己的命運。在眾多謳歌「大躍進」的作品中，《李雙雙小傳》能夠經受住時間的磨洗，顯然與李雙雙生動、潑辣的個性有關。李準很擅長刻畫潑辣、熱情、敢作敢當的村姑形象：《黃河東流去》中的李麥是一個天大困難也壓不倒、性情豪爽的人（相比之下，她的丈夫徐秋齋則於達觀中摻了一點「阿 Q 精神」，並因此而顯得文弱了一些）。馬鳳英則是那種既開朗也有心計、為了自己的開店經商理想不惜犧牲愛情的女性，那份潑辣令人很自然地想起李雙雙，還有《紅樓夢》中的晴雯。而雪梅勇敢追求浪漫愛情的那種潑辣、剛烈，直至最後殉情，也與《紅樓夢》中的尤三姐非常相似。李準是河南人。他曾經說過：「河南人被稱作侉子」，其特徵大致為「天真漢，幽默感，爽朗，智慧，帶有某種笨拙。」〔註5〕還應該加上：能吃苦耐勞，有潑辣心性。

同樣的形象也出現在了浩然的長篇小說《豔陽天》中。小說中的馬翠清是「一團烈火般的姑娘」，她性子急，嫌自己的公公落後，為督促未婚夫幫助公公進步，直至以否則就吹相要挾；她的乾媽「大腳」焦二菊也性子急，為了幫助未來的親家而操心，與落後分子瘸老五斗，可以把他的腦袋塞進他的褲襠，然後繫上！這母女倆的性格都如此潑辣，令人想起民間傳說中的女將花木蘭、穆桂英、楊排風。

在娟子、林道靜、李雙雙、焦二菊母女這些潑辣、積極上進的革命女性身上，體現出革命與女性之間的某種精神聯繫：比起溫柔賢慧的女性來，那些潑辣、浪漫的女性可能更容易傾向革命、參與革命。也正因為如此，革命作家在描寫婦女革命時才常常會對性格潑辣的女性投去特別關注的目光。革命為婦女解放鋪平了道路。一部分婦女固有的潑辣性格也因為革命的啟動而得以充分釋放。在革命的年代裏，那些真心擁護革命的女性的思想似乎是「革命化」了。

〔註5〕李準：《百泉三日談》，見孫蓀、余菲：《李準新論》，北京十月文藝出版社1988年版，第304～305頁。

其實她們中許多人的性格和情感是那些古代女英雄豪放、潑辣氣質的延續、重現。而這樣的性格也充分證明：僅僅用「賢慧」去概括中國女性的基本品格顯然失於簡單化了。那些隨處可見的潑辣女性昭示了民間女性的陽剛之氣。

第二節　世俗化浪潮中的潑辣女性

在革命的暴風驟雨過去以後，中國重新開始在現代化的道路上狂奔。時代變了，文學的格局變了，但作家們熱衷於欣賞、描繪潑辣女性的眼光卻好像沒什麼變化。

劉紹棠的中篇小說《蒲柳人家》中有個一丈青大娘（這名字就與《水滸傳》中的女將一丈青一樣！），就是以作家的曾祖母為原型塑造的：「何滿子的奶奶，人人都管她叫一丈青大娘；大高個兒，一雙大腳，青銅膚色，嗓門也亮堂，罵起人來，方圓二三十里，敢說找不出能夠招架幾個回合的敵手。一丈青大娘罵人，就像雨打芭蕉，長短句，四六體，鼓點似的罵一天，一氣呵成，也不倒嗓子。她也能打架，動起手來，別看五六十歲了，三五個大小夥子不夠她打一鍋的。」她「有一雙長滿老繭的大手，種地、撐船、打魚都是行家。她還會扎針、拔罐子、接生、接骨、看紅傷。」到了長篇小說《豆棚瓜架雨如絲》中，也有一個「雖是個婦道人家，兩隻肩膀卻扛得住塌下的天」的曾祖母形象，她「粗手大腳，沒有纏過足，喜歡穿一身青，嗓音渾厚而又響亮，老虎音。……她會趕車、扶犁、軋場、耥地、脫坯、抹房，麥收時節打短工，沒有哪個財主家的領青打頭的敢跟她比個高低上下。」小說《紅兜肚兒》也描寫了一個性情潑辣的鄉野女子的愛恨情仇：「紅兜肚兒是個賤貨」，丈夫是奴下奴，自己愛上的是好漢劉黑鍋。為了救劉黑鍋的命，她可以「從大腿根上割下一片嫩肉，煎了湯一口一口喂他」。發現劉黑鍋可能有了「外遇」，她就「敞開了門勾引野漢子，只為能討得劉黑鍋的一頓拳打腳踢。」劉紹棠是京東大運河邊上長大的人。他說過：「我從小就讀《紅樓夢》……拜讀《紅樓夢》不下十遍」。說到自己喜歡的《紅樓》人物，他說：「我喜歡晴雯和芳官」，都是出身貧寒、性格潑辣的女孩。〔註6〕可見作家對於潑辣女性的情有獨鍾，也正是鄉間多潑辣女子的真切寫照。「燕趙自古多慷慨悲歌之士」。有這樣的民風，女性多潑辣也在情理之中了。

〔註6〕劉紹棠：《十讀紅樓》，《紅樓夢學刊》1992年第2輯。

　　張賢亮也以塑造潑辣女性見長。《土牢情話》中的喬安萍、《河的子孫》中的「風流種子」韓玉梅、《綠化樹》中的馬纓花、《男人的一半是女人》中的黃香久，都是大膽追求自己所愛的男人的農村婦女。顯然，張賢亮是喜歡這一類型的女性的。在他那部引起過非議的長篇小說《習慣死亡》中，他這麼寫道：「那個西歐的女權主義作家根本不懂得女人。女人天生下來是強者不在於她不需要男人而在於她本來就是母親。母親孕育一切包括男人在內。男人在人世間肇事鬧騰其實都是在母腹之中折來折去。」在這一段話中，表達了作家對於西方女權主義的不以為然、對於母親的崇拜（而不僅僅是「戀母」）。他筆下那些潑辣、多情女子對落難男人的拯救故事正好與古代小說、戲曲中「公子落難，小姐相幫」的模式相呼應，也成為歌德《浮士德》中「永恆之女性，引導我們走」這一名句的絕佳注解。

　　莫言在《紅高粱》中已經成功塑造了一個敢愛敢恨、敢作敢當的村姑形象，到了長篇小說《豐乳肥臀》中更把女性的潑辣、母性的不羈寫到了驚世駭俗的極致：母親上官魯氏因為不堪丈夫的欺凌而叛逆，與多個男人結合（包括主動獻身自己的姑父），生下了一堆孩子。她的信念是：「死容易，活難，越難越要活。越不怕死越要掙扎著活。」她的女兒們也性情剛烈、率性而活：她們「一旦萌發了對男人的感情，套上八匹馬也難拉回轉。」小說中，上官魯氏的婆婆上官呂氏也是「鐵女人」、「真正的家長」，她甚至可以揮鞭抽打偷懶的老公父子；還有上官魯氏的大姑姑也以「剛毅的性格、利索的手把」而在「全高密東北鄉都有名」……這樣的風氣顯然與「高密東北鄉素來民風剽悍」有關。那是傳統禮教根除不了的剽悍，是人性在苦難中潑辣發展的剽悍，也是生命意志在民間不服從禮教的管束、蓬勃生長的自然結果。

　　周大新也在《漢家女》、《走出盆地》中一再刻畫了河南鄉村女子的潑辣性格：家裏無權無錢的漢家女要當兵，就這麼「要挾」接兵的軍官：「俺要當兵！……俺家無權無錢，不能送你們東西，也不能請你們吃飯。可你必須把俺接走。你們既然能把公社張副書記那個近視眼姑娘接走，就一定也能把俺接走！俺不想在家拾柴、燒鍋、挖地了，俺吃夠黑饃了！你現在就要答應把俺接走！你只要敢說個不字，俺立時就張口大喊，說你對俺動手動腳。俺曉得，你們當兵的總唱『不准調戲婦女』。你看咋著辦？」她就這樣憑著潑辣與狡黠，終於如願以償。從小吃苦的鄒艾也決不甘心安分守命，她的心裏話是：「只要有人吃一斗，只要男人們分一斗，憑啥只給我三升？我偏要掙來一斗吃！」

「我不管你定數不定數，我只要這輩子的福！」為此她不斷抗爭，有過成功也遭遇了慘敗，她就是一直「不認輸」、一次次「再從頭來」！耐人尋味的是，周大新還在中篇小說《家族》中揭示了潑辣的另一面：雲嬌在與親兄弟做生意的競爭中機關算盡，到頭來三敗俱傷。潑辣、不信邪的質量一旦與「窩裏鬥」的惡習攪在了一起，就可能釋放出可怕的罪惡能。

賈平凹一直對心性潑辣的女子情有獨鍾：在中篇小說《黑氏》中，黑氏因為離婚而變得剛強起來，為的是「爭口氣」；再婚以後，她又陷入到兩個男人的情感漩渦中，既從丈夫那裡得到生活資源，又抵擋不了體貼自己的情人糾纏。小說因此寫出了村婦的複雜情感。到了中篇小說《冰炭》中，作家講述了一個監獄伙食管理員的老婆白香對在押犯人、秦腔演員劉長順的苦澀之愛、絕望之愛。為了那愛，她得罪了從排長到士兵的眾人；為了那愛，她費盡心機幫助可憐的劉長順……她對愛的主動追求令人感動也令人長歎。長篇小說《浮躁》中的英英、石華也都是主動追求金狗的女青年，比起溫柔賢慧的小水來，她們二位顯然活得更率性，也更令金狗迷戀。那部有「當代《金瓶梅》」之稱的《廢都》中的唐宛兒，也是一位為了追求浪漫生活可以拋棄家庭的新女性。在對於這些心性浪漫的女性的刻畫中，折射出作家對於浪漫女性的欣賞。值得注意的，是作家在描繪這些浪漫女性的同時，常常襯以對男性儒弱、浮躁、虛偽的諷刺。其褒貶之意，耐人尋思。

男作家欣賞潑辣、浪漫的女性。女作家中也不乏同道。這真是人性與文學的奇觀。

1980年代初，在張辛欣的《在同一地平在線》、張潔的《方舟》中，女性自立自強的主題還透出苦澀的意味，到了1980年代中，王安憶的《荒山之戀》、已經將女性在身不由己的婚外戀中的主動出擊刻畫得纖毫畢露。池莉的《煩惱人生》、《不談愛情》中，都有武漢家庭生活中潑辣女性的身影。到了《你是一條河》、《生活秀》中，底層女性的潑辣性格更是得到了淋漓盡致的展現：「辣辣絕對是一個說話算話敢作敢為的女人」，憑著性格中的「辣」勁，她才在困難年代裏拉扯大了一堆孩子；「來雙揚是暴風驟雨，不說話則已，一開口就打得別人東倒西歪。」憑著這份潑辣，她才能在吉慶街做出一番紅火的生意來……還有方方的長篇小說《水在時間之下》中的水上燈也性情剛強、潑辣，她記住了被欺凌的仇恨，「這種仇恨令她膽大無比，她什麼都不在乎，什麼都敢做，甚至是否遭報復是否會危及自己生命，她都一概不顧」。她的信念

是：「我的命是自己的，我要自己把它抓得緊緊的。」通過刻苦學戲，她終於成為了漢劇名角。成名以後，「追逐她的達官貴人越來越多，但關於她的傲慢傳說也隨著這些追逐越傳越廣。」池莉、方方都是湖北人。湖北民風素以強悍著稱。這一點，也體現在了上述文學作品中。

　　張抗抗的長篇小說《作女》也塑造了一個「天性叛逆」的北京時尚女性卓爾的形象：她喜歡折騰、冒險，「希望每一天都不一樣」；她自知自己「不會是一個好妻子」而只喜歡「戀愛的感覺」。作家告訴讀者：「『作女』……是一個正在崛起的精神群體。……『作』是一種創意的實現，是按自己的願望去活，是使自己的人生有聲有色。……『作』就是不斷的放棄和開始……是女性解放的標誌」。雖然，「能『作』的女人也許常常令人討厭，她們往往會為此付出沉重的代價，但那女人自己很快樂啊就足夠了。」這樣的性格與茅盾的《虹》、丁玲的《莎菲女士的日記》中的主人公何其相似！而江蘇女作家葉彌的中篇小說《雲追月》則刻畫了一個「中國的卡門」的偏執性格：雲扣子是湖盜的後代，繼承了前輩的性格：「固執、強悍，具有危險的激情。」她愛自己的哥哥到了瘋狂的地步：瘋狂攔截哥哥的未婚妻、因為哥哥結婚而瘋狂地大病一場，還在哥哥發生家庭矛盾時瘋狂地持槍解救哥哥。她的瘋狂給她的哥哥帶來了巨大的痛苦。她最後是以自殺了結了那份異想天開的不倫之戀。作家在渲染雲扣子的瘋狂與純粹的同時，有意對照出「我」「患得患失，斤斤計較」的世俗活法，其褒貶揚抑之意，昭然若揭。如果說，《虹》、《莎菲女士的日記》、《作女》表現了現代女性自由選擇人生道路和愛情的率真個性，那麼，雲扣子的個性屬於傳統？還是現代？她的率性、偏執、不顧一切，在古代，在今天，不是都常常可以見到麼？

　　旅美作家嚴歌苓的長篇小說《第九個寡婦》講述了一個「不識時務」、「不諳世事」的河南村婦冒險保護地主公公的傳奇故事。王葡萄「敢作敢當」，「膽大妄為，敢讓一個斃了的人復活，讓那人一活十多年」。為此，她不怕流言蜚語，不懼政治風浪，「越不叫她幹啥她越幹啥」。她因此創造了奇蹟。作家有意突出這個寡婦的「渾頑未開」，樸素率性，就寫出了鄉村女性「以不變應萬變」的傳統活法。而在王葡萄「誰都耽不長」、「過一陣換個人鬥鬥。臺上的換到臺下，臺下的換到臺上」，「解放了這個就會打倒那個。想解放誰，得先打倒誰」這樣一些說法中，就透出了普通人看世事的大智慧。旅加作家張翎也在長篇小說《睡吧，芙落，睡吧》中成功塑造了一個底層女性的形象——來自江漢平原的女孩劉小河從小就心性剛強，為了幫父親還債而抗拒裹足，並剪去辮子，要

父親把自己「當男兒使」。她忍受著艱辛，苦幹到得上了婦科病。遇天災，被賣到了加拿大以後，她改名「芙洛拉」，被以兩千大洋的價格賣給瘸腿華人吉姆為妻。她為了賺回那兩千大洋，在與吉姆行夫妻性事時居然也開出每次三個大洋的價碼。在單打獨鬥中，她迅速完成了「從少女到悍婦」的轉變。她開荒種地，賣菜賺錢。「這個女人每條神經上栓的，都是如何掙錢的念想。」因為她堅信「女人要是有了自己的錢，就有了腰，站得穩立得直了，到時候誰的也不聽，就聽自己的」；她甚至有「做夢都想當個壓寨夫人」的念頭，也敢於說出「忍不下去的時候，我殺人都敢呢」的驚人之語，顯示著底層的無畏與強悍。她憑著自己的艱苦奮鬥，在加拿大闖出了屬於自己的一片天地。她的傳奇，是一代又一代闖蕩世界、在異國他鄉成功扎根的華人的縮影。

　　而趙玫的長篇小說《武則天》則寫活了一個「我行我素」、「絕不喜歡孔子的道德」，「不喜歡過平平淡淡、相安無事的生活」的女皇形象：武則天「是個積極進取的、張揚的、不肯安定的女人，她的生活不可一日無波瀾。她認為人生在世，切不可活得苟且，而是要不斷地創造奇蹟。那才可以算做是真正活過，青史留名、永垂千古。」「她要做到和做好一切她此生想做的事情。她會不遺餘力地去做，直到那所有的成功堆積如山，直到她自己徹底滿意為止。她不能為自己的生命留下遺憾。」「在大起大落之中承受極端屈辱而又不動聲色的能力。後宮的超常之苦造就了武曌的艱忍，同時也造就了她不甘向命運屈服的意志與精神。」「武曌從來就是個說幹就幹、行動精神很強的女人。她此生最討厭的就是那些士大夫們的崇尚清談、坐而論道了。」到了長篇小說《上官婉兒》中，作家還刻畫了一個「視政治為生命的女人」，並且特別指出：「她的骨子裏卻天然生成了一種男子的氣概」。在《上官婉兒》的創作談中，趙玫表達了自己無限嚮往唐朝的情思：「婉兒的時代，女人們不僅多問政事，而且擁有了她們自己的感情生活。那是一個女性不斷獲得解放和自由的時代。那是一個止於此的、可望而不可及的並且很難超越的女性權力的巔峰。」〔註7〕在這樣的字裏行間，我們是可以發現女作家為當代女權主義追根溯源的文心的。在當代十分繁榮的歷史小說創作中，趙玫的《武則天》、《上官婉兒》、還有《高陽公主》因為富有鮮明的女權主義色彩而獨具一格。

　　當這些女作家也表達了對女性潑辣精神的欣賞時，我們就看到了她們在

〔註7〕趙玫：《關於那個女人》，《上官婉兒》，長江文藝出版社2001年版，第12～13頁。

重新認識中華女性方面達到的一致：中國一直就有剛健不撓的女性，有「巾幗不讓鬚眉」的女魂。這魂魄，雖然在正統的典籍中不多見，卻一直活躍在歷史的長河裏、百姓的生活中。她們雖然從小接受的教育是「習女德」、「修女容」、「謹女言」、「勤女工」的《女兒經》，但是花木蘭、穆桂英、武則天的故事也深深地影響了她們的人生觀；「重男輕女」的社會陋習反而常常砥礪了她們不甘被輕視的心勁；「男主外，女主內」的分工也使她們在料理家務、哺育兒女方面頂起了「半邊天」；而她們中那些「心比天高」、生命力旺盛的佼佼者，更是常常以「不讓鬚眉」的能力譜寫出女性政治史、文化史上輝煌的篇章。正如有學者指出的那樣：「將中國婦女的狀況同西方婦女加以比較，僅受禮教束縛的中國婦女的地位略微強於受宗教教義束縛的西方婦女的地位；中國婦女地位同其他亞洲國家相比也略高一些。有些西方學者持類似看法，認為中國婦女與日本、印度婦女相比，有更多的自由，地位也更高一些。……英國甚至有觀察家認為，中國人對生活的基本態度遠不是印度式的，而是現代西方式的，有些連西方人都不願意接受的觀念，都能被中國人迅速、徹底地加以採納。曾到中國講學的羅素就有這樣的印象。」〔註8〕而在這樣的女性文化品格中，是可以顯示出中國民族性的某些重要素質的——剛健不撓、心比天高、率直潑辣、敢作敢為。當然，與這些素質如影隨形的，是樸野、粗蠻、易衝動、不計後果。而這一切，又與關於中國民族性的一般之見（諸如「溫柔敦厚」、「中庸和平」、「圓滑世故」……等等）形成了多麼不同的對照。應該說，這樣彼此矛盾的景觀正是中國民族性極其複雜的表現。

革命已成往事，可中華女性的旺盛生命意志、潑辣生命力依然在眾多文學作品和現實生活中以令人歎為觀止的千姿百態表現了出來，並將繼續表現下去。

第三節　潑辣的「惡之花」

任何一種素質都可能產生複雜的效應，潑辣亦然。同樣是性情潑辣的女人，有的因深明大義而受到讚美，有的因無私奉獻而得到謳歌，但也有的因為只是耽於縱慾而受到針砭。

孫犁擅長寫村姑的形象，《山地回憶》中的吳召兒性格中的潑辣就因為與質樸交融在一起而顯得可愛。可《鐵木前傳》中的小滿兒因為喜歡賣弄風情、

〔註8〕李銀河：《中國女性的感情與性》，今日中國出版社1998年版，第312～313頁。

行為不端而惹是生非。值得注意的是，作家有意寫出了她的可憐身世，從而對於她的不端行為寄寓了一絲淡淡的同情。在那個革命的年代裏，這樣的同情顯得相當出格。在長篇小說《風雲初記》中，女青年蔣俗兒好逸惡勞、放蕩淫亂的性格缺陷也十分突出，但同樣令人回味的是，作家也在她的故事中添了一段當婦救會主任、工作起來也敢作敢當的情節，這樣就使這個「蕩婦」的形象與那些只是貪圖淫樂的「蕩婦」一下子區別了開來。顯然，儘管身處動輒得咎的革命年代，孫犁還是寫出了複雜的人生，同時也流露出自己對於那些性情浮躁、放蕩不羈的女性的複雜情感。小滿兒、蔣俗兒因此在當代文學的畫廊中佔有相當獨特的位置。

蘇童也多次刻畫過「蕩婦」的形象：中篇小說《紅粉》就講述了妓女對於改造的牴觸、對於勞動的拒斥、對於賣笑生活的留戀。小萼那句「我天生是個賤貨」的自白表達了妓女「破罐子破摔」同時「我行我素」的墮落心態。在長篇小說《米》中，作家突出了米店老闆女兒織雲的放浪形骸。她追求富貴淫樂，既是黑社會頭子的姘頭，又與流氓阿保私通，還與幫工五龍勾搭。她的想法是：「這世道也怪，就興男人玩女人，女人就不能玩男人。……老娘就要造這個反。」直至氣死了母親，也令父親畏懼。中篇小說《井中男孩》也聚焦於一位 1980 年代的女大學生靈虹的情感困惑：她為人放蕩，情感多變，可以頻繁更換男朋友，甚至可以同時拉兩個男朋友上街。作家意在揭示當代女青年思想「混亂不堪」，「不知道她到底要什麼」的迷惘。靈虹的突然自殺毫無徵兆。作家以此質疑的是「這個倒楣的季節」（「靈虹就是給這個倒楣的季節殺死的，誰也救不了她」），而不是靈虹的放蕩。而這樣一來，品質問題就變成了風氣問題。邱華棟的中篇小說《環境戲劇人》中的時尚女青年龍天米也是同時與多個男人有染，過著瘋狂的生活，可最後也自殺了。小說提出了這樣的問題：「她到底是一個什麼樣的人？……她是在和男人們周旋嗎？她是在向男人們復仇嗎？」她的浮躁、瘋狂、難以理喻，恐怕連她自己也說不清楚。

世俗化浪潮高漲的年代裏，人慾必然橫流。一部分女作家描繪出一幅幅時尚女性瘋狂縱慾的「浮世繪」——萬方的中篇小說《珍禽異獸》就講述了一個女演員師麗麗的放蕩故事：喜歡惹是生非、喜歡酗酒、胡鬧，喜歡「瘋瘋癲癲胡說八道」，喜歡濫交，而且炫耀自己豐富的性經歷，甚至當著眾人做下流的惡作劇……她的「豪爽，敢說敢做」就是「想幹嘛就幹嘛，連想也不用想」，就是「折騰、抽風」，就是「讓人反感」！她最後死於瘋狂的車禍。她的放蕩與瘋狂

當然是蔣俗兒也望塵莫及的。衛慧的小說在盡情渲染著自己瘋狂的快感方面也產生了驚世駭俗的效果，例如她的中篇小說《像衛慧那樣瘋狂》中就自道：「任何時候都相信內心衝動，服從靈魂深處的燃燒，對即興的瘋狂不作抵抗，對各種欲望頂禮膜拜」——這，便是她們的「生活哲學」。小說中的「衛慧」早熟，從小就在母親的床上撒尿、十歲時就幹過偷試卷扔進糞坑的出格事，失戀以後變得無情無義，同時「以更快的速度尋歡作樂」……這是典型的「新新人類」的活法：在狂歡中消磨青春。這樣尋歡作樂的瘋狂顯然與師麗麗「折騰、抽風」式的變態瘋狂不盡一樣：一個是尋歡作樂；另一個則是憤世嫉俗。再看那部引起過非議的「半自傳體」「禁書」《上海寶貝》，主人公倪可也不無坦率也不無炫耀地表白：「我，可能真的不是好女孩。」她喜歡的是「無拘無束，無法無天」的生活，她相信「女人在喜新厭舊上一點不輸於男人」，「女人天生會說謊，尤其當她們周旋於幾個男人中間時，越是複雜的場合越顯機智」。她認為「人類本身就在物質的暴增與心靈的墮落中戕害自我」。她在和德國人馬克交歡時甚至「想像他穿上納粹的制服、長靴和皮大衣會是什麼樣子，那雙日耳曼人的藍眼睛裏該有怎樣的冷酷和獸性，這種想像有效地激勵著我肉體的興奮。」這樣的坦白與想像實在可怕！與衛慧的狂歡風格相呼應的，是盛可以。盛可以似乎很喜歡「無愛一身輕」這一命題，曾經寫過同題的兩篇小說。在短篇小說《無愛一身輕》中，講述了一個早熟女孩對異性的好奇、成年以後的性體驗以及性體驗以後的虛無感。小說中那句「如果說原來我渴望著做愛的話，我現在渴望的只是交配」道出了「新新人類」的性觀念：不相信愛情，也不需要愛情。需要的只是性體驗。到了長篇小說《無愛一身輕》中，女主人公朱妙也不相信幸福與快樂，她相信的只是「玩男人不存在道德之說」。在她看來，性的意義只在於「解決身體問題」。她可以遊刃有餘地與幾個情人玩性遊戲，放蕩不羈。在中篇小說《取暖運動》中，女主人公巫小倩也「把原本屬於精神範疇的愛情，轉移至肉體領域」。在她看來，「要幹掉愛情，最好的辦法是和對方睡覺、生活」。因此，她需要性伴侶，只是為了在冬天「取一陣暖」。小說中也又一次以「無愛一身輕」概括了巫小倩的性生活觀念。這樣的性愛，用她的性伴侶的話說，就是「活得很自私」。縱慾多了，必然疲憊；玩世不恭，必然麻木。

與狂歡情緒形成鮮明對照的，是犯罪的衝動。方方的中篇小說《奔跑的火光》和須一瓜的中篇小說《第三棵樹是和平》都是通過對被傷害的底層婦女奮起反抗、同時也墜入犯罪深淵的故事，寫出了女性的反抗激情。《奔跑的火光》

中的英芝因為不堪丈夫的虐待而賣淫，又在丈夫的死亡威脅中燒死了作孽多端的丈夫，並為此也付出了生命的代價。《第三棵樹是和平》中的妓女孫素寶也是因為不堪忍受丈夫的變態虐待而怒殺了他。雖然律師同情她的不幸，可她還是最終被判死刑。這兩篇作品都折射出家庭暴力的社會問題：女性常常在被損害到忍無可忍的程度時以命相拼。那潑辣、那偏激，難以言喻，也令人唏噓！

　　而畢飛宇的中篇小說《青衣》則將一個女演員筱燕秋的嫉妒寫到了偏執的地步：她「沒心沒肺」，對有恩於自己的師傅也嫉妒得非用開水故意把師傅燙傷的地步不可！後來，她又妒忌起自己的學生了，「筱燕秋知道自己嫉妒了⋯⋯筱燕秋就因為嫉妒吃了 20 年的苦頭⋯⋯筱燕秋痛恨自己，她不能允許自己嫉妒。」然而，那嫉妒還是驅使她做出了利令智昏、也傷害了自己的蠢事。作家將一個女人的嫉妒與瘋狂寫出了難以理喻、令人震驚的程度，正好應證了張抗抗在《作女》中的一句話：「女人真正的敵人不是男人，而是另一個女人或是女人自己。」

　　上述這些描寫女性放蕩、縱慾、無情無義或嫉妒成性的作品，寫出了一部分女性的陰暗、邪惡。值得注意的是，即便是如此，我們也常常可以從那些令人震撼的場景中感受到作家對女性作惡的深長喟歎。無論是作家們對於那些女性姣美容顏、青春活力的點染，還是對於她們放浪形骸後面苦悶、迷惘情緒的揭示，都或多或少體現出文學的一個傳統——對於妓女、「蕩婦」同情、悲憫的傳統，在巴爾扎克的《交際花盛衰記》、莫泊桑的《羊脂球》、雨果的《悲慘世界》、小仲馬的《茶花女》、梅里美的《卡門》、托爾斯泰的《安娜·卡列尼娜》、《復活》、D.H. 勞倫斯的《查泰萊夫人的情人》、韓邦慶的《海上花列傳》中，都灼熱可感。這樣的同情與悲憫固然體現了作家對於「被侮辱與被損害的」女性的人道主義情感，常常也在有意無意間流露出作家們了對於開放人性的理解之情吧。只是，在狂歡的風氣正盛行的當今，作家們對「惡之花」的如實描摹已經漸漸遠離了文學傳統中從妓女、「蕩婦」心中發掘真善美的傷感格調。

　　而無論是欣賞女性的潑辣，還是描繪那潑辣的可怕，也不管是從女權主義的理論出發，還是從歷史中以及現實生活中女性的實際生存狀態出發，我們都應該記得一位澳洲學者的睿智之見：「婦女必須學會質問有關女性正常狀態的最基本的設想。」「自由是可怕的，但也是令人振奮的。」〔註9〕

　　對中國的「國民性」問題，也不妨作如是觀。

─────────────

〔註9〕【澳】吉·格里厄：《〈女閹人〉概論》，陸建德譯，《世界文學》1995 年第 2 期。

參考書目

1. 《梁啟超文選》,上海遠東出版社,1995 年。

2. 《梁漱溟文選》,上海遠東出版社,1994 年。

3. 林語堂:《吾國與吾民》,江蘇文藝出版社,2010 年。

4. 林語堂:《生活的藝術》,上海文學雜誌社,1986 年。

5. 儲安平:《英人・法人・中國人》,遼寧教育出版社,2005 年.

6. 錢穆:《國史大綱》(修訂本,上下冊),中華書局,1996 年。

7. 錢穆:《中國文化史導論》(修訂本),商務印書館,1994 年。

8. 錢鍾書:《管錐編》(全四冊),中華書局,1979 年。

9. 沙蓮香主編:《中國民族性》(一),中國人民大學出版社,1989 年。

10. 李澤厚:《中國近代思想史論》,人民出版社,1979 年。

11. 李澤厚:《中國古代思想史論》,人民出版社,1985 年。

12. 李澤厚:《中國現代思想史論》,東方出版社,1987 年。

13. 李澤厚:《己卯五說》,中國電影出版社,1999 年。

14. 烏丙安:《神秘的薩滿世界》,三聯書店上海分店,1989 年。

15. 葛兆光:《中國思想史》(第一、二卷),復旦大學出版社,1998、2000 年。

16. 陳來:《古代宗教與倫理》,三聯書店,1996 年。

17. 彭衛:《另一個世界——中國歷史上的變態行為考察》,陝西人民教育出版社,1993 年。

18. 劉康德:《術與道》,四川人民出版社,2018 年。

19. 傅道彬:《晚唐鐘聲——中國文學的原型批評》(修訂本),北京大學出版社,2007 年。

20. 趙園：《艱難的選擇》，上海文藝出版社，1985 年。

21. 錢理群、陳平原、黃子平：《二十世紀中國文學三人談》，人民文學出版社，1988 年。

22. 王曉明：《追問錄》，上海三聯書店，1991 年。

23. 陳思和：《馬蹄聲聲碎》，學林出版社，1992 年。

24. 錢理群：《精神的煉獄──中國現代文學從「五四」到抗戰的歷程》，廣西教育出版社，1996 年。

25. 許子東：《為了忘卻的集體記憶》，三聯書店，2000 年。

26. 黃子平：《灰闌中的敘述》，上海文藝出版社，2001 年。

27. 南帆：《後革命的轉移》，北京大學出版社，2005 年。

28. 蔡翔：《革命／敘述：中國社會主義文學──文化想像（1949～1966）》，北京大學出版社，2010 年。

29. 韓少功：《革命後記》，《鍾山》2014 年第 2 期。

30.【法】古斯塔夫・勒龐：《革命心理學》，佟德志、劉訓練譯，吉林人民出版社，2004 年。

31.【英】艾瑞克・霍布斯鮑姆：《革命的年代》，王章輝譯，江蘇人民出版社，1999 年。

32.【英】艾瑞克・霍布斯鮑姆：《極端的年代》，鄭明萱譯，江蘇人民出版社，1999 年。

附錄一　當代文學中的「血」——
　　　　當代文學的意象研究之一

　　在讀當代文學作品時，常常會與「血」的意象相遇。是因為近代以來的中國歷史就是一部血寫的歷史的原因，才使得當代作家在描繪歷史中常常會有意無意地渲染血的氛圍？還是因為在久遠的古代，「血流漂杵」的恐怖記憶就深深融入了中華民族的集體無意識，以至於中國歷代政權的更迭史一直充滿了血腥的氣息，一直到「文革」那樣的「內戰」也血光四濺？中國文化的詞彙中有許多與「血」緊密相聯的成語——從「嘔心瀝血」、「滿腔熱血」、「熱血男兒」、「歃血為盟」、「血脈相聯」、「血濃於水」、「血親復仇」、「浴血奮戰」、「碧血丹心」、「甘灑熱血」、「血肉豐滿」、「杜鵑啼血」……是否也與我們這個民族有太多痛苦與感人的血淚記憶有關？甚至在我們的國歌中，不是也有這樣震撼人心的強音嗎：「用我們的血肉築起我們新的長城！」那是在抗日戰爭中一個民族發出的悲壯怒吼；那也是在和平年代裏仍然不斷提醒人們不要忘記血寫的歷史的旋律！甚至在我們當年加入少先隊接受的關於紅旗的教育中，不是也有這樣的生動句子嗎：「紅旗是革命先烈的鮮血染紅的。紅領巾是紅旗的一角……」？而小說《紅旗譜》、《紅日》、《紅岩》，回憶錄《紅旗飄飄》、《大別山上紅旗飄》，戲劇《紅燈記》、《紅色娘子軍》、《紅嫂》、《洪湖赤衛隊》……這樣一些深深影響了兩代人的革命文藝作品，不是也都證明了革命與熱血的緊密聯繫嗎？從這個意義上看，「文革」的「紅海洋」（無論是紅旗匯成的狂歡的「紅海洋」，還是武鬥死難者的鮮血匯成的苦難的「紅海洋」）在一定程度上也可以說是「十七年」革命理想主義與英雄主義教育的必然產物吧。

　　那麼，「血」意象在當代文學作品中的大量湧現又具有怎樣的文學與文化意義？

血寫的鬥爭歷史與血性的追問

　　戰爭，從鴉片戰爭、甲午海戰那樣的侵略戰爭到北洋軍閥之間的混戰，從太平天國戰爭到國民黨領導的北伐戰爭再到共產黨領導的農民戰爭和國共兩黨聯合進行的抗日戰爭，後來又有國共兩黨的大決戰……在 1840～1949 這一百多年間，浴血的戰爭一直不斷。一切似乎都是無法避免的。中國社會的巨變常常與戰爭與革命緊密相聯。1949 年以後，頻繁的政治運動中仍然充滿了血腥的氣息，從那些在政治運動中自殺的人們到「文革」中的「全面內戰」，中華民族仍然流下的滔滔碧血匯成了血的河流。於是，在動盪的年代過去以後，當代作家們要追問流血的悲劇之源，並開始了深刻的反思——

　　在周梅森描寫國民黨抗日遠征軍穿越緬甸無人山的中篇小說《冷血》中，出現了這樣的感悟：「再也沒有什麼東西比軟心腸更糟糕的了！人類能夠繁衍到今天，遍布整個星球，依仗的絕不是感情和眼淚，而是強悍冷硬的鐵血！人類的生存歷史是被鐵血決定的，而不是被感情決定的。」小說是在描寫主人公尚武強在絕境中拋棄戀人曲萍時寫下這段文字的。在周梅森 1980 年代描寫礦山的《歷史‧土地‧人》系列和「戰爭與人」系列中，「冷血」的主題一再出現。從《崛起的群山》中「人類的歷史，實質上是一部戰爭史，殺戮史，是人類自己釀造出來的一部血淚史」，「鮮血決定歷史」的議論，到長篇小說《黑墳》中「人，都會變成狼的！」「那些躁動不安的生命，那些驚天動地的喧囂，那些血火凝聚成的沉重的日子，全合乎情理地變成了這麼一座山丘似的墳塋」的感歎，都表達了作家讀史的體會：「研讀中國近現代歷史，常使我時不時地產生一種絕望感」。〔註 1〕在他的小說中，作家逼真地寫活了絕境中的人性異化為獸性的過程，寫出了由野心、欲望、陰謀、偶然交織而成的歷史的混沌感，從而也就寫出了歷史的無情，並且對歷史的正義論提出了有力的質疑。

　　張煒也在長篇小說《古船》中寫出了階級鬥爭的另一面：「鎮上人就是這麼撕來撕去，血流成河。」（一個「撕」字，何其慘烈！）「窪狸鎮血流成河，就這麼白流了嗎？」怎樣才能不讓後來人「胡胡塗塗流血」？為了苦苦思索，主人公隋抱樸「從來沒有痛痛快快說過話，身上的血全淤在那裡」。雖然他試

〔註 1〕張宇、周梅森：《歷史和文化對人的冶煉和壓迫》，《鍾山》1987 年第 3 期。

圖以克己奉公的義舉消除歷史造成的仇恨，但那種托爾斯泰式的宗教情懷在一向講「以眼還眼，以牙還牙」的中國，顯然是難以服人也難以實現的。

與《古船》同年問世的矯健的中篇小說《天良》就通過一位老人的話深刻寫出了中國人的血性：「人會記仇。仇帶在血裏，一代一代往下傳。……莊稼人的血裏都帶著仇，積了幾千年。」這一方面是因為歷史上，「膠東的人本來被殺光了，明朝永樂年間又從雲南、四川、湖廣搬些人來，繼上煙火。坎坷的生涯，使人們的記憶裏藏著些可怕的東西。」另一方面還因為，「大青山的陰冷的夜色浸透了他（主人公天良）的血液」。他曾經忍過，但在土皇帝一再的欺壓下，他終於忍無可忍，走上了以死相拼的絕路。《天良》是1980年代一部具有警世意義的重要作品。

《天良》與《古船》一樣展示了膠東地區階級鬥爭的殘酷和人性的慘烈，也同樣都切入了對於血性與仇恨的神秘思考，但兩位作家的出發點顯然不一樣：前者更強調忍無可忍的復仇的合理，而後者則善意地希望結束血流成河的歷史。

山東民風尚武，自古又是兵家的發源地。山東的作家常常以悲愴的筆墨描寫血與火譜寫的現代歷史，是有著地域文化的根基的──從馮德英的《苦菜花》、峻青的《黎明的河邊》、知俠的《鐵道游擊隊》到苗長水的《犁越芳冢》、趙德發的《繾綣與決絕》、莫言的《紅高粱》、《狗道》，還有《天良》與《古船》。這些作品中濃厚的逼人血氣感天動地也令人震撼。

部隊作家黎汝清一向擅長描繪革命戰爭歷史的風雲。他在1987～1991年間發表了三部記錄紅軍和新四軍歷史悲劇的長篇小說《皖南事變》、《湘江之戰》和《碧血黃沙》。在《碧血黃沙》中，他寫到了戰爭之美：大戰前的陣地，莊嚴美麗，「血淋淋的戰爭、搏殺，不但偉美而且雄壯」。雖然戰爭是殘酷的，可有多少人是那麼熱烈地去發動了戰爭、投入了戰爭，並且創造了戰爭的奇蹟！有那麼多小說、詩歌謳歌了戰爭之美，是否也體現了人類需要戰爭、並且在戰爭中體驗另一種美（壯烈的美，搏擊的美，犧牲的美，悲涼的美）的天性？戰爭是大破壞，也是力量與智慧的較量、英雄主義與犧牲精神的集中體現。小說中有一段寫雙方的血戰：「這裡已經不是正義與邪惡的較量，而是力量與力量的搏殺了。」「鮮血，從岩石上淌下來，在山谷間匯成血泊，在寒風中冒著濛濛蒸氣。」這是怎樣慘烈的場面！在那場殘酷的戰役中，西路軍失敗了，儘管他們胸懷正義的熱血，無奈因為長途征戰、無後方支持而終於被

敵軍擊敗了。那場歷史悲劇似乎可以揭示在特定的時間與空間裏，正義的蒼白、熱血的無力。

部隊女作家于勁也寫過一組抗美援朝題材的短篇小說《血罌粟》。小說刻畫了戰爭使生命意志和性意識得以強化的神秘情感，也刻畫了志願軍戰俘對於戰爭的痛苦記憶：「一團團流不盡的鮮血中，惡毒的罌粟花滋潤而肥美。」這一句隱喻了戰爭的惡與美和人性的難以理喻。

部隊作家張正隆那部曾經引起過爭議的描寫東北解放戰爭的紀實之作《雪白血紅》中也有這樣觸目驚心的章目：「中國，血未流夠」、「血液是勝利的代價」、「血城」、「又一座血城」、「血和火都是紅的」、「紅雪」、「遼西大喋血」。該書沒有止於一般的描寫革命戰爭的壯烈，而是以相當的筆墨表達了一位具有悲憫情懷的作家對於戰爭的殘酷性的浩歎。

戰爭是吞噬生命的悲劇。而人類的歷史又一直與戰爭相伴相隨。儘管發動戰爭的少數人總有各種各樣冠冕堂皇的理由，但那麼多人身不由己地捲入戰爭機器，任自己和別人的血流淌成一片血海，又何嘗不是在宣示著人類對於戰爭的需要、對於毀滅的渴求！

血染的民俗

血既然浸透了人類的記憶，就必然會在民俗中體現出來。世界上不少民族都有「血祭」的風俗。英國學者弗雷澤就在《金枝》一書中描述了世界上多個民族「以活人祭祀穀物」和「殺死神性動物」的風俗。因為，人們相信：「吃了神的肉，他就分得神的特性和權力。」〔註2〕

鄭義的中篇小說《老井》中就刻畫了晉冀兩省設壇祈雨的風俗：在虔誠的「偷龍王」、「跪香」等等招法都不靈驗以後，人們被迫「惡祈」。「萬般無奈之時，只好用『罪人』自甘受罪受罰的慘狀，來觸動神祇的惻隱之心。那受苦流血的場面，對神祇而言，不無要挾之意味；對觀眾而言，自然頗為熱鬧刺激的。」「惡祈」的方式不盡相同：有的是「罪人赤膊，十字披掛鐵鍊，粗長沉重的鐵鍊在地上拖曳著，在毒日頭下暴曬著，罪人身上燙滿了泡」；有的是「罪人用鐵鉤勾住兩鎖骨，一邊弔一把鍘刀」；有的則以六把小鍘刀綁成刀枷，套在罪人的頭上，「稍不留意，頭上頸上便會被那刀刃創傷，流出血來。而所謂

〔註2〕【英】詹·喬·弗雷澤：《金枝》（下冊），徐育新等譯，中國民間文藝出版社 1987 年版，第 717 頁。

惡祈，便恰要這血與苦難作供獻以饗神靈的。」雖然，這樣的「惡祈」不一定那麼有效，但它能形成風俗，卻實在是信仰的奇蹟，也是古代「血祭」遺風的流傳，還是中國農民堅韌意志的證明。

　　唐浩明的長篇歷史小說《曾國藩》第一部題為《血祭》。其中有一節寫曾國藩「血祭出師」的場面：出師前夜，將祭旗的牛用清水洗三遍，並喂了精飼料。祭前以紅綢套在牛的脖子上。祭時以十個穿戴鮮豔、年輕力壯的團丁將牛掀翻，以刀刺牛喉管，接出一木盆的牛血以後，由曾國藩雙手捧牛血盆，莊嚴地舉過頭頂，緩緩走到旗杆邊，跪下，默默禱告。然後站起來，將牛血淋在旗杆上。看著暗紅色的鮮血順著旗杆流進土中，最後，將木盆猛地一摔。鑼鼓聲、軍號聲、鞭炮聲隨之響起，震得地動山搖。那場面，顯示了曾國藩的決心，也激勵了部下的血性。在小說的第三部中，則有關於曾國藩與李鴻章的一番明志之論：「老朽看重斑竹，主要是從斑竹的身上聯想到了一種血性。娥皇、女英明知舜王已死，不可再見，卻偏要南下尋找，尋不著，則投水自盡，以身相殉。這是什麼血性呢？是知其不可而為之的血性，是以死報答知遇之恩的血性，是對目標的追求至死不渝的血性！」這番話，也是曾國藩對自己一生事業的概括。曾國藩是楚人。「楚人做起事來，往往迸發出熾熱的情感，風風火火。」〔註3〕在《曾國藩》這部作品中，這一點得到了強烈的渲染，讀後令人難忘。

　　在楊煉的組詩《諾日朗》中，也有一段題為「血祭」。其中就重現了藏民族的「血祭」風俗──

　　　　用殷紅的圖案簇擁白色顱骨，供奉太陽和戰爭

　　　　用殺嬰的血，行割禮的血，滋養我綿綿不絕的生命

　　　　一把黑曜岩的刀剖開大地的胸膛，心被高高舉起

　　　　無數旗幟像角鬥士的鼓聲，在晚霞間激蕩

　　　　我活著，我微笑，驕傲地率領你們征服死亡

　　　　──用自己的血，給歷史簽名，裝飾廢墟和儀式

　　　　……

　　　　於是讓血流盡：赴死的光榮，比死更強大

　　在這充滿崇高與恐怖的場面中，詩人謳歌了人類在赴死中體驗崇高、走向永生的神秘信仰，也喚起了人們對於死亡與崇高、犧牲與永生的哲理之思。

〔註3〕張正明：《楚文化史》，上海人民出版社1987年版，第120頁。

當代詩歌中的「血」

在「文革」中的「紅衛兵詩歌」和稍後的「朦朧詩」中，「血」的意象層出不窮。不妨將這一意象看作「文革」狂熱心態與血腥記憶的顯現──

　　……高舉「造反有理」的大旗，／在殷紅的血泊中衝殺……（吳克強：《放開我，媽媽！》）

　　按著滴血的傷口，／朝著北方，你英勇地倒下了……／鮮豔的毛澤東思想紅衛兵的袖章，／已被滾燙的熱血浸透！（呂涼：《請鬆一鬆手──獻給抗暴鬥爭中犧牲的戰友》）

　　我們生在戰場上／就不怕死在熱血中，／只有當我們的鮮血／灑在戰旗上，／才看得出我們的忠誠，／只有當炸彈炸開我們的胸膛／才看得出我們的心／像火一樣紅（《為毛澤東，我們何畏犧牲》）

　　且將點滴血和淚，／灑遍天下自由花。（寫在一面旗幟上的詩句。）

　　只要中國永遠紅，／老子流血樂無窮（湖北紅衛兵歌謠：《只要中國永遠紅》）

　　我頭我血何足惜，／誓死忠於毛澤東（龐士讓：《獄中詩抄》）

　　碧血橫飛，／迸濺處，／紅花朵朵。（紀鋒：《滿江紅·悼馬俊華烈士》）

　　幹就幹，拚就拼，／老子一腔熱血潑給你！（《老子就是紅二司的》）

他們甚至夢想著在第三次世界大戰中解放美國、蘇聯，犧牲在白宮、紅場的場景：「白宮華麗的臺階上／留下你殷紅的血點斑斑／……火一般的紅旗／照亮了你目光燦爛／旗一般紅的熱血／濕潤了你的笑臉」（臧平分：《獻給第三次世界大戰的勇士》）「你們的鮮血灑在紅場上，／像是紅梅朵朵報春到。」（反修：《已是懸崖百丈冰，猶有花枝俏》）〔註4〕

這些詩句使後來人得以感受那個時代的狂熱與悲壯：不怕犧牲，渴望流

─────────────────────

〔註4〕以上「紅衛兵詩歌」，引自楊健：《文化大革命中的地下文學》（朝花出版社1993年版）、《中國知青文學史》（中國工人出版社2002年版）、廖亦武主編：《沉淪的聖殿》（新疆青少年出版社1999年版）、王家平：《文化大革命時期詩歌研究》（河南大學出版社2004年版）。

血，充滿理想主義和英雄主義的豪情。這些詩句足以使人聯想到大革命年代中共先烈留下的詩篇，聯想到那本在1960年代深刻影響了一代青少年的長篇小說《紅岩》。「紅衛兵」中十分流行的口號「頭可斷，血可流，毛澤東思想不可丟！」就明顯來自《紅岩》中成崗的怒吼：「頭可斷，血可流，共產黨人壯志不屈！」《放開我，媽媽！》一詩中「不奪取文化大革命的徹底勝利，／兒誓作千秋雄鬼死不還家！」也直接脫胎於《紅岩》中悼念龍光華烈士的輓聯：「是七尺男兒生能捨己／作千秋雄鬼死不還家」。《獻給第三次世界大戰的勇士》中描寫犧牲場面的文字也與《紅岩》中最後的犧牲場面十分相似：「血水正從他們身上湧出，流瀉在地上。火光中，灘灘血水，閃爍著騰騰熱氣和耀眼的紅光。」「齊曉軒蒼白帶血的臉上露出冷笑，讓鮮血從洞穿的身上流出，染遍了腳下的紅岩……」他「彷彿看見了無數金星閃閃的紅旗，在眼前招展迴旋，漸漸溶成一片光亮的鮮紅……」由此可見，曾經以革命英雄主義和犧牲精神薰陶了一代人的「紅色經典」《紅岩》是怎樣塑造了「紅衛兵」的精神與文風的。

　　而另一些那個年代的「地下詩歌」則以冷峻或感傷的筆觸寫到了「血」——

　　　　一個階級的血流盡了／……又傳來紅色恐怖急促的敲擊聲……（多多：《無題》）

　　　　哪怕荊棘刺破我的心，／火一樣的血漿火一樣地燃燒著，／掙扎著爬進那喧鬧的江河／人死了，精神永不沉默！（食指：《命運》）

　　　　如果鮮血會使你肥沃／明天的枝頭上／成熟的果實／會留下我的顏色。（北島：《結局或開始——獻給遇羅克》）

一直到「朦朧詩」中，「文革」中的血腥記憶還那麼清晰——

　　　　紅花，／在銀幕上綻開，／興奮地迎接春風，／我一眨眼——／就變成了一片血腥。（顧城：《眨眼》）

　　　　細小的血滴撒了一地。（顧城：《永別了，墓地》）

而感傷的人生體驗也常常帶著血染的風采——

　　　　啊，流血的翅膀／寫一行飽滿的詩／深入所有心靈／進入所有年代。（舒婷：《饋贈》）

　　　　即使我的笛子吹出血來／而冰雪並不提前溶化。（舒婷：《「？。！」》）

不要哭泣了，紅花草／血，在你的浪尖上燃燒。（舒婷：《會唱歌的鳶尾花》）

在這些詩句中，或濃縮了「文革」中的旁觀者對於「血流盡了」的歎息與恐懼（如多多的《無題》），或體現出從血泊中猛醒的覺悟（如北島：《結局或開始——獻給遇羅克》、顧城的《眨眼》），或流露出啟蒙者的孤獨感（如舒婷的《「？。！」》），或散發出憑弔死難的同齡人的悲涼（如顧城憑弔重慶「紅衛兵之墓」的詩歌《永別了，墓地》），著眼點雖各有特色，卻都明顯透出悲涼的血氣。在這些詩篇中，也有憤怒與悲壯，但已經遠離了「造神」的熱狂；在這些詩篇中，更有受騙後的猛醒，還有人性回歸的感傷。

看，從革命英雄主義的「紅衛兵詩歌」到現代主義的「朦朧詩」，都浸透了血的記憶。那是整整一代人刻骨銘心的記憶啊！——從血淚的教育到血淚的經歷再到血淚的回憶與反思。

從悲壯的「紅衛兵詩歌」和悲涼的「朦朧詩」，也正好是一代人從狂熱走向反思的歷程的一個縮影。

《血色黃昏》、《血與鐵》、《血色浪漫》：「文革」記憶

知青出身的作家老鬼以兩部厚重的非虛構文學作品在知青文學史上留下了自己的足跡：《血色黃昏》、《血與鐵》。兩部作品都以「血」為題，可見作家對「血」這一意象的偏愛。

「文革」的底色是紅色。從「文革」初期由紅旗、「紅寶書」、「紅衛兵」袖章和「破四舊」的熊熊烈火匯成的「紅海洋」到「文革」中「全面內戰」的血流成河，人類歷史上從來沒有過那樣一個紅色的狂熱年代。

作品主人公從小經受的革命教育使他崇拜熱血，相信「熱血無敵」。在上初三時，他就決心將自己的血滴在申請書上。因為「看了那麼多革命回憶錄和小說，也見過有用血寫申請書的。」（《紅岩》中就有監獄的牆上烈士以鮮血寫下革命口號的一個細節。）他會記得「革命老人徐特立在年輕時，為表達愛國熱情，當眾砍斷自己一截手指」的軼事。在交申請書時，他實踐了自己的心願，用鋒利的削鉛筆刀割破自己的手指，以熱血浸透了申請書，並對班幹部說：「這麼幹是向團組織表示一下自己的誠意。」後來，他和他的朋友又組織了「毛澤東抗美鐵血團」，並偷越國境，去了越南。被遣送回國後，為了表示堅決插隊的決心，他又找到軍分區司令，寫血書，「讓血來為我們開路！」

這口號多麼壯烈！在被囚禁的牢裏，他更寫了一百四十八個字的血信申訴。寫信時，「割斷自己脖子的項羽，砍掉自己胳臂的王佐，削去自己鼻子的聶政，挖去自己一個眼的志願軍無名戰俘⋯⋯」全湧上了心頭！在內蒙古的草原上，連主人公看到的血色黃昏中那一輪夕陽也具有血腥的意味：「它鮮紅，紅得令人震撼！它赤熱，熱得萬里寒空有了生氣⋯⋯我看著看著，覺得這鮮紅的太陽像一塊青年的熱血心肝，掛在寒冷的天邊。一滴滴冒著熱氣的鮮血，浸紅了一大片暗淡下去的蒼穹，暖融著隆冬草原的暮空⋯⋯可惜，那血的熱量太微弱，一進入寒冷的天空，馬上被吞噬得乾乾淨淨。就是幾百萬噸鮮血撒上去，也不能使浩瀚的長空溫度生高一點」。在這番話裏，濃縮了被放逐的「紅衛兵」、被迫害的知青空有一腔熱血，卻不能證明自己的忠誠的悲憤情感。到了最後，「為了一個大學名額，一項好差事，一句表揚話，人們互相爭奪，不惜打得頭破血流」；在告別知青生活的瘋狂時候，「血紅血紅的葡萄酒灑在桌子上、大氈上、地上，漂浮在空氣中。紅的霧氣，紅的光波，紅的身影，到處都是紅，紅，紅！從雷夏嘴中吐出的幾口血也浸在其中⋯⋯一灘一灘，一團一團，散發著濃烈醇香。」在恍惚中，主人公感到「億萬噸鮮血浩浩蕩蕩，撲湧過來，這麼深，幾乎要把我淹死了。」

　　主人公崇拜鐵血，「崇拜海狼，崇拜暴力」。相信「打仗需要心狠手辣」，渴望犧牲在戰場上：「他媽的，能有個戰場去打，像紅軍、八路軍打個驚天動地，去董存瑞、黃繼光一番，跟電影《英雄兒女》般地與敵人同歸於盡，多過癮，多棒啊！」他喜歡看武鬥，「看武鬥像看打仗電影一樣，刺激而有趣」；欣賞「藏族男的個個都有藏刀，不少人還有槍，異常剽悍。藏民能用勺子把人的眼睛活挖出來，雖殘酷，卻殘酷得有勇氣」；在苦悶中，主人公讓朋友揍自己：「只要你把那潛在體內的強韌不死的獸性給我打出來」⋯⋯在這些奇特而生動的描寫中，我們可以感受到革命教育對一個熱血青年的薰陶，感覺到性格剛烈的青年渴望搏殺、渴望犧牲的悲壯情感和變態人格。這樣的情感和人格在那個革命的歲月裏，是相當有代表性的。那種剛烈的人格，不正是清末民初許多思想家呼喚的民族精神嗎？那樣的人格在成功擺脫了麻木不仁的國民劣根性的同時為什麼又上演出了同室操戈的悲劇？為什麼當知青們在廣闊天地戰天鬥地以後會沉痛懺悔：「錫林郭勒草原，請原諒我們的無知、狂熱、殘酷吧，我們往自己母親身上撒了尿」？當他們終於發現自己的一腔熱血換來的只是一片精神廢墟時，這是意味著鐵血精神的異化？還是那個非常的時代與

鐵血精神開了個大大的殘酷玩笑？

而作家這麼生動地渲染了那個年代熱血青年的血色記憶，也隱隱約約流露出作家青年時期潛意識中的嗜血渴望。無論是在「造反」中虐待「階級敵人」，還是在武鬥的戰場上奮勇衝殺，或是渴望在「世界革命」的戰場上壯烈犧牲……那一代人的嗜血渴望都是十分強烈的。那固然是階級鬥爭理論教育的結果，又何嘗不是人性中嗜血渴望的空前釋放？

到了 2005 年，還有都梁的長篇小說《血色浪漫》在追憶著「文革」歲月。那些「京城玩主」們在「血腥的格鬥」中宣洩著嗜血的欲望，他們「都把打架鬥毆當做一件時髦的活動」。杜衛東「打起架來心毒手狠，骨子裏有種嗜血的渴望……總是帶著刀子，出手便見血」；寧偉從小就發現自己和別的孩子不一樣：「別的孩子一見了血就嚇壞了，可我一見了血就興奮」。甚至到了 1980 年代，他們也仍然在不停地闖禍、打鬥。作家在談及此書的寫作時，也坦言：「面對歷史，我們心靈的傷口總在時時流血。」〔註 5〕雖然他的本意是想寫那些「玩主們」的困惑：他們「為什麼會在 1968 年的某一天……突然像是中了邪，腎上腺素激增，一種青春的激情和邪惡的混合物猶如炸彈一樣在這些少年們的體內爆炸，在一片紅色的背景下，驟然產生一股兇猛的紅色衝擊波，以猛烈的力量向四周擴散，令人驚異的是，這股紅色衝擊波竟影響了他們的一生……」但他仍然寫出了「玩主們」從小就有的嗜血欲望。事實上，在社會上，永遠都有一部分躁動不安、腎上腺素過剩、具有嗜血欲望的人們在不斷製造著流血的悲劇。《血色黃昏》、《血與鐵》和《血色浪漫》的主人公其實就屬於這一類人。儘管仔細分辨起來，老鬼筆下的鐵血崇拜者更帶有革命英雄主義的一些遺風；而都梁筆下的玩主則與王朔筆下的痞子更氣味相投。

張承志：熱血的崇拜

在社會轉型中，並不是所有經歷過「文革」的人都放棄了血性的崇拜。例如當代理想主義的代表人物張承志。這位「紅衛兵」出身的作家就在新時期文壇上一直謳歌著理想。但只是到了 1986 年接近了、融入了回族教派哲合忍耶以後，作家對理想的謳歌才與對血性的讚美水乳交融在了一起。

在長篇小說《金牧場》中，有這樣的信念：「我會走向一個新的明天的，我渾身不安寧的血液一直在向我暗示著這一點。」「我記得自己曾隱約意識到

〔註 5〕都梁：《血色的記憶》，《當代．長篇小說選刊》2005 年第 2 期。

冥冥之中有一聲神異的召喚。那呼喚發於中部亞洲的茫茫大陸，也發於我自己身體裏流淌的鮮血之中。」「我感激我的心和血，它們使我能夠永不背棄地記憶。」「我的血脈從蒙古草原經黃土高原一直溯至天山戈壁外。」在新疆，在那條官軍曾經殺人如麻的血浸大河邊，主人公感到了信仰的偉大：「那個時辰是禮邦達的時辰，滿川滿灘的人們都盼著死給呢，那時辰殉了教門能甩手直直地進天堂！」作家由追求理想的犧牲感悟了這樣的生命真諦：「人的血液在暴露它的沖決一切的摧毀般的力量時，其實別人並不能覺察。」在激動地講述了一個又一個為理想而犧牲的故事以後，作家相信「人類中總有一支血脈不甘於失敗，九死不悔地追尋著自己的金牧場。」在中篇小說《海騷》中，有對於回民血性的這樣描寫：「祖祖輩輩不就是這麼個章法麼──荒絕了旱透了就濺些淋淋的血。」「血有顏色人有種」，老一輩可以在國民黨團長在義民的假墳上撒尿時斧劈了他，「人都說那顆頭骨的血紅紅地正好淹了尿髒。」到了「文革」中，當「破『四舊』」的人們要毀了清真寺時，回民們一聲吼，幾十把斧子濺血！他們就這樣捍衛著自己的信仰。到了中篇小說《西省暗殺考》中，那幾個從血泊中爬出來後，戴血帽、穿血衣、欣賞著、撫摸著身上的紅傷疤的復仇者相信：「血是殉教人的記號」，他們的渴望是「空有磨快的刀，走哪搭才能濺上一股子血呢？」在亢奮的想像中，他們產生了這樣的神奇幻覺：「那血泊洶湧起來，咕嘟咕嘟地，向亡人傷處倒灌。……血快活地噴濺，猖狂地奔騰，來年太久的老血是金黃的。……金積曠野的陳血，在他親眼俯視下，朝著亡人回歸……在這血腥的末日裏，終於證實了主道和正義。」

到了長篇教史《心靈史》中，「血」的意象空前密集了起來──

信仰的鮮血，在乾隆盛世的底層洶湧地流。

流血和恐怖是可以改變歷史的。

哲合忍耶有了身上殉教者的血證，就可以直入天堂。……不管你怎樣弱小有限，只要你為教捨命，你的血將不會被人洗掉，你的血衣就是你進入天堂的證明。

血是宗教的種子。……這些渾身血跡的窮人堅信，在如此廣大的天地裏有一種準備正在進行……這個哲合忍耶，已經是一個承諾了殉教誓言的、以「我們道祖老人家討下的口喚是輩輩舉紅旗」、「手提血衣撒手進天堂」為最高境界，並用這兩句話教育後代的人群集合。

他們的流血像家鄉草木一樣，一枯一榮。

冤屈和鮮血是拱北的根源。

哲合忍耶的宗教情緒和熱情……讓世界快來屠殺，我舉意流盡鮮血。讓客觀快變成刀斧，幫助我讓頭顱落下——這種情緒一經大西北性格的烘托，便成為一種可怖的和美麗的精神。

相傳；官軍在凌遲處死十三太爺之前，在地上鋪了七層氈。他們認為：如果十三太爺的血有一滴濺在土上，那麼這片土地就會不斷孕育反叛的種子。

由於流血犧牲的遭遇而對流血犧牲過重的讚頌，使得哲合忍耶感到面對和平逝世的導師缺乏理論。

教者成了人人爭搶的角色。外界開始稱呼哲合忍耶為「血脖子教」。

——有這麼多帶血的字眼，《心靈史》便充滿了血氣。不是說求生是人的天性麼？可哲合忍耶卻渴望在殉教中永生！這是怎樣的信仰！這是怎樣的宗教心理！這是怎樣的人生觀！作家熱烈地讚美叛逆、讚美犧牲、讚美異端之美，正顯示了他的剛烈個性。

我注意到在中篇小說《黑山羊謠》裏，主人公有一句這樣的反躬自問：「你在孩提時代的潛意識是嗜血還是逃避流血呢」？如果可以將這句捫心自問看作作家本人曾經有過的真實自省，那麼，這句話就揭示出了作家崇拜血性的心理根源。當過「紅衛兵」的經歷，擁有回族的血統，有過對哲合忍耶心靈史的研究，這一切，使作家成為當代最有血性的代表人物之一。雖然，我們很容易在《血色黃昏》、《血與鐵》與《金牧場》、《心靈史》之間感受到對血性的相似的崇拜，但張承志的宗教情感與老鬼「崇拜海狼，崇拜暴力」的情感之間的區別還是一望即知的。張承志的宗教情感蕭穆、悲壯；而老鬼的「崇拜暴力」雖然也有革命英雄主義氣概，卻更帶有野性的氣質。

蘇童：對血氣的感悟

蘇童是具有神秘主義傾向的作家。在他的中篇小說《1934 年的逃亡》開篇，就有主人公「我想探究我的血流之源」的主題。祖父陳寶年是地主，祖母蔣氏是長工，將他們聯繫在一起的，是陳寶年的性慾。而蔣氏生下的孩子也繼

承了陳寶年的殘酷暴虐,使她「頓時聯想到人的種氣摻滿了惡行,有如日月運轉銜接自然。」而小說中描寫陳寶年進城靠經營竹器發跡時,也點化了事業與血緣的神秘聯繫:「我只是想到了楓楊樹人血液中竹的因子」。此外,小說中還有關於地主陳文治有一白玉瓷罐,專採少年少女的精血作絕藥的描寫,也進一步渲染了小說的神秘意味。到了中篇小說《罌粟之家》中,作家更描寫了恣意縱慾的地主劉老俠「血氣旺極而亂,血亂沒有好子孫」,結果幾個後代都是畸形兒。「傳宗接代跟種田打糧不一樣。你把心血全花在上面,不一定有好收成。……人的血氣不會天長地久,就像地主老劉家,世代單傳的好血氣到沉草一代就雜了,雜了就敗了,這是遺傳的規律。」這樣的議論表達了作家對神秘血氣與家族命運的思考。中國從來就有「君子之澤,五世而斬」、「富不過三代」等說法,昭示著宿命的難以抗拒。而蘇童的《罌粟之家》則將這宿命論與血氣之思聯繫在了一起:難道血氣真的也有盛衰的節律?如果答案是肯定的,那麼,那節律形成的原因是什麼?除了與縱慾有關(縱慾足以戕害生命)以外,還有沒有別的原因?那些顯赫一時的大家族會很快敗落,那些名不見經傳的小家族經過幾代人的奮鬥終於成為赫赫有名的豪門,除了政治謀略、軍事實力、經濟原因以外,有沒有血氣方面的因素?……誰能回答這樣的問題?

人的命運與血氣的神秘有關。這是蘇童在探索人性之謎方面得出的結論。

蘇童是 1960 年代出生的作家。這一代人普遍具有相當濃厚的神秘主義傾向。他們一方面相信算命、預感、求神、拜佛之類傳統民間迷信,另一方面對「血型與性格」之類來自海外的神秘學說也篤信不移。這股神秘主義的思潮一方面是現代社會人們在變化萬千的生活中感到惶惑、企圖把握自己命運的心態顯現,另一方面對於探討人性的神秘也具有一定的意義。從這個角度看,不妨將蘇童小說中對神秘血氣、血緣的點化看作新生代作家走近神秘主義思潮的證明。而蘇童的上述猜想也的確開闊了讀者探討人性的思路。

徐小斌的血緣之思

當代女作家,多有神秘主義傾向。徐小斌在這方面尤其突出。例如她的長篇小說《羽蛇》,就相當成功地表達了她對於血緣與命運的神秘主義猜想與感悟。

《羽蛇》寫了一家三代女性的命運。作家在《我寫〈羽蛇〉》的序中寫道:「血緣是一棵樹,是像樹形排列的那樣美麗的現代分形藝術。但是這棵樹的每

一根枝蔓每一條根蒂每一片樹葉，都浸透了血腥的殘酷，布滿了偽裝得很好的陷阱——血緣的親和力與殺傷力，無與倫比。但可怕就可怕在親和與殺傷溶化在了一起，真的愛和真的恨溶在了一起，愛有多深恨就有多切！」小說以傷感、空靈而詭異的筆觸描寫了三代女性之間難以理喻的愛恨交織的情感。出身豪門的玄溟變態地干涉女兒若木的愛情，並因此扭曲了若木的人格，使她也冷酷地傷害著她的女兒羽的心靈，而且使敏感的羽從小也形成了一些怪癖。她們都渴望愛，但她們的愛情渴望都被她們各自的母親所斷送。另一方面，當作家描述羽在上小學時就以自己的沉默、孤僻抗拒著來自母親和老師的壓力，並相信這樣就「擺脫了她的血脈」時，當她毅然讓僧人給自己刺青，以「證明她的血液是清澈的」，而僧人告訴她「你流了很多血，足以贖你的罪了」時，作家就在相信「家族與血緣很有些神秘，而母系家族尤甚」的同時，也寫出了「血緣有時也不那麼可靠」的玄妙。雖然，作品中也交代了玄溟和若木的性格變態與她們各自丈夫的外遇有關，但作家對「血緣」的特別強調與渲染仍然使得這部別有洞天的作品與當代眾多描寫男人的負心使女人心靈扭曲的作品（如鐵凝的《玫瑰門》、林白的《致命的飛翔》、張潔的《無字》……等等）相比，顯示出獨特的鋒芒——這鋒芒直指女性自身的性格弱點。《羽蛇》因此而將「母與女」的倫理主題寫出了「拷問母性」的深度。

是的，血液是神秘的。血脈的代代相傳常常使面相、性格、稟賦、才能也代代相續；血脈的紐帶常常使遠在天涯的同胞產生出奇特的文化認同感和心靈的共鳴。但另一方面，親人反目、手足相殘、同室操戈的悲劇不是也從來就沒有中斷過嗎？一方面，「龍生龍，鳳生鳳，老鼠生兒打地洞」的說法在民間十分流行，到了「文革」初期，這一「血統論」甚至演變為「紅衛兵」打擊「階級敵人」的臭名昭著的口號：「老子英雄兒好漢，老子反動兒混蛋」；另一方面，對於「血統論」的質疑也一直就沒有停止過——從陳勝的名言「王侯將相，寧有種乎！」到民間俗語「富不過三代」、「寒門出貴子，軟爹生硬兒」、到「文革」時與「血統論」針鋒相對的遇羅克的《出身論》。

這世界上有許多東西是理性難以作出明晰的解釋的。面對造物的奇蹟，人們除了驚歎，只能猜想。

《許三觀賣血記》：艱難人生的證明

余華的長篇小說《許三觀賣血記》是一部描寫當代社會底層平民靠賣血

為生的艱難生活的力作。在賣一次血就抵得上種地半年的貧困年代裏，在「沒有賣過血的男人都娶不到女人」的生存環境中，人們不得不去巴結血頭，去爭相賣血。雖然小說中許三觀的老婆許玉蘭牢記父親的教導：「身上的血是祖宗傳下來的，做人可以賣油條、賣屋子、賣田地……就是不能賣血。就是賣身也不能賣血，賣身是賣自己，賣血是賣祖宗」，但許三觀「除了身上的血，別的什麼都沒有了」。為了養家糊口，他不得不將自己身體裏的血當成了「搖錢樹」。在這樣的描寫中，作家揭示了老百姓因為生活所迫對於傳統禁忌的遠離，因此也就寫出了生活的無情，生命意志的強大。為了盡可能多賣血、多掙錢，他甚至不顧賣一次血要休息三個月的禁忌，不怕「把自己賣死了」。這樣，小說又將一個自身生命意識淡漠的可憐人對於家庭的悲壯責任感寫到了感人至深的境界。讀這部作品，使人不禁對中國的民族性產生新的思考：在社會的底層，有些看似活得渾渾噩噩的人，其實是有著不為人知的堅韌意志的；他們似乎不知道自己生命的可貴，但他們知道自己應當承擔起的對於親人的責任，為此，他們可以犧牲自己。這樣，《許三觀賣血記》就還原了民族性的混沌狀態，寫出了麻木與堅韌、可憐與頑強、卑微與偉大的水乳交融。比起那些常常以「勤勞、勇敢」或「麻木、卑怯」去以偏概全的空洞議論，《許三觀賣血記》顯然更富於生活的混沌感和深刻的哲理感。

　　一直到今天，還有一部分沒有脫離貧困的人在靠賣血為生。有相當一部分人因此感染了「艾滋病」。因此，《許三觀賣血記》也具有關注底層社會弱勢群體的積極意義。而且，由於作家在作品中融入了對於國民性的重新認識，所以作品中同情、理解、悲歡、蕭穆交織在一起的複雜情感也明顯不同於那些一般常見的「為民請命」之作。《許三觀賣血記》能夠成為當代小說具有經典意味的作品，是值得研究的。

分兩部分發表於《文學教育》2010 年第 5 期、
《成都大學學報（社會科學版）》2012 年第 6 期

附錄二　當代文學與酒——
　　　當代文學的意象研究之二

酒與中國文化

在中國傳統文化中，在中國人的日常生活中，酒具有相當重要的地位。酒常常用來助興，也常常用來澆愁；酒是交友的重要媒介，也是公關的常用武器；酒是文人靈感的催化劑，也是市民笑話的不竭源泉；酒與無數英雄的傳說聯繫在一起，也與許多罪惡密切相關。因此，通過對中國作家文學作品中關於酒的意象的分析進而探討酒在中國文化和中國文化人人生觀中的豐富意義，就自然成了一個饒有興味的話題。當年，魯迅先生不就在《魏晉風度及文章與藥及酒之關係》一文中對酒與魏晉文人心態進行過相當精彩的分析麼？

中國文化重理性，講禮儀。但另一方面，中國人被理性、禮儀壓抑的生命熱情、非理性衝動又常常會忍不住噴發出來。而酒就常常充當了中國人宣洩苦悶或狂歡的媒介。於是，酒與詩歌、酒與文章就結下了不解之緣。從《詩經》中的《既醉》到《楚辭》中的「奠桂酒兮椒江」（《九歌》）、「華酌既陳，有瓊漿些」（《招魂》），從曹操的名句「對酒當歌，人生幾何？……何以解憂，唯有杜康」（《短歌行》）到陶淵明的《飲酒》二十首，從李白的《將進酒》、《月下獨酌》四首到杜甫的《醉時歌》，從蘇東坡的「明月幾時有，把酒問青天」到辛棄疾的「醉裏挑燈看劍」……多少豪情、多少憂憤、多少歡樂、多少感傷，都與酒緊緊聯繫在一起。酒，因此成為民族性的一個證明：誰說中國人就只有溫柔敦厚的品格？想想那些借酒澆愁、以酒助興的十大夫，想想那些花天酒地的權貴，想想那些揭竿而起的義軍，再想想「無酒不成席」的俗語，就知道

中國人其實也是有著率性而活的酒神精神的。平時溫柔敦厚，謙和處世；關鍵時刻卻揮灑真情，敢歌敢哭。這，便是中國人性格的二重性。

十七年文學中的「酒」

十七年文學中，酣暢淋漓寫酒的作品不多。這顯然與那個時代強調革命理想、強調組織紀律有關。即使偶而有些作品寫酒，也常常賦予其以革命的意味。

例如郭小川的詩歌《祝酒歌》，就是一篇謳歌林區工人祝捷豪情的抒情詩。詩中寫道：

> 舒心的酒，
>
> 千杯不醉……
>
> 酗酒作樂的
>
> 是浪蕩鬼；
>
> 醉酒哭天的
>
> 是窩囊廢；
>
> 飲酒贊前程的
>
> 是咱們社會主義新人這一輩！……
>
> 咱們就是醉了，
>
> 也只因為生活的酒太濃太美！

詩中，雖然也有「豪情，美酒，／自古長相隨」和「且飲酒，莫停杯」這樣的詩句足以喚起讀者對於古代飲者的記憶，但主旋律卻是謳歌「占三尺地位，／放萬丈光輝」的伐木工人。儘管如此，在那個很少有人寫酒的年代裏，這詩中的酒意已經相當難得了。

據有關人士回憶，「郭小川抽煙喝酒很凶，時常醉倒後鑽在桌子底下」。〔註1〕那可是在他政治上失意的「文革」時期，在許多文化人都「夾著尾巴做人」的高壓年代。他敢於在那樣的年代醉酒，就顯示了他的與眾不同。看來，他能在一片頌歌的「十七年」寫下《望星空》、《一個和八個》那樣的「另類」作品，並因此而屢遭批判，不是偶然的。

小說方面，曲波的長篇小說《林海雪原》中有關於酒的一些描寫，只是大多體現在關於土匪生活的場景中。嗜酒、酗酒，已經成為土匪生活的組成部分。

〔註1〕陳徒手：《郭小川：團泊窪的秋天的思索》，《人有病，天知否》，人民文學出版社 2000 年版，第 297 頁。

「天天醺醺大醉」、「地下桌子上滿是酒杯剩飯，滿屋的酒肉氣味」，是作家寫到土匪時常見的場面。小說中只有一處寫到英雄楊子榮的酒量：「楊子榮本來就酒量很大，又加上座山鵰的酒，全是土匪自製的野葡萄酒，度數很低，在部隊時楊子榮是遵守軍紀的模範，從未飲過酒，可是在這個節骨眼上，他卻要來他幾大碗，在匪徒面前表表他的氣派……」注意：這裡寫楊子榮酒量大，為了遵守軍紀卻「從未飲過酒」，可見楊子榮律己的原因，也可見軍紀之嚴。與此形成有趣對照的，是吳強的長篇小說《紅日》中關於解放軍連長石東根在戰鬥勝利後身穿國民黨黃呢軍服、醉酒縱馬、受到上級批評後寫檢查的情節。這一情節應該說十分真實地刻畫了革命軍人在勝利後狂歡的野性。在「美國裝備！威風不威風？」的洋洋自得中，我們甚至可以感受到那個年代的解放軍對現代化裝備的本能嚮往。顯然，這樣的描寫在「十七年」文學中是十分少見的，今天讀起來，也顯得難能可貴，令人難忘。但接下來作家寫石東根挨上級批評後清醒，決心戒酒的言行，又在顯示了他的率真性格的同時，寫出了軍紀的威嚴。可石東根後來在行軍途中經不住房東老大爺的勸又破戒吃酒，不想被通信員發覺後的尷尬與嚇唬，也就更有人情味了。可這個情節後來卻受到莫須有的苛責，也是那個年代壓抑人性的一個縮影。

姚雪垠的長篇歷史小說《李自成》（第一卷）中不時飄散出酒意：農民義軍領袖張獻忠、羅汝才、郝搖旗以及土匪黑虎星都善飲。相比之下，李自成就相當有克制力了。小說中有這麼一段交代：「李自成在二十六、七歲以前本來是喜歡吃酒的，也有縱情豪飲、使酒任性的時候。近幾年來，他在各方面日漸成熟，覺得身上的責任重大，處處收斂，性情上有了很大改變。酒是輕易不飲了，要飲時也只飲一杯半盞，連青年時期的酒量也大減了。」這裡，不輕易飲酒成了「日漸成熟」的標誌之一。他「一向瞧不起羅汝才」，就因為後者「不過是一個酒色之徒，缺乏宏圖壯志」。在這方面，他與《林海雪原》中的楊子榮頗有相似之處。但小說中有一處寫李自成提醒郝搖旗等人飲酒別張揚的理由是「弟兄們都沒有酒喝，有時連肚子也吃不飽。你們別大聲吆喝，悄悄兒吃幾口拉倒吧」，倒是相當貼切地寫出了李自成既自律甚嚴，又體諒下情，而且為人通融的性格。另一方面，在張獻忠、羅汝才、郝搖旗、黑虎星等人善飲、豪爽的性格中，也能使人依稀看出古典文學中張飛、武松、李逵、魯智深等莽漢形象的影子。

酒，就這樣從當代文學作品中漸漸淡化掉了，因為它似乎與革命的艱苦奮鬥精神、與嚴格律己的時代風尚格格不入。可在實際生活中，它卻不曾消失。

1972：豐子愷談酒

現代散文家、漫畫家豐子愷一生樂觀、淡泊。他的《緣緣堂隨筆》是他天真、熱情、好奇觀察生活的結晶。「文革」中，他被迫一度放下了筆。但在 1972 年，他卻重新煥發了寫作的青春，寫下了十多篇憶舊的隨筆，風格一如既往。1972 年，是「文革」中少有的相對平靜的一段時光。因為林彪事件的爆發而導致的震驚與思考使許多人看清了「文革」的虛偽。「批林」運動的展開為「地下文學」的悄然興起創造了適宜的氣氛。豐子愷就是在這樣的背景下寫出了一批沖淡的隨筆的。而在這一批隨筆中，就有兩篇談及了酒。

一篇《酒令》，一篇《吃酒》。前一篇記錄舊時代的酒令，白描的筆法生動畫出了當年飲酒、行酒令的風俗畫；後一篇回憶當年與友人對飲的情景，是幾幅生動的友情素描。兩篇寫酒，卻全無狂氣。依舊是散漫、含蓄的筆觸，依舊是清新、有趣的風格，但因為是在 1972 年，就顯得格外珍貴了。作家在憶舊中喚回了沖淡的文風，就顯示了作家沒有被「文革」的狂熱淹沒的可貴，顯示了作家對個性的忠誠，對「文革」的疏遠。

可以為此作證的，是作家寫於 1972 年的隨筆《暫時脫離塵世》。該文盛讚日本作家夏目漱石是「一個最像人的人」，同時指出：「今世有許多人外貌是人，而實際很不像人，倒像一架機器。這架機器裏裝滿著苦痛、憤怒、叫囂、哭泣等力量，隨時可以應用」，「我覺得這種人非常可憐」。因此，他嚮往「暫時脫離塵世」的境界，嚮往陶淵明、夏目漱石的人生境界。〔註 2〕這樣的嚮往是「文革」後期狂熱消退、傳統精神回歸的一個證明。在這一點上，豐子愷的寫作與知識青年中的「童話詩」創作竟然驚人地不謀而合。就像楊健在《文化大革命中的地下文學》一書中指出的那樣：「1972 年……知青們龜縮在盡可能避『風』的地，渴望寧靜、純真地生活。正是這種渴望創造出了這批『童話詩』。」〔註 3〕不妨將這一批「地下文學」作品看作時代心態巨變的一個證明。

王蒙筆下的酒

王蒙描寫新疆生活的作品中，有一短篇小說《葡萄的精靈》。小說開篇交代：「穆敏老爹是一個虔誠的穆斯林，而一個嚴肅的穆斯林，是既禁煙又禁酒

〔註 2〕豐子愷：《緣緣堂隨筆集》，浙江文藝出版社 1983 年版，第 454 頁。
〔註 3〕楊健：《文化大革命中的地下文學》，朝華出版社 1993 年版，第 99 頁。

的。」可正是他要釀葡萄酒了。他不要酒藥，自信地按照自然的想法去釀酒。任「夏的陽光，秋的沉鬱，冬的峭拔和春的蘇醒」去釀出那又酸又幽香的「酒」來。一個穆斯林的自信、可愛的品格，就這樣躍然紙上了。小說中有這麼一筆：「動亂的歲月，少數民族的朋友，農村的勞動，使我愈來愈愛上了酒」，也寫出了作家本人在「文革」中的微妙心態。〔註4〕後來，作家還在長篇小說《狂歡的季節》中記錄了在「文革」中當「逍遙派」，學養雞、學烹調、飲酒、打麻將的故事，正可與《芙蓉鎮》中「北方大兵」谷燕山在「文革」中「醉眼看世情」的有關描寫相參。「文革」中，有多少人是借酒避亂世的啊！

　　《葡萄的精靈》一如豐子愷的《酒令》和《吃酒》，寫日常生活的有趣，也就寫出了作家對「文革」的遠離。

于光遠與《馬恩論喝酒》

　　經濟學家于光遠一生信奉「革命的阿Q主義」，「經常樂乎乎」，直至「努力在文革時期那樣受迫害的處境下心情愉快一些」，這樣，就有了編寫《馬恩論喝酒》的趣事。在《文革中的我》一書中，就記錄了這段趣事——

　　　　幹校有一位同學嗜酒，我就對他說，我給你編一本馬恩論喝酒，讓你喝酒也有經典作家的論述做根據吧！我這麼說的時候已經注意到這方面馬恩寫的東西，並且在那些地方夾上了紙條，完全有把握很快編好給他看。這方面的文字還不少，而且有一些很有趣的材料。比如恩格斯去美國旅行，在國外寫信沒有忘記講美國的啤酒遠遠不能與當時德國的皮爾孫啤酒可比，同時也讚揚德國的杜松子酒。又比如恩格斯不斷地寫信給他弟弟，每次都要他弟弟送若干桶酒到倫敦來。又比如一次恩格斯在友人家過自己的生日，那天夜間倫敦大霧，他喝了一整晚的酒。又比如馬克思有病，醫生要他戒酒，在戒酒前夕他寫信給恩格斯，說自己從明天起決定遵照醫囑停止喝酒，因此今晚就大大喝了一通。還有一個材料是馬克思給友人寫了一封信，信中講……恩格斯「自從發現考茨基有很好的酒量以來，就對考茨基寬容得多了」。酒還能起這麼大的作用，真使我驚訝不已。……〔註5〕

〔註4〕參見方蕤：《我的先生王蒙》，長江文藝出版社2004年版，第84頁。
〔註5〕于光遠：《文革中的我》，上海遠東出版社1995年版，第136、56～57頁。

　　這裡，值得注意的有兩點：一是「文革」中全國學馬列，是為了提高全民的政治覺悟，因此這是一件十分嚴肅的事情。于光遠作為一個「靠邊站」的老幹部，竟然從馬恩著作中發現了不少與喝酒有關的材料，可見其「居心叵測」；二是于光遠在編輯《馬恩論喝酒》時是否意識到，他為還原革命導師的人情味悄悄做出了一份別致的貢獻？在那個造神的瘋狂歲月裏，這樣做是冒了一定的風險的。他的勇氣和幽默，於此可見一斑。

　　以上豐子愷、王蒙、于光遠在「文革」中回首往事、發現酒趣的人生體驗，是耐人尋味的。他們寫酒，都立足於有趣，而不是狂歡。這樣的記錄一方面具有疏遠「文革」、回歸有趣的平凡人生的意義，另一方面也頗有傳統士大夫品酒的風度。考慮到王蒙、于光遠都具有共產主義者的思想背景，他們的疏遠「文革」、回歸有趣的選擇也格外發人深省。

新時期報告文學和紀實小說：革命家與酒

　　愛酒者又豈止謙謙君子！當代革命家中，也不乏著名的飲者。這一點，可以從一些新時期部分追憶革命家的報告文學作品中看出。

　　例如權延赤的名篇《走下聖壇的周恩來》中，就專門有一章「周恩來與酒」，生動記錄了周恩來愛酒的故事：他酒量似海，但有一特點——「心情越好越近酒，心情越糟越遠酒」。他可以利用茅臺酒開展工作，通過與嗜酒的許世友比酒量，連乾兩瓶茅臺，幫助他改正罰部下飲酒的缺點；他在酒席上以酒向江西幹部要濟困之糧；他的小病喝了茅臺酒就好。而他偶而因為醉酒受到毛澤東的批評，也使他不可能盡興暢飲。周恩來的豪情與謹慎，周恩來的可敬與可歎，都在這些生動的故事中得到了傳神的體現，讀後令人難忘。

　　還有權延赤的《女兒眼中的許世友將軍》，也通過許將軍的嗜酒如命再現了他的農民本色、浪漫情懷：他一生嗜酒。得了肝癌以後還無意戒酒，在衛生間裏偷偷藏酒，偶而解解饞，卻不想竟然倒在了濃濃的酒液中！他的身後只留下了半櫥酒、五支槍、四雙草鞋和兩把刀。他的率真與樸素，在這些故事中也得到了栩栩如生的體現。

　　就這樣，作家就通過革命家與酒的不解之緣寫出了革命家身上的人情味，同時也寫出了革命與酒神的深刻聯繫。革命是什麼？是階級鬥爭的激烈形態，又何嘗不是酒神精神的顯現！按照尼采的說法：酒神精神就意味著「肯定生命，哪怕是在它最異樣最艱難的問題上；生命意志在其最高類型的犧牲中，

為自身的不可窮竭而歡欣鼓舞」。〔註6〕他是在揭示悲劇精神的起源時如是說的，但革命的衝動與此顯然有相通之處：革命是對於壓迫的反抗；革命是生命意志的高揚；革命是人民群眾的盛大節日，是革命者的狂歡。是的，革命不僅僅是艱苦卓絕的鬥爭。

這裡，應該特別提到的，是權延赤的中篇小說《狼毒花》。這部明顯帶有紀實色彩的作品（例如書中關於黃永勝和作者父親的描寫）成功塑造了一個「騎馬挎槍走天下，馬背上有酒有女人」的解放軍老兵──常發的形象。此人早年闖蕩江湖，劫富濟貧，又很能贏得女人的癡情。他是一個戰功卓著的英雄，又是一個常常為了女人和酒而不惜犯錯誤、受處分的風流人物。小說生動寫出了綠林好漢出身的解放軍身上那根深蒂固的野性（革命的大熔爐成功改造了多少人？可常發為什麼就改造不過來？），更濃墨重彩地渲染了常發的好酒好色個性在一些緊要關頭轉危為安的奇特效應。正是因為他好酒好色，才贏得了蘇軍女秘書的芳心，並經過她得到了蘇軍的支持，在酒桌上通過與蘇軍的賭酒（一氣喝二十瓶啤酒）贏來了蘇聯軍人的二十挺機槍，從而為解放軍贏得戰機立下了汗馬功勞。小說中關於常發嗜酒、賭酒場面的描寫可謂浪漫暢快，其筆力毫不遜色於莫言的《紅高粱》。值得注意的倒是作家對常發的批判立場。小說在釋題時有這麼一段話：「狼毒花……是草場退化的標誌。……它比狼還毒，給人帶來的是恐懼和死亡的威脅。可是，……只有它能夠在沙漠的邊緣頑強而又奇蹟般地活下來，在臨界地帶伴著死亡開花結果。」作家對常發既有批判意識又有複雜的感慨。在這一點上，他沒有莫言那麼淋漓盡致地謳歌野性與浪漫，倒也有獨到之處。

重新認識革命，是新時期文學的一個重要主題。在這方面，權延赤筆下的革命家和解放軍形象因為與酒的緊密聯繫而顯得別具一格。

新時期小說：湖南作家筆下的酒

中國人善於找樂，善於樂以忘憂。

湖南作家孫健忠的長篇小說《醉鄉》寫的是 1980 年代初農村包產到戶後農民的歡樂生活。在談及小說的創作時，作家告訴讀者：「我們的土家族是個捨酒難以生存的民族」，過年有年酒，結婚有「拉門酒」，生孩子有竹米酒，豎

〔註6〕【德】尼采：《偶像的黃昏》，周國平譯，湖南人民出版社 1987 年版，第 125～126 頁。

新屋有上樑酒……可謂「處處有酒，餐餐有酒」。〔註7〕小說中也寫道：土家人看不起「城裏來的瓶子酒，寡淡的，價錢貴得出奇，如何比得上本地苞谷燒？」雖然小說中也有對於鄉民酗酒的批判性刻畫，但主旨還是展示那濃濃的鄉情的。只是，作家顯然寫得拘謹，筆墨不夠酣暢。

　　另一位土家族作家蔡測海也在小說《白河》中寫到了土家族的民風：「土家族人愛喝酒，端午節這天，潑灑雄黃酒也就特別慷慨，像下了一場麻麻雨，把小鎮的一條青石板街都林濕了。」楚人的浪漫，於此可見一斑。

　　而葉蔚林的《酒殤》則意味深長地寫出了酒對於湖南瑤鄉人的重要意義，當右派劉守璜因為被下放瑤鄉而沮喪時，當地人是這麼勸他開心的：「悶不過就喝酒嘛。」那裡的人民保持了淳樸的民風。他們「全然不顧來年的春荒，將僅有的穀米都用來蒸酒，將全年積存下來的乾肉、乾果以及醃製好的『酢』，一股腦搬出來享用。」就像「回復到原始部落時代」一樣：「不分彼此，不分尊卑，不分階級，不分男女……濫酒縱慾，地覆天翻！」由此可見，即使是在政治高壓的年代裏，也有「天高皇帝遠」的地方，也有政治權力鞭長莫及的民風。少數民族的傳統如此強大，令人歎為觀止。不過，耐人尋味的是，漢族出身的劉守璜卻無福消受瑤鄉的快樂。他縱酒，卻導致酒精中毒；他縱慾，心裏卻實在不喜歡瑤鄉生活。一有機會出山，他就過起了「文明人的生活」。因此，他的死才使瑤鄉人百思不得其解：「酒和女人怎麼會害死他？……我們是存心想讓他過得快活的啊！」這樣的結局又足以使人產生出這樣的感悟：文化之間的差異，有時候，是難以彌合的。

　　但也許這樣的差異是因人而異的？例如古華的名篇《芙蓉鎮》不就著力刻畫了一個「北方大兵」谷燕山在「文革」中「醉眼看世情」的情緒麼？「谷燕山百事不探，借酒澆愁，逍遙於運動之外。他經常喝得半醉半醒，給鎮上的小娃娃們講故事，也盡是些『酒話』。什麼青梅煮酒論英雄，關公杯酒斬華雄啦；花和尚醉打山門，拿吃剩的狗肉往小和尚嘴巴上塗啦；武松醉臥景陽崗，碰上了白額大蟲啦；吳用智取生辰綱是在酒裏放了蒙汗藥啦；宋江喝醉了酒在潯陽樓題反詩啦，等等。古代的英雄傳奇，大都離不開一個酒字，所以他講也講不完，娃娃們聽也聽不厭」。他「酒醉心清。酒醉心迷。」他借酒罵「文革」中得志的小人，但並沒有因此而惹什麼麻煩。在他身上，體現了酒助人膽的功效。有多少人是在酒中逍遙、又趁著酒興發怒發威的啊！

〔註7〕孫健忠：《談〈醉鄉〉》，《小說界·長篇小說專輯》1984 年第 1 期。

　　孫健忠、蔡測海、葉蔚林、古華都曾經是文壇「湘軍」中的重要人物。他們不約而同地描寫了楚人嗜酒的民風。那些與酒有關的故事因為酒味濃烈、酒興盎然而平添了不少浪漫色彩、樸野豪氣。

　　說到湖南作家的創作，不少評論家都注意到當代「湘軍」對楚文化浪漫傳統的繼承。這樣的解釋固然不錯。除此以外，還有沒有生活方式方面的原因？例如嗜酒的民風是否曾經對楚人的浪漫思維產生過不可忽略的影響？楚人喜歡「芳香精潔」的飲料，「貴族在夏日喜飲冰酒」，〔註8〕就很可以催生有關的猜想。看來，湖南作家如此集中地、不約而同渲染了酒的魅力，恐非偶然。

「尋根文學」與酒

　　當然，酒神決不僅僅青睞楚人。

　　「尋根文學」是從民間文化中重新發現中國民魂的文學思潮。在「尋根派」中，除了韓少功立足與批判民族的劣根性（如《爸爸爸》）以外，阿城對道家精神的認同（如《棋王》、《樹王》、《孩子王》），鄭義對儒家集體主義精神的謳歌（如《老井》），李杭育對吳越浪漫古魂的讚美（如《最後一個漁佬兒》、《珊瑚沙的弄潮兒》），鄭萬隆對東北豪放民魂的弘揚（如《老棒子酒館》、《我的光》），都顯示了當代作家的民粹主義情感。在經歷了一個毀滅傳統文化的時代以後，傳統精神又頑強地復活了，新生了。

　　而在李杭育和鄭萬隆的小說中，酒又是十分常見的意象。他們的小說因此而散發出濃烈的酒香。

　　李杭育筆下的漁民和船夫，都是些「大把花錢、大碗喝酒的漢子，連船家的娘們都有海量。」酒使他們豪爽。（《葛川江上人家》）「江裏有魚，壺裏有酒，船裏的板鋪上還有個大奶子大屁股的小媳婦」，是他們知足的原因。（《最後一個漁佬兒》）「酒能發力、壯膽，是船佬兒精氣命脈神所在。」「有錢下館子，三支菜現炒；沒錢的日子，一頭醋大蒜也對付了」，這就叫曠達。（《船長》）

　　鄭萬隆筆下的野老村夫，也酒量驚人。陳三腳一生豪爽、仗義，身負重傷還要硬撐著去酒館喝上半斤；（《老棒子酒館》）老獵人庫巴圖隨身帶著酒囊，時時喝上兩口，在酒意中與先人的靈魂相會。（《我的光》）

　　船夫有船夫的豪爽。獵人有獵人的粗獷。他們從酒中汲取了勇氣和力量。酒也使他們的人格釋放出無畏的光芒。

〔註8〕張正明：《楚文化史》，上海人民出版社1987年版，第292頁。

在這方面，他們與那些善飲的革命家，可謂息息相通。

因為有了這些豪放的飲者，誰又能說中國人活得窩囊、委瑣！

莫言與中國農民的酒神精神

當代作家中寫酒最有成就的，當推山東作家莫言。

在 1986 年發表《紅高粱》之前，莫言的小說是追求空靈、朦朧的風格的。《民間音樂》、《透明的紅蘿蔔》都顯示了他關於「文藝作品能寫得像水中月鏡中花一樣，是一個很高的美學境界」的追求。〔註9〕但從《紅高粱》開始，這一切都發生了巨大的變化：《紅高粱》、《高粱酒》、《高粱殯》……一篇篇都散發著濃烈的酒香。作家生動刻畫了中國農民「那種英勇無畏、狂放不羈的響馬精神」，而那精神在相當程度是與酒有關。「酒使人性格豪爽，俠肝義膽，臨危不懼，視死如歸；酒也使人放浪形骸，醉生夢死，腐化墮落，水性揚花。」在那些普普通通的農民「殺人越貨，精忠報國」的故事裏，作家還發出了關於「種的退化」的浩歎。

作家曾經自道：他從小就饞酒，偷酒喝，在喝了酒後的興奮狀態中「抬頭看天，看到了傳說中的鳳凰；低頭看地，地上奔跑著麒麟；歪頭看河，河裏冒出了一片片荷花。荷花肥大如笆籬的葉片上，坐著一些戴著紅肚兜兜的男孩。男孩的懷裏，一律抱著條金翅赤尾的大鯉魚……」〔註10〕在這樣的回憶中，已經不難看出莫言感覺奇特的個性了。他的作品富於想像力，風格潑辣瑰麗，在他自己看來，是因為「我的情感、思維也從來沒有清晰過」。〔註11〕而這樣的思維，正好與醉酒的狀態相似。因此，不妨稱之為「狂態思維」或「醉態思維」吧，在這方面，莫言「天馬行空」的精神狀態與李白「斗酒詩百篇」的狀態，與草書書法中「變動猶鬼神，不可端倪」的品格，〔註12〕可謂一脈相傳。在他的創作體會中，想像力、「浮想聯翩，類似精神錯亂」，「文學應該百無禁忌……在荒誕中說出的道理往往並不荒誕，猶如酒後吐真言。」〔註13〕

《紅高粱》感染了許多人，包括電影導演張藝謀。張藝謀「特推崇尼采所高揚的『酒神』精神」。他根據小說《紅高粱》改編的電影《紅高粱》就顯示

〔註 9〕《有追求才有特色》（座談會記要），《中國作家》1985 年第 2 期。

〔註10〕莫言：《我與酒》，《什麼氣味最美好》，南海出版公司 2002 年版，第 50 頁。

〔註11〕陳薇、溫金海：《與莫言一席談》，《文藝報》1987 年 1 月 17 日。

〔註12〕韓愈：《送高閑上人序》。

〔註13〕莫言曾有一篇創作談，就叫《天馬行空》，見《解放軍文藝》1985 年第 2 期。

了他對尼采的認同，〔註 14〕也顯示了他對中國民間活法的認同：「中國人應該活得舒展些。我們的祖上曾經是有聲有色的，活得灑脫，死得痛快，但近幾百年快折騰沒了。今天我們要強起來，除了經濟實力以外，重要的是心態的振奮。我想表現人一種本質的對生命的愛、對踐踏生命者（日寇是其象徵）的恨，想唱出一曲對具有理想色彩的人格的讚歌。」〔註 15〕

值得注意的是，莫言在讚美了祖輩的「酒神精神」後不久就注意到了酒的負面作用。因為常常醉酒，他「對酒厭惡了」；更因為注意到「酒場成了幹部們的狂歡節，成了勾心鬥角的戰場……成了罪惡的淵藪；而大多數中國人的飲酒，也變成了一種公然的墮落。尤其是那些耗費著民脂民膏的官宴，更是洋溢著王朝末日奢靡之氣」，加上那些假酒、毒酒、迷魂酒的層出不窮，作家發出了這樣的憤激之論：「酒酒酒，你的名字叫腐敗；你的品格是邪惡。你與鴉片其實沒有什麼區別了。」有感於此，他寫了長篇小說《酒國》，「試圖清算一下酒的罪惡，喚醒醉鄉中的人們」。〔註 16〕為寫此書，他「鑽研了大量的有關釀酒與飲酒的著作，方知看似簡單的酒，其實是一門深奧的大學問。」〔註 17〕而他試圖「喚醒醉鄉中的人們」的努力，在無情的現實面前當然是落空了。

從愛酒、嗜酒到恨酒、厭酒，莫言的情緒巨變正好與時代的巨變同步：在經歷過一個壓抑的時代以後，人們需要借酒鼓勁、借酒放鬆；而在因為思想解放、人慾橫流產生了人性被欲望戕害的新問題以後，就有必要對酒神精神的負面影響提高必要的警惕了。

范小青筆下的當代「酒文化」

莫言是北方人，寫酒自然筆墨酣暢。

范小青是蘇州人，寫酒也就自然帶上了幽默、調侃的意味。

例如她的小說《成長》，就通過一個高考落榜生彩紅因為偶然喝酒被化工廠劉廠長看中，於是走上「公關」之路的故事，寫命運與偶然之間的神秘聯繫。命運青睞彩紅，但彩紅似乎並無野心。她只是「慢慢地，一步一個腳印往前走，

〔註 14〕　《〈紅高粱家族〉備忘錄》，《什麼氣味最美好》，南海出版公司 2002 年版，第251～252 頁。

〔註 15〕　李彤：《活得舒展些，拍得灑脫些──訪張藝謀》，《人民日報》1988 年 1 月 16日。

〔註 16〕　莫言：《我與酒》，《什麼氣味最美好》，南海出版公司 2002 年版，第 52～53 頁。

〔註 17〕　莫言：《雜感十二題》，《什麼氣味最美好》，南海出版公司 2002 年版，第 154～155 頁。

她也許不知道前面是什麼，她也不一定要知道前面是什麼。」她沒有按照家裏人的叮囑利用自己的身份趕緊解決城鎮戶口問題，她也放棄了做臺商的乾女兒的機會。而她向鎮長的示愛沒有得到響應也並不灰心。她以出色的酒量為企業和故鄉的發展作出了貢獻，她也以自己的淡泊影響了鎮長。作家由此寫出了蘇州人「淡泊無求」的人生境界。〔註18〕范小青的小說一貫以沖淡、雋永見長，富有哲理和禪機。

《成長》在點化人生禪機的同時，也寫出了當代酒席上的熱鬧氣氛，而這氣氛又是由那些流行的「妙語」體現出來的。如：「一天兩天不睡，三步四步都會，七兩八兩不醉」；又如飲酒「四部曲」：「第一部和言細語；第二部花言巧語；第三部胡言亂語；第四部一言不語。」還有「三種（白酒、黃酒、啤酒）全會，腸胃（常委）通過，永醉（垂）不朽」，「早上做相公，中午做關公，晚上做濟公」，「生命不息，老酒不止」，等等，都為小說平添了一些「當代色彩」。中國的酒文化源遠流長，中國的酒令五花八門。但當代酒席間那些助興的俏皮話和「段子」層出不窮，恐怕是前無古人的吧。

朱蘇進論酒

朱蘇進是當代軍旅文學的重要代表作家。他的作品激蕩著英雄主義的豪情。他就寫過一篇散文《我就是酒》，文章開篇寫道：

「假如沒有酒，人類將大幅度萎縮；假如沒有酒，激情與憂傷將難以消解；假如沒有酒，你我將沒有放浪的時候因而也談不上什麼嚴謹；假如沒有酒，也許會減少一些犯罪但也會減少更多的創造；假如沒有酒，人會停留在常態中就像凝凍在一團規範裏，近乎非人；假如沒有酒。藝術愛情冒險壯舉等等都大大貶值，降為一種闖物；假如沒有酒，歷史將不堪卒讀而不像現在這樣每頁都在顫抖；……」他盡情讚美了酒使人「超越自我」、酒使人「恣意鳴放情感四濺」、酒使人「善於遺忘」的種種好處；他斷言「一個酒神精神，恐怕已占去整個人類精神的一半」。有趣的是，他同時也坦白：「由於自己體弱不善飲」，所以「每在酒場上，便禁禁縮縮的。有人勸飲，就百般推脫，常自以為恥」。〔註19〕如此說來，作家對酒的盛讚竟是旁觀者語了。這與莫言因醉酒而恨酒形成了鮮明的對照。

〔註18〕范小青：《文化與人》，《中篇小說選刊》1990 年第 3 期。
〔註19〕該文見散文集《天圓地方》，江蘇文藝出版社 1995 年版，第 132～137 頁。

　　朱蘇進讚美酒，卻很少飲酒。一如他生活在和平年代，卻渴望在戰爭中揮灑英雄的豪情。──這是耐人尋味的悖論。

　　在朱蘇進的小說中，1980 年代的作品充分展現了和平年代的有志軍人渴望建功立業卻不得機會的苦悶。其中少有關於酒的描寫。可到了 1990 年代，他的長篇小說創作中已經飄出了酒味。例如《炮群》中關於團政委周興春城府甚深的描寫有一個相當精彩的細節：他在喝酒時一直叫「醉了」，可一放下酒杯，就立刻顯得口齒清晰，思路敏捷。顯然，他是裝醉吐真言。小說中對於渴望立功的班長谷默在臨戰前渴望痛快，結果犯下姦污民女的罪行的描寫，也與酒有關。還有《醉太平》中關於軍區司令劉達因為被老政委搞「小動作」擠「退」而在宴會上大醉、大宣洩的心理描寫也頗為傳神：「在位時的某些忌諱，現在應該不再是忌諱了……你要再謹小慎微的，人家瞧了反而會聯想，你是不是想韜後晦養志，東山再起呀？」在這些描寫中，作家寫出了和平年代軍人與酒的複雜關係。軍人的苦悶、愁緒、英雄豪情不能在戰場上噴發，就只好常常在酒席上宣洩了。

　　這無疑是軍人的悲哀。

新生代詩人與酒

　　在新生代詩人的生活和創作中，酒已經成為一個常見的主題。

　　請看海子的嗜酒。據葦岸的回憶：海子的房間裏有一堆空酒瓶。「他每日大量飲酒，鬚髮繞臉一周。他告訴我，前幾天在城裏餐館喝酒，與同桌發生爭執，對方的拳頭打碎了他的眼鏡，他的臉上留下了血痕。傷反而使他感覺舒暢一些，他彷彿從某種極端狀態中得到了解脫。」因為常常醉酒，有時在醉酒時說了許多與女友的有關的事情，「醒後大為懊悔。他覺得這是對女友的最大傷害，非常對不起她，特別是講給了那些他平日極為鄙視的人聽，罪不容恕」，從此「發誓從今以後永不再喝酒」。而這時離他棄世已經沒幾天時間了。「依據海子留在校內的遺書中說他出現了思維混亂、頭痛、幻聽、耳鳴等症兆，伴有間或的吐血和肺爛了的幻覺」，可以看出詩人在生命最後的時刻是非常痛苦的。〔註20〕海子的好友駱一禾也說過：海子「喝酒太凶，已近於酗酒，這在他要賑濟家庭、生活清貧的情況下是很傷身體的。」〔註21〕海子的痛苦顯然與酒有關。

〔註20〕見葦岸：《詩人是世界之光》、《懷念海子》等文，收入《大地上的事情》，中國對外翻譯出版公司 1995 年版，第 125、139、141 頁。

〔註21〕駱一禾給萬夏的信，見楊黎：《燦爛》，青海人民出版社 2004 年版，第 18 頁。

　　海子在組詩《詩人葉賽寧》中專門寫了《酗酒之一》、《酗酒之二》、《醉臥故鄉》等詩，其中有這樣的句子：「我醉了／我是醉了／我稱山為兄弟、水為姐妹、樹林是情人／我有夜難眠，有花難戴／滿腹話兒無處說／只有碰破頭顱」。在這些寫於 1986 年和 1987 年的句子中，明顯傳達出了海子對葉賽寧的命運的認同（葉賽寧就死於自殺！）。海子還寫過一組《不幸——給荷爾德林》，開篇便是《病中的酒》，表達了對「純潔詩人、疾病詩人」、「不幸的詩人」的同情，對詩歌的絕望：「詩歌黑暗　詩人盲目」。他還寫過《酒杯：情詩一束》、《酒杯》等詩。就這樣，酒的意象在他的生活中、詩歌裏不斷出現。在海子那裡，詩歌與酒已經溶為一體了：酒催生詩的靈感；詩也因酒的作用而呈現出瘋狂的風格。

　　在 1980 年代的「新潮詩歌」中，寫酒的作品十分常見。例如四川「莽漢派」的代表人物李亞偉就在《硬漢們》中寫道：「我們這些不安的瓶裝燒酒／這群狂奔的高腳杯」，「我們去繁華的大街／去和大街一起匍匐著、吼著／狼似的朝向酒館」，生動寫出了酒徒的瘋狂。他的名篇《中文系》也記錄了大學同學雖貧仍熱衷喝酒的趣事：萬夏「和女朋友一起拍賣完舊衣服後／腦袋常吱吱吱地發出喝酒的信號」；楊洋「精闢地認為大學／就是酒店」。李亞偉從十四歲開始喝酒，經常喝醉。據他自己說：「1986 年左右，那一段幾乎是天天醉。」並且說：「我要寫好詩，我就肯定專門弄點酒來喝。」「我那個《硬漢們》就是那樣寫的，一瓶酒就是喝完寫完。」〔註 22〕而萬夏也在一組題為《給 C. Summer 的五首詩》中寫下了「用酒潑掉一代人的革命」的句子。〔註23〕又如「海上詩群」的成員默默也寫過一首《共醉共醒》，宣洩「把屁股撅向世界」的情緒；「圓明園詩群」的成員黑大春寫了一首《每天每一醉》，喊出了「我要騎著白酒那飄飄的仙鶴，／去到徹夜通明的北斗酒樓狂喝！」的心聲；黑龍江詩人宋詞的《人參酒》表達了「使盡渾身解數／注定要在瓶內淹死」的衝動；北京詩人老彪的《醉歌》記錄了「豪飲」的體驗；內蒙古詩人藍冰的《空酒壺》裏盛著這樣的渴望：「空酒壺多想不空　仔細地／斟酌時間！」。〔註 24〕

〔註 22〕楊黎：《燦爛》，青海人民出版社 2004 年版，第 237～239 頁。

〔註 23〕上述詩歌見唐曉渡選編：《燈心絨幸福的舞蹈》，北京師範大學出版社 1992 年版。

〔註 24〕上述詩歌見徐敬亞、孟浪、曹長青、呂貴品編：《中國現代主義詩群大觀（1986～1988）》，同濟大學出版社 1988 年版。

詩人與酒有不解之緣。但值得注意的是，雖然「朦朧詩人」也有過飲酒的體驗，但他們卻很少寫酒、寫醉態。據張郎郎回憶，當年在他們的「太陽縱隊」聚會中，也「玩秘密寫詩、畫畫、遊戲，喝酒。沒有錢，只能喝廉價酒。下酒菜往往是鹹菜，或生拌大白菜。」〔註25〕詩人多多也因為抽煙酗酒而幾乎毀掉了自己的健康，還葬送了友情。〔註26〕儘管如此，他們還是很少寫酒。相比之下，「後朦朧詩人」大寫特寫酒，寫酗酒的體驗，就格外引人注目了。古人喝酒寫詩，常有飄逸之氣；「後朦朧詩人」的寫詩，就明顯多了些市井酒徒的放縱躁氣。個中意味，耐人尋思，也令人擔憂。

新生代作家與酒

酒吧是現代時尚的標誌之一。因此，酒吧自然就成了新生代作家作品中常見的生活場景。而酗酒也就成了新生代作家筆下常見的生活景觀。

在棉棉的小說《啦啦啦》中的男女主人公「都具有那種惹是生非的氣質」，並常常在酒和毒品中尋歡作樂。在女主人公的體驗中，「酒最大的作用是可以令我放鬆讓我溫暖。我開始寄情於酒精。我的酒量越來越大，我幾乎從不會喝醉了，我還研究出幾種不會讓人聞出我酒鬼氣味的配方。」但另一方面，「酒精已開始令我有生理反應。我有時也會為酗酒而內疚，同時又操心下一次何時再喝。酒精給我一種夥伴的感覺……每天我從睡醒後開始喝起，酗酒的生活讓我變得越來越沉默寡言。」她困惑：「我不明白為什麼我們的生活注定會失去控制。」有時他們「終於下決心擺脫已經嚴重影響我們自由和健康的毒品和酒精」，可結果還是欲罷不能。《啦啦啦》就這樣寫出了醉生夢死的「新人類」在狂歡中自戕的變態生活。酒在這裡，已經全無豪情，而只是散發出墮落的頹廢氣息。

衛慧的《上海寶貝》也常常寫到女主人公在酒吧的體驗：「酒會越喝越多，沙發越坐越陷下去，經常可以嗅到麻醉的味道。不時有人喝著喝著就頭一歪靠在沙發上睡著了，然後醒過來再喝，再睡一會兒……總而言之，這其實是一個非常危險的溫柔鄉，一個人想暫時丟失一些自我的時候就會坐車來這兒。」「酒精真是個好東西，溫暖你的胃，驅除你血液中的冷寂，無處不在地陪伴著你。」她常常在醉醺醺的狀態中體驗性放縱的快感。

〔註25〕 張郎郎：《「太陽縱隊」傳說及其他》，廖亦武主編：《沉淪的聖殿》，新疆青少年出版社 1999 年版，第 45 頁。

〔註26〕 周舵：《當年最好的朋友》，廖亦武主編：《沉淪的聖殿》，第 213 頁。

繆永的《愛情組合》寫深圳的白領青年在酒吧中勾引女人，以此為樂。因為「都市人需要燈紅酒綠的慰藉，需要虛情假意的愛撫。」他們都「越來越身不由己」。

尹麗川的小說《偷情》記錄了女主人公多次醉酒直至後來困惑「我怎麼連醉都不會醉了，只是喝得手腳冰涼」的奇異體驗。

慕容雪村的長篇小說《成都，今夜請將我遺忘》也彌漫了酒氣：主人公的大學時代，是在「酒、麻將或者淚痕」中「一閃即過」的；參加工作以後，常常在花天酒地中沉浮，一邊恣意狂歡，一邊在醉醺醺中自問：「這就是我們曾經熱烈盼望過的未來生活？」在尋歡作樂中，他毀掉了愛情和家庭；在醉生夢死中，他感受到「在繁華背後，這城市正在慢慢腐爛」。

明知酗酒對身體有害也欲罷不能；明知醉生夢死就是墮落卻樂此不疲。這，是相當一部分青年人自甘沉淪心態的真切寫照。而且，在他們的筆下，酒已經全無詩意，而只是自我麻醉的媒介；在他們的生活中，酒也不再與豪情相聯，而是狂歡的重要伴侶。

現代化必然帶來生活方式的豐富多彩，帶來生活質量的提高。而伴隨著這一切的，就一定是縱慾？

時代在巨變中。

中國人對酒的愛好沒有變，也不會變。

當那麼多的詩人和作家已經寫出了無數謳歌酒的詩篇時，當那麼多的作家也不斷發現了酒的複雜意義時，後來的詩人和作家如何寫出新的境界，就成了一個具有挑戰性的話題。且看他們怎樣去應戰的吧！

發表於《長江大學學報（社會科學版）》2006 年第 1 期

餘論　尚柔之道

一

　　陰陽五行觀念，是中國文化的源頭之一。幾千年來，它影響了從士大夫到普通百姓的世界觀與人生觀。「黃帝曰：陰陽者，天地之道也，萬物之綱紀，變化之父母，生殺之本始，神明之府也」。(《黃帝內經》)從紛繁萬端的大千世界中發現天與地、日與月、火與水、男與女、熱與寒……的相生相剋，對立統一，感悟世界的豐富與樸素、多變與有序、奇妙與神秘，進而催生出中國特有的醫學、農學、氣象學、養生學、文學、哲學，以及五光十色的民間信仰、民俗風情，實在了不起。

　　值得注意的是，在「陰陽」這個神奇的詞中，「陰」在「陽」之前。這恰恰與我們常說的「天地」、「日月」、「男女」、「光陰」、「動靜」、「剛柔」、「上下」中將代表陽性的詞置於陰性的詞之前不合，而與「水火」、「寒暑」、「冬夏」、「陰晴」、「裏外」、「窮達」這些把陰性的詞放在陽性詞的前面相近。那麼，「陰陽」這個詞的「陰」在「陽」前也許就是偶然的約定俗成？然而有分教：「如果結合《易》中本身所強調的『大義』──『抑陰扶陽』來看……歷代文人也就都強調『抑陰扶陽』之作用，其實質是在於有『陰盛』現象。」〔註1〕只是，聯繫到《老子》中有關「上善若水」、「致虛極，守靜篤」、「知其雄，守其雌，為天下溪」的種種說法深入人心，可不可以說，中國文化是立足於低調、平和、安靜、謙謙君子、彬彬有禮的一種處世哲學？這樣的哲學隱隱顯示出一種深不可測的精神境界，使人對沉默寡言、行事低調之人也心存敬畏。

〔註1〕劉康德：《術與道》，四川人民出版社 2018 年版，第 12～13 頁。

　　是啊，《老子》中的「尚柔」思想影響深遠。老子說：「上善若水。水善利萬物而不爭，處眾人之所惡，故幾於道。居善地，心善淵，與善仁，言善信，正善治，事善能，動善時。夫唯不爭，故無尤。」像水那樣「善利萬物而不爭」，以柔為善，以柔為上。還有「致虛極，守靜篤」、「知其雄，守其雌，為天下溪。為天下溪，常德不離，復歸於嬰兒。知其白，守其黑，為天下式。為天下式，常德不忒，復歸於無極。知其榮，守其辱，為天下谷。為天下谷，常德乃足，復歸於樸。」還有「天下之至柔，馳騁天下之至堅」、「牝常以靜勝牡」、「堅強者死之徒，柔弱者生之徒。……強大處下，柔弱處上」，亦有「天下莫柔弱於水，而攻堅強者莫之能勝，其無以易之。弱之勝強，柔之勝剛」……都足以表明老子的智慧：無為無不為，柔弱勝剛強。這樣的智慧，不僅表現出一位哲人靜觀世界的獨到眼光，也給了多少性格至柔的人以「四兩撥千斤」、「柔弱勝剛強」的信念與力量。中國的歷史舞臺上，上演過多少寒門出貴子、民間有高手、草莽出豪傑、弱旅勝勁敵的壯劇！

　　而孔子不是也倡導「溫良恭儉讓」麼？他還認為：「知者動，仁者靜。」他主張的「詩教」也是以「溫柔敦厚」為基本主題的。他也特別喜歡看江河，因為「夫水大，遍與諸生而無為也，似德；其流也埤下，裾拘必循其理，似義；其洸洸乎不淈盡，似道；若有決行之，其應佚若聲響，其赴百仞之谷不懼，似勇；主量必平，似法；盈不求概，似正；淖約微達，似察；以出以入，以就鮮絜，似善化；其萬折也必東，似志。是故君子見大水必觀焉。」〔註2〕從水中看出各種美德，正與老子所謂「上善若水」的感悟息息相通。雖然，比起老子，孔子還有「勇者不懼」的凜然、「歲寒，然後知松柏之後凋也」的剛強。

　　沿著「君子見大水必觀」的足跡，多少中國文人走向了江河與江湖！失意時如屈原，澤畔行吟，自沉汨羅；如李商隱，「永憶江湖歸白髮，欲回天地入扁舟」；如蘇東坡，「小舟從此逝，江海寄餘生」……江湖成為歸隱的去處。壯懷時如荊軻，「風蕭蕭兮易水寒，壯士一去兮不復還」，如曹操，「東臨碣石，以觀滄海。水何澹澹，山島竦峙。……秋風蕭瑟，洪波湧起。日月之行，若出其中；星漢燦爛，若出其裏。」或如李白，「黃河之水天上來，奔流到海不復回」，「孤帆遠影碧空盡，唯見長江天際流」；或如杜甫，「無邊落木蕭蕭下，不盡長江滾滾來」；或如梁啟超，「世界無窮願無盡，海天寥廓立多時。」看淡世事如《滄浪歌》：「滄浪之水清兮，可以濯我纓；滄浪之水濁兮，可以濯我足」；

〔註2〕《荀子·宥坐》，《荀子簡注》，上海人民出版社1974年版，第320～321頁。

感慨人生時如黃庭堅，「桃李春風一杯酒，江湖夜雨十年燈」；如張孝祥，「素月分輝，明河共影，表裏俱澄澈」。現代文人中，周氏兄弟來自紹興水鄉，周作人就自認「是中國東南水鄉的人民，對水很有情分，可是也十分知道水的厲害。《小河》的題材即由此而出。古人云，民猶水也，水能載舟，亦能覆舟。」〔註3〕愛水也恐水，這是怎樣複雜的情感！朱自清與友人俞平伯同遊秦淮河後，寫下同題散文《槳聲燈影裏的秦淮河》，傳達出惚兮恍兮的閒適與惆悵，是五四的疾風暴雨過後悄然回歸士大夫情趣的記錄。而沈從文生於湘西水鄉，也曾說過：「從湯湯流水上，我明白了多少人事，學會了多少知識，見過了多少世界！」〔註4〕其中又有多麼神秘的玄想！蕭紅的《呼蘭河傳》留下了五味俱全的故鄉童年記憶，如怨如訴也如詩如畫，在左翼作家中獨具特色，至今對不少青年作家影響深遠；孫犁的《荷花淀》寫出了戰爭中的女性美、人情美，在革命時期的文學中煥發出特別的清新氣息，與他喜歡《聊齋誌異》、《紅樓夢》的文學趣味密切相關。當代作家中，張賢亮的《河的子孫》寫農民憑著狡黠與政治的折騰周旋，就像九曲黃河那樣變化無窮，揭示了人生如河、智慧如水、民間自有對於狂熱的免疫力的哲理。相比之下，那些在逆境中犯言直諫、飲恨而終的強者，令人唏噓！

　　道家、儒家，至少在尚柔、主靜這一點上，是相通的。聯繫到二位先哲所處的亂世，不難體悟到他們的良苦用心：以溫情感化世道人心，以柔情化干戈為玉帛。只是，他們的仁愛抱負實現了嗎？孔子周遊列國處處碰壁的經歷就充分表明：政治家們哪裏管你的那些美好說教！王道不敵霸道。在中國歷史上，爭天下、坐天下，常常打著「替天行道」的旗號，靠的卻是霸道的實力。先秦的烽火狼煙最終被秦始皇的金戈鐵馬踏平。秦始皇「焚書坑儒」的暴虐更是昭示了儒學的不堪一擊。黃老之學只是到了漢初才為了休養生息短暫地行時過一陣，儒家學說一直要到漢武帝時才定於一尊。而漢武帝的暴虐其實毫不遜色於說一不二的秦始皇。他「罷黜百家，獨尊儒術」，與秦始皇「焚書坑儒」雖觀念不一卻霸道無異。他聽信讒言，大興冤獄，因「巫蠱之禍」而血洗宮廷，直至誅太子、除孫兒，駭人聽聞。到了晚年，才幡然後悔，下《罪己詔》：「朕自即位以來，所為狂悖，使天下愁苦，不可追悔。自今事有傷害百姓、

〔註3〕周作人：《知堂回想錄・小河與新村（中）》，鍾叔河主編：《周作人散文全集》（第13卷），廣西師範大學出版社2009年版，第567頁。

〔註4〕沈從文：《我的寫作與水的關係》，《從文自傳》，人民文學出版社1981年版，第143頁。

靡費天下者，悉罷之。」司馬光也指出：「孝武窮奢極欲，繁刑重斂，內侈宮室，外事四夷，信惑神怪，巡遊無度，使百姓疲敝，起為盜賊，其所以異於秦始皇者無幾矣。」〔註5〕而這樣的暴虐又與儒家的「仁政」主張相去何其遠！不管儒家還是道家、法家，都只是他們統治天下的工具。而儒家的仁義思想、道家的無為主張從來就不曾進入過他們的政治謀略，至多不過是欺世盜名、招搖過市的招牌罷了。

如此說來，尚柔只是士大夫的一廂情願？中國的帝王總是靠武力打天下、坐江山的。真正以儒家思想治理天下者，鳳毛麟角。在皇權的碾壓下，一切的異議都噤若寒蟬，一切的反抗都必須付出血的代價。長此以往，儒家倡導的士大夫精神「富貴不能淫，貧賤不能移，威武不能屈」漸漸只殘留於少數不怕死的志士仁人心中，而迫使人們只能以「溫柔敦厚」、如履薄冰的尚柔姿態處世。另一方面，那些性情柔弱的帝王即是坐上了寶座，也常常被強勢的權臣、內臣算計、掌控乃至取代。像漢獻帝、唐中宗、陳後主、南唐後主、宋光宗、宋徽宗、清德宗（光緒帝）、末代皇帝溥儀……他們的懦弱與無奈，足以昭示皇權的有名無實、強者操控皇權的霸道、陰險。

然而，尚柔之風僅僅只是因為對於皇權、霸道的恐懼才成為文化主旋律的嗎？

二

老子、孔子都曾經把和平、仁義的社會理想寄託在帝王身上，結果都落空了。但是，孔子倡導的「忠恕」之道、溫柔「詩教」卻在遠離帝王的文化園地開花結果了。一代又一代的讀書人在尚柔精神的薰陶下成長起來，按照聖賢的教導去修身、齊家，去追求建功立業。他們中的一部分在仕途上取得了成功，卻常常在與昏君、佞臣的較量中遭遇了失敗，或死於非命，或退出廟堂、歸隱田園，抑或浪跡江湖。這樣的悲劇不斷上演，揭示了士大夫政治理想注定難以實現的悲劇宿命。書生鬥不過政客，一如「秀才遇到兵，有理說不清」。而一旦回歸田園，或隱居市井，他們就會進入另一個世界——或飲酒賦詩，或品茗賞花，或著書立說，或放浪形骸，都傳為佳話，也形成了另一脈傳統——回歸自我、揮灑個性、樂以忘憂。從孔子到莊子，從陶淵明到蘇東坡，從李白到李贄，從黃宗羲到袁枚，還有康有為、梁啟超……在那個充滿民間情趣、個人興

〔註 5〕司馬光：《資治通鑒》卷二十二。

趣的空間裏，生活的五光十色、異彩紛呈，妙不可言。是啊，一旦回歸個性，面對大好河山、唯美文藝、還有日常生活的美食美酒、好茶好景，人都會流連忘返的吧！即是像李白那樣的謫仙人，生性狂放不羈，寫出了「會須一飲三百杯……但願長醉不復醒」、「抽刀斷水水更流，舉杯澆愁愁更愁」的狂放詩句，可更多的，還是「舉頭望明月，低頭思故鄉」、「雲想衣裳花想容，春風拂檻露華濃」、「桃花潭水深千尺，不及汪倫送我情」那樣的無限柔情吧！即便是《三國演義》那樣的英雄史詩，開篇的基調也是「古今多少事，都付笑談中」！以「笑談」的口吻回首三國故事那樣的英雄史詩，與蘇東坡「大江東去，浪淘盡千古風流人物……人生如夢，一樽還酹江月」的感慨何其相通。而《水滸傳》那樣的英雄史詩，到最後不也是無限傷感的歎息嗎？「煞曜罡星今已矣，讒臣賊子尚依然！早知鴆毒埋黃壤，學取鴟夷范蠡船。……千古蓼窪埋玉地，落花啼鳥總關愁。」將威武雄壯的史詩化作笑談或者喟歎，都體現出士大夫的別樣情懷：再悲壯，再慷慨，都不過是過眼煙雲。壯烈也罷，輝煌也罷，最終都會煙消雲散，歸於平平淡淡。只是，仍然有多少人明知道這些道理，還在不斷神往著「金戈鐵馬，氣吞萬里如虎」、「談笑間檣櫓灰飛煙滅」的霸氣境界！得意有得意的夢想，失意有失意的感悟。

中國文學的柔性氣質充分體現在「中國文學中尤多道家言，如田園詩，山林詩，不深諳莊子、老子書，則不能深得此等詩中之情味。」〔註6〕寧靜的田園，充滿詩情畫意；幽靜的山林，氤氳生機仙氣。從《詩經》中「關關雎鳩，在河之洲。窈窕淑女，君子好逑」到「蒹葭蒼蒼，白露為霜。所謂伊人，在水一方……」，從宋玉的《神女賦》、曹植的《洛神賦》到杜甫《詠懷古蹟》（之三）、李商隱的《嫦娥》，還有杜牧的名句「二十四橋明月夜，玉人何處教吹簫？」……從屈原的《橘頌》到陶淵明的《桃花源記》、《歸去來兮詞》，或在大自然的清新氣息中點染女性的美麗，遙寄文人癡情；或於山水田園間感受自然之靜美，安放詩人的浪漫琴心，都渲染出無限柔情。一直到王實甫的《西廂記》、蒲松齡的《聊齋誌異》、曹雪芹的《紅樓夢》，包括陳寅恪的《柳如是別傳》，也常常在花前月下、纏綿悱惻的氛圍中不斷譜寫出中國文學謳歌愛情、讚美純情女性的作品，可謂柔情深深。中國人在家庭生活中「重男輕女」，到了文學作品中，卻是常常「重女輕男」的，以至於《紅樓夢》中竟然有「女兒是水做的骨肉，男人是泥做的骨肉」這樣的石破天驚之論。這一現象意味深長。

〔註6〕錢穆：《現代中國學術論衡》，三聯書店2001年版，第248頁。

僅僅是因為那些名垂史冊的士大夫是男性？又或者是偏愛「溫柔敦厚」的審美心理的深刻作用嗎？

在上古神話中，女媧造人、補天的傳說無疑折射出母系社會母親崇拜的歷史之光。尤其是女媧補天的傳說，給了多少人以自強不息的力量！「女媧煉五石，天缺猶可補」（陸龜蒙詩句）因此成為士大夫在危難中自強不息的心態寫照。一直到了多愁善感的曹雪芹筆下，「無材可去補蒼天，枉入紅塵若許年」，既是對賈寶玉頑石性格的一聲歎息，又是曹雪芹回首人生的無限蹉跎，還是無數士大夫失意後仰天長嘯的縮影。為什麼那麼多志士仁人的抱負會付之東流？為什麼人間天堂的理想一直是烏托邦、常常在熱鬧一時後就頃刻幻滅？

從女媧補天開始，漸漸形成了中國女中豪傑的譜系：從替父從軍的花木蘭到屢建戰功的楊門女將、梁紅玉、秦良玉，再到武藝高強的樊梨花、一代詞人李清照、鑒湖女俠秋瑾，還有現代的紅色娘子軍、紅軍婦女團、巾幗英雄趙一曼、江竹筠、劉胡蘭、「當代花木蘭」郭俊卿……秋瑾的詩句「身不得，男兒列；心卻比，男兒烈」道出了巾幗英雄的壯烈情懷。這些女傑的英雄事蹟代代相傳，在「重男輕女」的家族傳統之外，別開「巾幗不讓鬚眉」、「婦女能頂半邊天」的新生面，直至與那些猥瑣、窩囊的男人形成極具諷刺意味的對照。唐人戎昱的《詠史》詩因此發人深思：「漢家青史上，計拙是和親。社稷依明主，安危託婦人。豈能將玉貌，便擬靜胡塵。地下千年骨，誰為輔佐臣。」陳寅恪1953年寫《論〈再生緣〉》，贊「陳端生亦當日無數女性中思想最超越之人也。」「此等自由及自尊即獨立之思想，在當日及其後百餘年間俱足驚世駭俗」，「抱如是之理想，生若彼之時代，其遭逢困厄，聲名湮沒，又何足異哉！又何足異哉！」〔註7〕晚年的巨著《柳如是別傳》寫明清易代之際，士大夫失節者眾，因此有「座中若個是男兒」、「今日衣冠愧女兒」等句，令人擊節！而柳如是卻有「烈丈夫風」，彰顯了威武不能屈的士大夫精神。就像吳宓指出的那樣：「寅恪之研究『紅妝』之身世與著作，蓋藉以察出當時政治（夷夏）、道德（氣節）之真實情況，蓋有深意存焉。絕非消閒風趣之行動也。」〔註8〕這深意令人想起《桃花扇》對深明大義的妓女李香君的謳歌、對雖有氣節卻性格懦弱的侯方域的歎息、對權奸阮大鍼、馬士英的抨擊。還有《紅樓夢》中的詩句：「金紫

〔註7〕陳寅恪：《寒柳堂集》，上海古籍出版社1980年版，第五七、六〇頁。

〔註8〕《吳宓日記》（1961年9月1日），吳學昭整理《吳宓日記續編·第五冊》（1961～1962），三聯書店2006年版，第162～163頁。

萬千誰治國，裙釵一二可齊家」、「何事文武立朝綱，不及閨中林四娘？」以及毛澤東的名句：「中華兒女多奇志，不愛紅妝愛武裝」。至此，禮讚有為女傑的文心已經賦有了批判懦夫氣質、張揚士大夫精神的文化意義。女傑譜寫出的慷慨悲歌足以彰顯巾幗英雄的豪情壯志、陽剛之氣。

這麼說，尚柔其實也融入了尚剛的內涵。所謂柔中有剛，是一種不平凡的人生境界，是超越了平常意義上的「陰陽」之別的高遠風格。在那些「頌紅妝」的作品中升騰起感天動地、氣貫長虹的風雲，令「重男輕女」的庸俗傳統相形失色、尷尬失語。

再看，中國文人讚美、同情母親的詩文也明顯多於謳歌父親的作品。從《詩經》中感慨「母氏劬勞」、「母氏聖善」、「母氏勞苦」的《凱風》到孟郊《遊子吟》中的千古絕歎「誰言寸草心，報得三春暉」，都表達了明顯不同於「戀母」情結的尊母情感。還有「孟母三遷」、「岳母刺字」的動人傳說，則生動表現出母親深明大義的不凡襟懷。中國人以「母親」來比喻祖國，以「母語」作為自己民族語言的代稱，還以「母校」作為自己曾經就讀學校的別稱，連同那支「我把黨來比母親」的歌曲，都烘托出一個民族的尊母之情。母親這個詞，是與生養、呵護、奉獻、無私的美德緊密相連的。而民間流傳的那句老話——「寧願跟著討飯的娘，也不跟著當官的爹」，也是多少家庭悲劇的淚水凝聚而成。娘比爹更心疼兒女。所以，把祖國比作母親，才格外具有親切感、莊重感。在國破山河嗚咽的年代，詩人聞一多在美國寫下了催人淚下的《七子之歌》，「七子」指的是當時被列強霸佔的七塊土地：香港、澳門、臺灣、九龍、威海衛、廣州灣（現廣東湛江）和旅大（旅順、大連）。詩中反覆強化的主旋律是「母親！我要回來，母親！」1999年，澳門回歸祖國，《七子之歌·澳門》被譜成電視片《澳門歲月》主題歌，傳唱一時。在國難當頭的歲月裏，艾青寫下了飽含熱淚的詩句：「為什麼我的眼裏常含淚水？因為我對這土地愛得深沉……」令人過目不忘。到了思想解放的年代，詩人舒婷在《祖國啊，我親愛的祖國》中，也寫下了這樣的一段：「你以傷痕累累的乳房／餵養了／迷惘的我、深思的我、沸騰的我；／那就從我的血肉之軀上／去取得／你的富饒、你的榮光、你的自由；／——祖國啊，／我親愛的祖國！」這樣的謳歌充滿苦戀的詠歎，其感人程度遠遠超過許多謳歌山河壯麗、歷史輝煌的常見之作。從《七子之歌》到《祖國啊，我親愛的祖國》，都凝聚了對祖國飽受苦難，就像母親備嘗酸辛的複雜情感，這樣的情感是中華民族多災多難的歷史證明，源遠

流長、五味俱全。還有許多作家在作品中刻畫了一個又一個平凡又了不起的母親形象，表達了對母親至高無上的尊崇——從馮德英的《苦菜花》中的母親在血雨腥風中堅貞不屈到李準的《黃河東流去》中的母親在洪災的打擊下頑強生存，從張承志的《騎手為什麼歌唱母親》中蒙古族額吉的無私奉獻、劉紹棠的《蒲柳人家》中母親的性格豪爽，到池莉的《你是一條河》中的母親在貧困年代裏的堅韌不拔、莫言的《豐乳肥臀》中的母親敢於以驚世駭俗的方式反抗夫權，直到張石山的《母系家譜》對母親家族史的漫漫追尋……這些作品中充溢的動人情感充溢天地間，絕非「戀母」情結可以包括，也與西方文化中崇拜聖母的情感很不一樣。西方文化中的聖母以聖潔而著稱，而中國的一代代母親則在「男尊女卑」、「重男輕女」的壓力下肩負起生兒育女、相夫教子、操持家務、辛勞一生的重任，不少人甚至有過當童養媳、沒上過學的經歷，好些活了一生，甚至連個大名也沒有！真是「婦女的冤仇深」。

　　耐人尋味的是，中國詩人描寫明月的作品不是也大大多於謳歌太陽的作品嗎？從張九齡的「海上生明月，天涯共此時」到張若虛的「春江潮水連海平，海上明月共潮生」，從王維的「明月松間照，清泉石上流」到李白的「舉杯邀明月，對影成三人」、「今人不見古時月，今月曾經照古人」、「明月出天山，蒼茫雲海間」、「長安一片月，萬戶擣衣聲」，從王昌齡的「秦時明月漢時關，萬里長征人未還」到張繼的「月落烏啼霜滿天，江楓漁火對愁眠」，從杜甫的「露從今夜白，月是故鄉明」到李煜的「小樓昨夜又東風，故國不堪回首月明中」，從蘇東坡的「明月幾時有，把酒問青天」、「但願人長久，千里共嬋娟」到柳永的「今宵酒醒何處，楊柳岸曉風殘月」、李清照的「雁字回時，月滿西樓」，還有王安石的「春風又綠江南岸，明月何時照我還」……明月，為什麼特別能夠勾起中國詩人的萬千思緒？時而是曠達，時而是感傷，時而是高遠，時而是憂愁。也許在白天，大家忙於各自的事務，而只有到了靜夜，才會湧起萬千思緒？也許只有在白日依山盡以後，才會感慨時光易逝、人生易老？也許只有在明月夜，人的思維才會飛昇到空靈、玄遠的奇異境界？有學者指出：「在中國文化裏，月亮最基本的象徵意義是母親與女性。……天上的月亮與地上的女性互為對應。」「在中國文化裏，月亮一直是伴隨著女性世界的溫馨與憂傷出現在中國人的文化心態裏」〔註9〕這樣的闡釋，與林語堂關於「中國民族，頗似

〔註9〕傅道彬：《晚唐鐘聲——中國文學的原型批評》，北京大學出版社2007年版，第35頁。

女性，腳踏實地，善謀自存，好講情理，而惡極端理論，凡事只憑天機本能，胡塗了事」的論斷，悠然相通。〔註10〕因此還可以想到「后羿射日」的神話、「夸父追日」的悲劇，想到一次次旱災在人們心中烙下的恐怖記憶──「赤日炎炎似火燒，野田禾稻半枯焦」……如此說來，中國詩人親近月亮多於太陽，也是民族氣質使然吧。

三

　　柔是一種美德。溫柔賢慧，不僅是中國傳統的婦德，也是舉世讚譽的美德。彬彬有禮，是中國傳統的君子風度，也是西方的紳士風度。謙虛低調，是中國傳統的行為準則，也是西方的處世姿態。似水柔情，是各國詩人都讚美的情感。和風細雨，風調雨順，也是最佳的氣候狀態。人人相親相愛，世界和平安寧，是人類共同的夢想。就如同歌德的《浮士德》最後那句「永恆的女性，引領我們向前」期望的那樣，人類需要脈脈柔情，以柔情與愛去營造美好的未來世界。

　　然而，中國的哲人尚柔，卻透出絲絲歎息。

　　從黃帝大戰蚩尤的傳說到周武王伐紂王、「血流漂杵」的大戰，再到「春秋無義戰」，都為中國的早期歷史塗抹上厚厚一層血色。這樣的文明起點規定了中國歷史發展的一大特點是殘酷鬥爭，爭天下，爭權力，爭名分，乃至就為了爭口氣。每一個朝代的更迭都是通過暴力鬥爭。而被壓迫者的訴求也總是以揭竿而起的暴風驟雨表達。所以，看淡世事的莊子才會感歎：「方今之時，僅免刑焉」！這樣的感歎到了元代，還在張養浩的《潼關懷古》中得到了響應：「興，百姓苦；亡，百姓苦」！一直到現代，魯迅的批判也是一針見血：中國歷史，無非兩種形態──「一，想做奴隸而不得的時代；二，暫時做穩了奴隸的時代。」〔註11〕這樣的批判足以使人想到那些血雨腥風的戰爭、滅絕人性的冤案。不是沒有有志之士為民請命，不是沒有蓋世英雄替天行道，可到頭來毫無理性的殘酷殺戮還是不斷發生。於是，「見官莫向前」、「民不與官鬥」、「屈死不告狀」、「胳膊擰不過大腿」之類怕官說法不脛而走、代代相傳，「忍得一時之氣，免得百日之憂」、「退一步海闊天空」的委屈活法也家喻戶曉、為人

<hr>

〔註10〕林語堂：《中國文化之精神》，《翦拂集‧大荒集》，人民文學出版社 1988 年版，第 152 頁。

〔註11〕魯迅：《墳‧燈下漫筆》，人民文學出版社 1980 年版，第 207 頁。

熟知。應該說，這才是尚柔心態根深蒂固的社會心理基礎吧！遇到強人了，遇到亂世了，但求苟活，「好死不如賴活著」，「留得青山在，不愁沒柴燒」。同時，靜觀待變。一旦有了翻身的機會，就抓住不放，乘勢而起，報仇雪恨，以猛克剛。

因此，尚柔其實是一種聰明的活法。其中有畏懼，有隱忍，有退讓，也還有佯裝。

而強者是不會尚柔的。像秦始皇、項羽、劉邦、李世民、朱元璋、張獻忠、洪秀全、曾國藩那一類人，都是霸氣十足的強人，在刀光劍影中拼殺，在陰謀詭計中周旋，心硬如鐵，草菅人命，殺人如麻。他們鐵石心腸，當然體會不出柔情，也就不會尚柔。在他們的無情碾壓下，多少生命粉身碎骨！他們以強暴書寫了一部血跡斑斑的歷史。中國歷史上的宮廷政變、軍閥混戰、農民暴動之頻繁，因此導致的社會動盪、「白骨於露野，千里無雞鳴」（曹操《蒿里行》），「內庫燒為錦繡灰，天街踏盡公卿骨！……百萬人家無一戶。破落田園但有蒿，摧殘竹樹皆無主」（韋莊：《秦婦吟》）的慘狀，舉世罕見，是可以顯示出中國「國民性」的一個重要側面的──殘忍、嗜血、狂野、任性。這樣的一部歷史與中國文學中多山水詩、多飲酒詩、多才子佳人小說、多閒適小品文形成了何其耐人尋味的對照！因此，殘忍又尚柔、嗜血也含蓄，就成為了我們民族雙重性格的又一側面吧！

但他們當然希望自己的對手、仇家，還有百姓更能夠「尚柔」。《荀子》中早有提醒：「君者，舟也；庶人者，水也。水則載舟，水則覆舟，君以此思危，則危將焉而不至矣？」體現出士大夫的善意與憂患意識。唐太宗是通過血腥的「玄武門之變」登基的。魏徵在《諫太宗十思疏》中也有忠告：「怨不在大，可畏惟人；載舟覆舟，所宜深慎。」唐太宗亦以此告誡過太子：「舟所以比人君，水所以比黎庶，水能載舟，亦能覆舟。爾方為人主，可不畏懼！」這些議論足以使人想到中國歷史上無數次的水患、洪災，想到大禹治水的辛苦。由此可見，有作為的帝王是知道「水」、也深知民眾的厲害的。還有毛澤東《念奴嬌·崑崙》中的詩句：「江河橫溢，人或為魚鱉」，還有《黃河大合唱》中的那段控訴：「它是一匹瘋狂的猛獸，發起怒來，賽過千萬條毒蟒，它要作浪興波，衝破人間的堤防；於是黃河兩岸，遭到可怕的災殃：它吞食了兩岸的人民，削平了數百里外的村莊，使千百萬同胞扶老攜幼，流亡他鄉，掙扎在飢餓在線，死亡在線！」而周作人的名詩《小河》則寫出了一種隱隱的憂思：水自由流動，

滋養植物，一旦被人為阻隔，就可能引起悲劇的發生。這樣的憂患之思賦有哲理，與「能載舟亦能覆舟」的古訓悠然相通。對此，周作人曾有自白：「一句話就是那種古老的憂慮。這本是中國舊詩人的傳統，不過不幸他們多是事後的哀傷，我們還算好一點的是將來的憂慮。……鄙人是中國東南水鄉的人民，對於水很有情分，可是也十分知道水的厲害。『小河』的題材即由此而出。古人云，民猶水也，水能載舟，亦能覆舟。法國路易十四云，朕等死之後有洪水來。其一戒懼如周公，其一放肆如隋煬，但二者的話其歸趨則一，是一樣的可怕。」〔註12〕就這樣，對水的恐懼從古代延伸到了現代。而當江河橫溢、洪水滔天之時，誰又能說水只是柔性的？陳勝、吳廣起義是在大澤鄉；鍾相、楊么起義以洞庭湖為根據地，「陸耕水戰」；陳友諒與朱元璋爭天下，大戰鄱陽湖一決勝負；太平天國運動風起雲湧時，也是以萬艘戰船沿長江而下，攻城略地，定都南京，而石達開最終兵敗，還是在滔滔大渡河畔……還有《三國演義》中「水淹七軍」、鏖戰赤壁的往事，《水滸傳》中好漢們嘯聚水泊梁山的故事，紅軍長征飛奪瀘定橋、搶渡大渡河、四渡赤水的驚險歷程，以及解放戰爭中「百萬雄師過大江」的氣勢……一直到和平年代一次次全民動員的抗洪鬥爭——多少壯劇，多少悲劇，都與泱泱大水密不可分！在其他民族的記憶中，類似的經歷似乎不多。

如此看來，「尚柔」心理的深處還有「恐柔」的不安。

所以，文人們才在尚柔之外談以柔克剛或剛柔兼濟吧！你看，孔子才在周遊列國、到處碰壁以後設壇講學，開山儒學，經過後來統治者的推崇，成為「素王」；也經過後代文化人、老百姓的推廣，成為「萬世師表」和現代中華文化復興運動的一面旗幟。因此，從陶淵明到韓愈、柳宗元、劉禹錫、蘇東坡才都在官場失意後回歸田園、或浪跡天涯，重返平常人的日常生活，寫出傳世之作，名垂青史。也有王安石、張居正、張之洞、康有為、梁啟超，交上好運，勵精圖治，大展宏圖，可到頭來仍然不免因政壇風波險惡，留下遺憾，難以夢圓。中國士大夫，一直期盼遇到明君、一展治國平天下的宏大抱負，可中國歷史上偏偏多昏君，所以，大多數士大夫的政治抱負注定落空。有的運氣好，遇上了知遇之主，卻要麼由於皇帝玩「平衡術」而被貶（如王安石罷相），要麼因為功高震主而人亡政息（如張居正死後被抄家）。在專制政治的體制中，有

<hr>

〔註12〕周作人：《苦茶庵打油詩・後記》，鍾叔河主編《周作人散文全集》（第9卷），廣西師範大學出版社2009年版，第281頁。

志變革的士大夫即使得志，也常常只是曇花一現，難得善終。所以，才有了「天意高難問，人情老易悲」（杜甫）、「天意從來高難問，況人情老易悲難訴」（張元幹）的亙古浩歎，有了「改革家從來沒有好下場」的讖語在現實中不幸應驗，也就有了隱退心態的不斷擴散、享樂情緒的一直流行。辛棄疾的詞「追往事，歎今吾，春風不染白髭鬚。卻將萬字平戎策。換得東家種樹書」，是許多士大夫壯志難酬、從奮發有為到不得不悲涼退隱心境的無奈寫照。

尚柔就這麼成為了中國文人的主旋律吧。看得出來，「尚柔」的深處有許多「欲說還休」的隱衷啊！

或問：不是也有豪放、陽剛的一路文脈麼？不錯。只是那豪放，常常止於青春的夢想或酒後的衝動、懷古的感慨。如李白，「生不用封萬戶侯，但願一識韓荊州」，何等灑脫！可他更多的，是「人生在世不稱意，明朝散髮弄扁舟」。辛棄疾亦然，懷想劉裕往事，「金戈鐵馬，氣吞萬里如虎」，何等激情飛揚！值得注意的是落筆處：「廉頗老矣，尚能飯否？」再看蘇東坡，「大江東去，浪淘盡千古風流人物」，多麼慷慨！可最終落點卻在「人生如夢，一尊還酹江月。」為什麼那些豪放的詩篇常常一不小心就滑向了仰天長歎？何況豪放之詩在中國詩歌史上遠遠少於婉約之詩。

曾國藩深諳官場江湖險惡，為人謹慎小心。他關於剛柔兼濟的一番話道出了他成功的心得，富有哲理：「天地之道，剛柔互用，不可偏廢，太柔則靡，太剛則折。剛非暴虐之謂也，強矯而已；柔非卑弱之謂也，謙退而已。趨事赴公則當強矯，追名逐利則當謙退；開創家業則當強矯，守成安樂則當謙退；出與人物應接則當強矯，入與妻孥享受則當謙退。」〔註13〕這正與孔夫子既倡導溫柔敦厚，又堅守士大夫「剛、毅、木、訥」的立場相合。梁漱溟在回首中國文化的發展歷程時也曾經歎息：儒家本來主張剛健的人生，可國人「一向總偏陰柔坤靜一邊，近於老子，而不是孔子陽剛幹動的態度」。〔註14〕可見過於尚柔，必然導致積弱。而積弱既久，後患無窮。中國歷史上注重「尚柔」、「崇文」，因此創造了燦爛的文明，也因此常常遭受異族的野蠻入侵——從匈奴到「五胡」，從蒙古鐵騎到滿清八旗，一直到「八國聯軍」、日寇侵略，都把民族的屈辱深深烙在了炎黃子孫的心中，永世難忘。

〔註13〕 《曾國藩家書》，湖南大學出版社1989年版，第388頁。
〔註14〕 梁漱溟：《東西文化及其哲學》，曹錦清編選《梁漱溟文選》，上海遠東出版社1994年版，第128頁。

　　是啊，那「柔」字常常與「弱」字相連。歷史上、生活中雖然常常有「以柔克剛」的事情發生，從文明潛移默化地改造蒙昧到「英雄難過美人關」，從戰爭中以計謀攻克強敵到江湖上「四兩撥千斤」的絕活，都是證明，只是，「柔不敵剛」、文明不敵野蠻、「秀才遇到兵，有理說不清」的悲劇也層出不窮。還有晉朝劉琨被囚後那句「何意百鍊鋼，化為繞指柔」的歎息，道出了多少志士壯志難酬的苦悶！

　　尚柔一直是中國家庭、社會的品德教育的根本所在。從一開始以「聽話」、「乖孩子」要求孩子到《弟子規》中「父母呼，應勿緩；父母命，行勿懶；父母教，須敬聽；父母責，須順承」，「長者立，幼勿坐；長者坐，命乃坐；尊長前，聲要低；低不聞，卻非宜」這些清規戒律到《女兒經》中「夫君話，就順應，不是處，也要禁，事公姑，如捧盈，修己身，如履冰」，甚至「夫罵人，莫齊逞，或不是，陪小心，縱懷憾，看你情，禍自消，福自生」，「夫無嗣，勸娶妾，繼宗祀，最為切，遵三從，行四德」，直至將謙虛、謹慎的美德推向了匪夷所思的極端。而有多少生性木訥、柔弱的人真的去踐行那些清規戒律、渾渾噩噩打發了謹小慎微的一生？又有多少受不了憋屈的人即使熟知乖巧處世、謹言慎行的行為準則，遇到不平事也不顧一切地挺身而出、拍案而起，捍衛自己的尊嚴和利益！中國歷史上，曾經產生過江西江州「義門陳」的奇蹟，創下了十五代人聚族而居，3900 餘口人和睦共處，過著「室無私財，廚無別饌」的氏族公社生活，其樂融融，為社會樹立了一個光輝典範。只是終因皇權干預，才分家、分莊，走向各地。還有號稱「江南第一家」的浙江浦江的「鄭義門」，也是在 300 多年裏聚族而居，踐行儒家禮教，和平共處，一起勞作，共享成果，鼎盛時曾經達到 3000 多口人，終因一場大火才最終分居。加上福建客家人那些聚族而居、團結共存的土樓，加上湖南曾國藩家族、廣東梁啟超家族，也都是中華民族不搞「窩裏鬥」、而是同甘共苦、團結共進的證明。這些「義門」是中國人深明大義的生動範例，是儒家理想可以變成現實的歷史證明吧。只是，這樣良好家風代代相傳、合族抱團一起生活的典型顯然沒能在全社會蔚然成風。生活中更常見的，還是充滿各種矛盾紛爭的家庭。而曹雪芹的《紅樓夢》、巴金的《家》、曹禺的《雷雨》、陳忠實的《白鹿原》、莫言的《豐乳肥臀》、鐵凝的《大浴女》、葉廣芩的《采桑子》都是中國家庭充滿各種錯綜複雜矛盾的文學記錄。《紅樓夢》中賈珍與兒媳秦可卿的不倫之戀，賈政因為兒子賈寶玉不成器而大動干戈的暴怒，賈璉與王熙鳳的同床異夢，賈寶玉與林

黛玉相愛卻難成眷屬，是許多中國式家庭矛盾的縮影。小說對於這些矛盾的描寫在相當程度上沖淡了大觀園中的兒女情長、詩情畫意。《水滸》中宋江殺妻、武松殺嫂，也是家庭矛盾激化導致的人倫悲劇。在強大的父權、夫權的碾壓下，弱者的命運是屈辱，甚至犧牲。

人生而不平等。不同的家庭為不同的人生打下了不同的底色。在同一家庭中成長的孩子也會體會到家中的炎涼——父母會有偏心。雖然「手心手背都是肉」、「一碗水端平」的道理誰都會掛在口上，可民間所謂「皇帝愛長子，百姓疼幺兒」，「一棵樹上的果子有酸有甜，一家的孩子有愚有賢」，「女兒是父母的小棉襖」等等說法還是折射出家庭關係中的種種微妙不平。由此在親人間也產生了層出不窮的各種矛盾。歷代政治家、思想家、教育家為了建立與維護和諧的家庭與社會關係，可謂殫精竭慮，最終還得在明確尊卑秩序（皇權、族權、父權、夫權）上下工夫，以種種說法和努力去闡述那秩序的天經地義、去推行那倫理道德的整齊劃一。然而，世事無常。皇帝廢太子、百姓因為溺愛而誤了幺兒、不被待見的孩子發奮圖強之類故事司空見慣，更有父子不和、夫妻彆扭、兄弟反目、姐妹離心的許多矛盾昭示出人性的複雜、世事的難料。千變萬化中，人心叵測，機緣多變。弱可以轉化為強；強也可以蛻變為弱。一切皆有可能。

或者像越王句踐，處於弱勢時臥薪嚐膽，十年生聚，十年教訓。這需要多麼堅韌不拔的毅力！他終於擊敗仇敵，報仇雪恨。看似弱，而其實柔中有韌。是的，柔韌不是柔弱。或者像蘇東坡，被一貶再貶，也有過「小舟從此逝，江海寄餘生」的念頭，可到底還是以曠達的情懷超越了失意，從寫作、漫遊、暢飲中找到了樂趣，以浪漫的豪氣寫下了不朽的詩文。蘇東坡因此成為無數士大夫的人生楷模。如此說來，「百無一用是書生」的說法未免太輕率了吧。那些在政治風浪中好像不堪一擊的士大夫其實常常堅守了正義的立場、高潔的理想。當他們離開官場的明槍暗箭時，其實正好也是回歸自我，寫下氣吞山河的雄文華章之際。

而普通老百姓呢？在科舉制度下，人們看得見的是「十年寒窗無人問，一舉成名天下知」，「朝為田舍郎，暮登天子堂。將相本無種，男兒當自強。」通過苦讀改變命運，出人頭地，其中那個「韌」字也不言自明。只是，那條「學而優則仕」的路畢竟太窄，許多讀書人皓首窮經，卻一次次飲恨。哪裏是歸途？《增廣賢文》有分教：「鬧裏掙錢，靜處安身」，「但能守本分，終身

無煩惱。」說去說來，還是謹慎處世，本分做人。至於命運如何，只好相信「善有善報，惡有惡報」。現代文學中，不少作家講述了普通人在日常生活中飽經磨難、命運多艱的故事，令人感慨世道的不公──從巴金《家》中的覺新、老舍《駱駝祥子》中的祥子、《四世同堂》中的祁瑞宣，還有張煒《古船》中的隋抱樸、陳忠實《白鹿原》中的白嘉軒，等等，雖然本分做人，仍然難免重重苦難，奈何！另一方面，也有普通人在磨難中默默恪守傳統的美德，堅持為善的立場，苦盡甘來，善得善報──從林語堂《京華煙雲》中的姚思安、姚木蘭父女到阿城《棋王》中的王一生、王安憶《長恨歌》中的王琦瑤、賈平凹《高興》中的劉高興……那恪守，那堅持，說到底，也是堅韌的力量，是柔中有剛。柔中有剛，才能經得起種種考驗，能否以柔克剛不一定，「任憑風浪起，穩坐釣魚船」的從容、淡定卻是可以肯定的。

　　士大夫有士大夫的胸懷──修身齊家治國平天下，「富貴不能淫，貧賤不能移，威武不能屈」，「為天地立心，為生民立命，為往聖繼絕學，為萬世開太平」。這是士大夫的安身立命之處。然而，對於普通老百姓，用士大夫的價值觀去要求，希望「滿大街都是聖人」，顯然不切實際。老百姓處於弱勢，能夠安分守己、平安度日、樂於助人，祈盼貴人相助、豐衣足食、相安無事、國泰民安，猶常常巴望而不得，遑論其他？那麼多雄才大略、英明蓋世的帝王承諾在人間建成天堂，費盡心機，到頭來卻常常是一枕黃粱，甚至血流成河。老百姓見得多了，也漸漸熄滅了追逐烏托邦的熱情，而回歸了平平淡淡的煙火人生。還是要老老實實做人、踏踏實實做事，在柔處用心。該有多少人與厄運抗爭，終於夢斷處、沒能如願？

四

　　「柔」字還常常與「順」字聯繫在一起。帝王也好，官僚也好，總是要求萬眾一心服從自己，不可有二心。家長總是希望孩子「聽話」。夫妻之間的許多矛盾往往產生於「誰聽誰的」這一問題。而老師也常常是根據「聽不聽話」作為衡量學生「好」「壞」的品行標準。聽話就是服從，就是柔順。

　　其實，生活中哪有那麼多「心往一處想」的事情！一方面是「聽話」、「服從」的要求，是不聽話就可能受到嚴厲懲處的厄運（從丟掉烏紗帽到「打板子」）──多少忠臣因為敢於犯顏直諫被殺頭、抄家、貶謫。歷史上有過「海瑞罵皇帝」這齣戲，可謂絕無僅有。嘉靖皇帝晚年昏庸，姦佞把持朝政，引得

群臣不滿。六品官海瑞本以敢於直言出名。這次又上疏皇帝，冒死直陳「他是一個虛榮、殘忍、自私、多疑和愚蠢的君主，舉凡官吏貪污、役重稅多、宮廷的無限浪費和各地的盜匪滋熾，皇帝本人都應該直接負責。皇帝陛下天天和方士混在一起，但上天畢竟不會說話，長生也不可求致，這些迷信統統不過是『繫風捕影』。然而奏疏中最具有刺激性的一句話，還是『蓋天下之人不直陛下久矣』，就是說普天下的官員百姓，很久以來就認為你是不正確的了。」奇怪的是，嘉靖先是震怒，接下來又顯得不合情理地進退失據，居然「有時把海瑞比做古代的忠臣比干，有時又痛罵他」。最後只是將其下獄，甚至沒有批准刑部議定的死刑。而海瑞在嘉靖的繼位者隆慶登基後甚至被釋放出獄，還得到了擢升！這在中國歷史上堪稱絕無僅有。〔註15〕海瑞的奇遇使他名留青史，甚至連帶可以殺海瑞而不殺的嘉靖一起。他們都不會想到，這一段歷史後來會留下一齣「清官戲」──《海瑞上疏》，惹人遐想；更在海瑞離世三百多年後引出「文革」一段冤案，使明史專家吳晗、共和國元帥彭德懷因此死於非命。

中國多昏君，自古而然。聽昏君的話，就必然導致多佞臣。從伯嚭、安祿山、楊國忠到蔡京、秦檜、劉瑾、嚴嵩、和珅，都一邊迎合昏君的需求，一邊中飽私囊，同時排除異己、陷害忠良。多少人妖顛倒是非混淆的悲劇由此上演、綿綿不絕！

也因此產生了「識時務者為俊傑」的處世之道。雖然對於昏君佞臣心知肚明，也「見人只說三分話」，「做一天和尚撞一天鐘」。犯不著為了黎民百姓、社會正義搭上自己的身家性命。所以，「為人不當官，當官都一般」，「千里來做官，為的吃和穿」，成為官場流行的「潛規則」。海瑞式的清正廉潔，敢於直諫，才格外罕見。由此產生了「聽話」的衍生物──油滑。林語堂在談及中華民族的「民族性」時曾經論及「穩健」、「消極避世」、「超脫老猾」、「因循守舊」，認為「這些特點既是中華民族的優點，也是它的缺陷，所有這些質量又可歸納為一個詞『老成溫厚』」。〔註16〕可謂入木三分。需要經歷過多少殘酷的教訓，才使得從官員到草根百姓，都懂得如何在「聽話」、順從的外表下得過且過，因循守舊，明哲保身，乃至言不由衷地拍馬、逢迎。一切都離是非遠一點。只

〔註15〕黃仁宇：《萬曆十五年》「第五章　海瑞──古怪的模範官僚」，中華書局 1982 年版，第 134～160 頁。

〔註16〕林語堂：《吾國與吾民》，見沙蓮香主編：《中國民族性》（一），中國人民大學出版社 1989 年版，第 150 頁。

有活著才最重要。是的，活著。「苟全性命於亂世」——諸葛亮那麼智慧，也有無奈隱忍的時光。

是的，還有一種「聽話」是虛與委蛇、陽奉陰違。這也是一種「陰柔」。

面對與己意有違、卻不容置疑的「父母之命」，多少人敢於撕破了臉頂撞？許多人只好當面服從，背地裏我行我素。父子之間有能夠和諧共處，相得益彰者。如曾國藩、梁啟超對子女的悉心調教，而子女也能夠如願成長，學有所成，建功立業，光宗耀祖。另一方面，《紅樓夢》中的賈寶玉在父親面前唯唯諾諾，其實生性不喜讀書，也不求升遷，而愛與姑娘們廝混，終於難逃父親一頓痛打。這一幕也是多少中國家庭父子矛盾的典型寫照。在魯迅的回憶《五猖會》中，父親對自己的嚴厲庭訓留下的創傷記憶，還有巴金的《家》中覺新在大家庭中承受的長房長孫的精神壓力，曹禺的《雷雨》中周樸園與周萍父子的難以調和的矛盾，都揭示了父子關係的微妙與緊張。為父的總是按照傳統的儒家倫理嚴格要求兒子，望子成龍，可為子的卻常常有別樣的人生追求。常言道：「沒兒望穿眼，有兒氣破肚」，說的就是父子之間的矛盾；「富不過三代」，也揭示了富家基業難得接班人的無情命運。而「兒孫自有兒孫福」，則是父親對兒子失望後的無奈歎息。至於那句可怕的「父要子死，子不得不死」，實際上常常也只是說說而已。五四時期那個大變動的年代裏，多少青年為了反抗包辦婚姻離家出走——毛澤東、郭沫若、丁玲、艾蕪、楊沫都曾經走過這一條路。而魯迅雖然思想解放，卻掙不脫傳統倫理的束縛，不得不接受母親包辦的無愛婚姻，也讓原配夫人守了一輩子活寡，雖然最終與自己的學生相愛，在一定程度上緩解了長期壓抑的情緒，到底還是無數婚姻悲劇的縮影。儘管事實上，也有很多包辦婚姻最終結出了攜手同行的正果——例如胡適、惲代英、馬寅初、茅盾、聞一多、任弼時⋯⋯

官場中「上有政策，下有對策」的說法也為眾所周知。皇帝有皇帝的旨意，佞臣有佞臣的陰謀，官員有官員的心機。像方孝孺那樣當面怒斥篡位的朱棣、不惜被殺十族的孤臣顯然是少數。歷史上也有過像嘉靖登基後為追尊生父為興獻帝、生母為興國皇太后，改稱孝宗皇帝為「皇伯考」，為此與群臣發生了長達三年半的「大議禮之爭」，直至最終除掉反對者，得償己願。這樣勢不兩立、各不相讓的君臣鬥爭也比較少見。多數官員在與皇帝的旨意不合之時，多會一邊明哲保身，一邊靜觀待變，或者止於應付。

從父與子、皇帝與官僚之間綿綿不絕的周旋與較量來看，「聽話」（服從）

與「不聽話」（不服從）之間的矛盾構成了中國社會的一種基本形態。當權者總是夢想著「萬眾一心」、「唯我獨尊」、「捨我其誰」、「順我者昌，逆我者亡」，可事實上總是那麼多的矛盾、扯皮、鬥爭層出不窮。毛澤東曾經說過：「馬克思主義的道理千條萬緒，歸根結底，就是一句話：造反有理」；還說過「共產黨的哲學就是鬥爭哲學」，固然是一種簡單化的概括，卻不能不說也是對中國歷史的一種洞見。

　　而且事實上，有多少話是聽不得的啊！像「君要臣死，臣不得不死；父要子亡，子不得不亡」，雖然是封建時代的絕對道德，可君王的反覆無常就使得君王不可信任、「伴君如伴虎」之說盡人皆知。從秦始皇、漢武帝到嘉靖皇帝，都夢想著萬壽無疆、得道成仙，雖然都幻滅了，可為什麼還有那麼多人仍然執迷不悟？這些在歷史上還算雄才大略的帝王尚且如此昏庸，其他那些荒淫無恥、愚不可及、成事不足敗事有餘的帝王，就可想而知了。

　　王蒙在小說《蝴蝶》中也寫到了父子矛盾。當兒子對父親說：「從生下來我們就受教育，聽父母的話，聽老師的話，聽團小組長的話，聽貧下中農的話，聽屁大的一個什麼官兒的話。現在，我們該自己教育自己了。該自己去選擇自己要說的話。」其中濃縮了在革命教育中成長起來的一代人的傷心歷程：「生在新社會，長在紅旗下」的純潔青少年，滿腔熱情要為革命理想獻身的一代人，怎麼會突然在變幻的政治風雲中變得頭腦簡單、冷酷無情、野蠻霸道、難以理喻？有的斷然與「家庭出身不好」的父母一刀兩斷；有的聽信了聳人聽聞的惡毒傳言，踐踏師道，批鬥老師，甚至毒打老師；還有的以政治的敏感（其實是神經過敏）舉報朋友、同事，出賣親友，到頭來為人不齒，自己也痛悔終身！而那些在檢舉、揭發、批鬥乃至武鬥中喪失了理智，傷害了無辜的人們同時也虛擲了自己生命的人們，在時過境遷以後才幡然醒悟卻為時已晚。這是多少人經歷過的往事不堪回首！「文革」的那陣狂熱過後，人們才回歸平常心，重新體會到親情的可貴、友情的不易、一團和氣的必要、政治折騰的可怕，才發現「聽話」的險惡、盲從的可怕。而當人們經過政治運動的殘酷教訓，認識到狂熱的悲哀、「聽話」的可恨以後，才開始回歸珍惜自我和親情、友情的生活，按照自己的興趣去設計自己的生活。雖然，在一浪高過一浪的「考學熱」、「下海熱」、「出國熱」、「炒股熱」、「炒房熱」、「健身熱」、「美食熱」、「收藏熱」、「旅遊熱」中，也多有盲目從眾（也是一種「聽話」）、上當受騙、進退失據、血本無歸、欲哭無淚的悲劇發生，但是全民族因為「聽話」而同室操戈、血流

成河的悲劇應該不會上演了吧！

　　張賢亮還在小說《河的子孫》中寫出了農民在政治運動中的狡黠：明知道那些運動靠不住，但絕不會拿雞蛋去碰石頭。他們的生存智慧是「釣魚不在急水灘」，「你是個急的，我是個疲的，土地神是個泥的，啥樣的都有」。因此，就「裝龍是龍，裝虎是虎，裝個獅子能舞」。憑著「農民的狡黠和機敏……左右逢源」，與政治風浪悄悄周旋。就像九曲黃河那樣「變幻無窮……用各式各樣的方式來對付它面前的障礙」。在中國農村中，有多少農民對那些畫餅充饑的政治口號心知肚明，世世代代恪守著務實的本分、祖傳的活法，對各種畫餅充饑的騙局見招拆招，為糊弄「上面」絞盡腦汁、想出各種辦法，可謂不易。這也叫「任憑風浪起，穩坐釣魚船」吧！只是，這樣一來，就像作家感慨的那樣：「人生並不像河流。河流在沖決了一道道攔障之後會又恢復常態，一瀉千里——水仍然是水。而人在克服了一個個複雜的困難和險惡的際遇之後，自身已起了變化。人，不再是原來的人了……」多少人在緊張的應付中迷失了原有的純真、淳樸，而學會了圓滑、狡黠。人與人之間因此多了猜忌、戒備、糊弄、冷漠。這，恐怕是一心要通過一場場運動去想方設法「改造國民性」的政治家、理論家始料未及的吧！這，也是人們在經歷了巨變以後常常會不由得懷念起從前的原因所在吧！

　　這，也叫「以柔克剛」。以世俗精明之柔克政治狂熱之剛。

五

　　那麼，在告別了暴風驟雨的革命以後，追趕現代化的中國人在回歸正常人生方面又呈現出怎樣的風貌呢？

　　在「文革」的狂熱過後，被批判了千萬次的「小資情調」已經悄然回歸了。在知青中，那些軟綿綿的「老歌」喚醒了多少人心中的柔情——從蘇聯歌曲《紅梅花兒開》、《莫斯科郊外的外上》、《山楂樹》、《小路》、《三套車》、《喀秋莎》到「文革」前的電影插曲《我的祖國》、《花兒為什麼這樣紅》、《九九豔陽天》、《馬鈴兒響來玉鳥唱》……這些歌，一直到幾十年過後的今天，許多不是還繼續在卡拉 OK 廳傳唱嗎？這些歌，連同新時期伊始就迅速進入大陸的港臺流行歌曲一起，連同鄧麗君的《甜蜜蜜》、《月亮代表我的心》、《海韻》、《恰似你的溫柔》、《美酒加咖啡》、《愛的寂寞》一起，連同「臺灣校園歌曲」《外婆的澎湖灣》、《赤足走在田埂上》、《春大的故事》、《橄欖樹》、《蘭花草》一起，在

青年中迅速流行開來，並很快催生了大陸的「流行歌曲熱」──《妹妹找哥淚花流》、《絨花》、《太陽島上》、《鄉戀》、《軍港之夜》、《邊疆的泉水清又純》……流行歌曲就這樣取代了革命年代那些高亢、雄壯的歌曲，成為新時期文化新潮的主旋律之一。流行歌曲的熱潮持續升溫，在潛移默化中影響了多少青年的人生觀、世界觀乃至思維方式、生活方式，使他們遠離了枯燥的說教、回歸輕逸的浪漫人生。四十年過去，各種流行歌曲成為一代又一代人的青春記憶。在港臺流行樂曲、英美搖滾樂、本土輕音樂的此起彼伏間，表現自我的文化精神也更加深入人心了。

還有那些溫馨、柔美的文學作品，也與溫馨可人的流行歌曲一起，沁人心脾──從顧城的《生命幻想曲》、《感覺》、《小巷》到舒婷的《致橡樹》、《神女峰》、《雙桅船》那樣的「朦朧詩」，還有劉心武的《愛情的位置》、汪曾祺的《受戒》、劉紹棠的《蒲柳人家》、王安憶的《雨，沙沙沙》、張承志的《綠夜》、賈平凹的《滿月兒》、張潔的《愛是不能忘記的》、鐵凝的《哦，香雪》、王蒙的《風箏飄帶》……那些充滿柔情的詩歌、小說，都如和風細雨，滋潤了一代又一代讀者的心田。不錯，那個年代也有吶喊的作品，像北島的《回答》、白樺的《陽光，誰也不能壟斷》、葉文福的《將軍，不能這樣做》那樣格調激越、為民請命的詩歌，像盧新華的《傷痕》、鄭義的《楓》那樣痛定思痛的「傷痕文學」，都傾訴了對於「文革」的控訴，但傾訴的怒潮很快融入了深沉的反思中，而柔美的「小資情調」卻在世俗化浪潮中持續蔓延、流淌。在經歷了漫長的政治運動、人與人之間的關係變得空前緊張以後，是「流行歌曲」、「朦朧詩」、「詩化小說」的此起彼伏喚回了溫馨、細膩、浪漫、傷感的人間情感。而革命年代裏堅定、豪邁、高亢、激越的「主旋律」其實也並沒有煙消雲散。在多元化的文化格局中，革命歷史題材創作一直佔有醒目的位置──從喬良的《靈旗》、黎汝清的《皖南事變》、石鐘山的《激情燃燒的歲月》、徐貴祥的《歷史的天空》、張正隆的《雪白血紅》到都梁的《亮劍》，還有電影《大決戰》、電視劇《長征》……只是，這些看似延續了當年「紅色經典」傳統的作品因為有了新的歷史觀（如偶然決定命運、細節改變命運，還有農民性在戰爭中的弘揚、人情味在歷史中的飄蕩）而顯示出與「紅色經典」很不一樣的風格──更富有歷史的滄桑感、命運的神秘感，還有人性的多變與複雜……

二十世紀的中國，充滿社會動盪與戰亂。即便如此，我們仍然能夠在風起雲湧、兵荒馬亂、硝煙彌漫之外感受到一脈清新、優雅、雋永，富有詩情畫意

的文化溪流綿綿不絕──魯迅的《從百草園到三味書屋》、周作人的《故鄉的野菜》、俞平伯的《槳聲燈影裏的秦淮河》、廢名的《竹林的故事》、戴望舒的《雨巷》、梁實秋的《雅舍小品》、沈從文的《邊城》、蕭紅的《呼蘭河傳》、何其芳的《畫夢錄》、林語堂的《蘇東坡傳》……都在亂雲飛渡中彰顯了士大夫的感傷心態、閒適情懷。甚至在孫犁、茹志娟、周立波這樣具有革命經歷的作家筆下，也產生了將詩情畫意融入革命與戰爭硝煙的佳作──例如《荷花淀》、《百合花》、《山鄉巨變》。在烽煙滾滾的縫隙，也有詩情畫意的呈現；在驚天動地的洪流邊上，還有柔情的和風細雨。

因此就想到了魏晉風度。在群雄逐鹿、世事無常的亂世，居然就有陶淵明辭官歸隱，寫下了千古名文《桃花源記》，使桃花源成為中國士大夫遠離政治、遠離戰亂、逍遙自在、獨善其身的精神家園。從蕭統編《陶淵明集》，「愛嗜其文，不能釋手，尚想其德，恨不同時」到孟浩然「嘗讀高士傳，最嘉陶徵君」，連李白也心心念念「何時到栗里，一見平生親！」而白居易甚至「每逢陶姓人，使我心依然。」蘇東坡也心嚮往之：「淵明吾所師，夫子乃其後。」還寫下了這樣的詩句：「夢中了了醉中醒。只淵明，是前生。走遍人間，依舊卻躬耕。」不似莊子那麼頹唐，也不似阮籍那麼佯狂，更不像嵇康那麼孤傲，而是心境澄明，遠離喧嘩，「少學琴書，偶愛閒靜，開卷有得，便欣然忘食。見樹木交蔭，時鳥變聲，亦復歡然有喜。常言五六月中，北窗下臥，遇涼風暫至，自謂是羲皇上人。」如此詩意地生活，何其閒適、自在！

因此當然還想到了蘇東坡，生性曠達，多才多藝，雖仕途坎坷，仍熱愛生活。那首《定風波》是寵辱不驚的襟懷寫照：「莫聽穿林打葉聲，何妨吟嘯且徐行。竹杖芒鞋輕勝馬，誰怕？一蓑煙雨任平生。料峭春風吹酒醒，微冷，山頭斜照卻相迎。回首向來蕭瑟處，歸去，也無風雨也無晴。」人生「不如意事常八九」，想想多少英雄好漢也遭遇過歧途、末路，「時來天地皆同力，運去英雄不自由。」再看看「人無千日好，花無百日紅」，就可以放下許多煩惱，像蘇東坡那樣去生活，做一個「秉性難改的樂天派，是悲天憫人的道德家，是黎民百姓的好朋友，是散文作家，是新派的畫家，是偉大的書法家，是釀酒的實驗者，是工程師，是假道學的反對派，是瑜伽術的修煉者，是佛教徒，是士大夫，是皇帝的秘書，是飲酒成癮者，是心腸慈悲的法官，是政治上的堅持己見者，是月下的漫步者，是詩人，是生性詼諧愛開玩笑的人」〔註17〕那境界，令人神往。

〔註17〕林語堂：《蘇東坡傳‧序》，長江文藝出版社 2012 年版，第 4 頁。

　　還有袁枚，因官場不順而隱居，在隨園吟詠、寫作、藏書、品茗，或者遊山玩水，「小步閒拖六尺藤，空山來往健如僧。栽花忙處兒呼飯，夜讀深時妾屏燈。」或如李漁，「廟堂智慮，百無一能；泉石經綸，則綽有餘裕。」更兼愛戲至深，組織家庭戲班，娛己及人。就如同林語堂欣賞的那樣：「李笠翁的著作中，有一個重要部分，是專門研究生活樂趣，是中國人生活藝術的袖珍指南，從住室與庭院、室內裝飾、界壁分隔到婦女梳妝、美容、烹調的藝術和美食的系列。富人窮人尋求樂趣的方法，一年四季消愁解悶的途徑、性生活的節制、疾病的防治……」活著，又不僅僅只是活著，而是活得有滋有味、有樂有趣，有意思、有追求，快慰平生。

　　即使到了現代，在迅速追趕現代化的匆匆長路上，還有李叔同（弘一法師）、豐子愷、廢名、許地山，從禪宗、佛教中覓得了安寧、充實、感動、從容。無論是遁入空門，還是留在俗世，都對自然萬物敞開了親近的慈悲胸懷，以冥思玄想超越滾滾紅塵，在紛亂世界中保持赤子之心、博大愛心。

　　或如林語堂，深受基督教的薰陶，也追慕蘇東坡的人生境界，將人生藝術化。不急不慌，從容自在，「人生世上，他的問題不是拿什麼做目的，或怎樣去實現這目的，而是怎樣去應付此生，怎樣消遣這五六十年天賦給他的光陰。他應該把生活加以調整，在生活中獲得最大的快樂，這個問題跟如何去享受周末那一天的快樂一樣實際，而不是形而上的問題。」「只有快樂的哲學，才是真正深湛的哲學；西方那些嚴肅的哲學理論，我想還不曾開始瞭解人生的真義哩。」〔註18〕其實，他也有過煩惱，有過憤怒，但他終究是在基本快樂的心境中度過了幽默、創造、成果豐碩的一生。再看馮至，因為生性內向、沉靜、憂鬱、怯懦，而在德國浪漫主義和「魏晉人物晚唐詩」中找到了知音，「超形質而重精神，棄經世致用而倡逍遙抱一」。就如他在《思量》中寫道的那樣：「我要靜靜地思量，像那深潭裏的冷水一樣。既不是源泉滾滾的江河，不要幻想啊去灌溉田野的花朵；又沒有大海的浩波，也不必埋怨這裡沒有海鷗飛沒。」這樣的靜思與那個時代的喧嘩多麼格格不入，卻留下了更雋永、更玄遠的哲人情懷與文學成果，在十四行詩的創作和譯介德國文化經典方面獨步一時，還寫出了《伍子胥》那樣典雅的歷史小說和《杜甫傳》那樣的傳記名作。

　　中國歷史上，像「文景之治」、「貞觀盛世」、「開元盛世」、「康乾盛世」那樣的繁榮盛世屈指可數。更多的，是「春秋無義戰」、「八王之亂」、「五胡亂華」、

〔註18〕林語堂：《生活的藝術》，越裔漢譯，長江文藝出版社 2009 年版，第 112 頁。

「安史之亂」、「靖難之役」，以及一次次軍閥混戰、農民起義引發的天下大亂、血流成河、玉石俱焚，還有那些駭人聽聞的宮廷內鬥、「焚書坑儒」、「黨錮之禍」、「文字獄」、「瓜蔓抄」。在那樣的黑暗年代中，野性癲狂，暴力橫行，禮教被踐踏，社會在解體，能夠「苟全性命於亂世」已屬不易。所以才有了隱逸的活法、逍遙的境界，有了「衣冠南渡」、「湖廣填四川」那樣的大遷徙，有了「小亂避城，大亂避鄉」的古語流傳，有了那麼多悲涼莫名的「離亂詩」（從「烽火連三月，家書抵萬金」，「時難年饑世業空，兄弟羈旅各西東，田園寥落干戈後，骨肉流離道路中」到「十年離亂後，長大一相逢」，「正當離亂世，莫說豔陽天」），還有超然三界之外、長伴清燈古佛的活法。不過，且慢！值得注意的是，走近宗教絕不僅僅只是麻木。對於中國人而言，宗教常常具有特別的意味。辜鴻銘就曾經指出：「對中國人而言，佛寺道觀以及佛教、道教的儀式，其消遣娛樂的作用要遠遠超過了道德說教的作用，在此，中國人的玩賞意識超過了他們的道德或宗教意識。事實上，他們往往更多地求助於想像力而不是求助於心靈。」〔註19〕李澤厚在論及佛教「中國化」的歷程時也指出：「如果說，北魏的壁畫是用對悲慘現實和苦痛犧牲的描述來求得心靈的喘息和精神的慰安，那麼，在隋唐則剛好相反，是以對歡樂和幸福的幻想來取得心靈的滿足和神的恩寵。」〔註20〕這樣的心態正所謂「樂以忘憂」，是絕望中的慰藉。而豐子愷在談到他的老師李叔同時，也特別指出：「李先生不是『走投無路，遁入空門』的，是為了人生根本問題而做和尚的。他是真正做和尚，他是痛感於眾生疾苦而『行大丈夫事』的。」〔註21〕這一說法令人想起梁啟超關於「佛教本非厭世，本非消極」，「晚清所謂新學家者，殆無一不與佛學有關係」的論斷——龔自珍、魏源、康有為、章太炎、楊文會、譚嗣同……〔註22〕，因此令人頓悟：佛教是多麼平和、淡定、玄遠、柔順，直到「唾面自乾」地步的信仰，可也在「樂以忘憂」之外，還抱有「普度眾生」的弘願。

這些別有洞天的說法，都道出了道觀、寺院作為中國百姓和士大夫的避難處、也是精神家園的意義。中國人飽經憂患，已經「慣於長夜過春時」，所以

〔註19〕 辜鴻銘：《中國人的精神》，海南出版社1996年版，第40頁。

〔註20〕 李澤厚：《美的歷程》，文物出版社1981年版，第118頁。

〔註21〕 豐子愷：《悼夏丏尊先生》，《緣緣堂隨筆集》，浙江文藝出版社1983年版，第294頁。

〔註22〕 梁啟超：《清代學術概論》，《梁啟超史學論著四種》，嶽麓書社1985年版，第95頁。

習慣了化苦痛為淡然、「得樂且樂」。這樣的淡然中，有多少難以言傳的無奈和苦澀！一代又一代思想家殫精竭慮，一代又一代革命家前赴後繼，可仁政為什麼終究難以變成現實？士大夫的大同理想為什麼一直只是夢想？這，才是久久迴蕩在神州天地間的「天問」！

六

柔還不只有「柔順」、「柔美」之意。或者說，在「柔順」的另一面，還有深不可測的陰暗心機。

從古到今，從上到下，一直都有「見風使舵」、「隨機應變」、「識時務者為俊傑」、「好漢不吃眼前虧」、「住人屋簷下，哪能不低頭」、「到哪座山上唱哪支歌」的處世之道。眼看著多少鐵骨錚錚的漢子在暴力的碾壓下粉身碎骨，也知道血雨腥風中株連親人的可怕，於是向淫威屈服，並以「有奶就是娘」的無恥聊以自慰。有時候，那屈服並非發自真心，而存有「靜觀待變」、「留得青山在，不愁沒柴燒」、「君子報仇，十年不晚」、「騎驢看唱本——走著瞧」的堅忍。然而，更多的是投機、苟活，直至出賣靈魂、為虎作倀。中國多溜鬚拍馬、口是心非、挑撥是非的小人，多口蜜腹劍、兩面三刀、欺世盜名的姦佞，與此很有關係。而這一現象，當然與中國多暴君、昏君、多姦臣有關，與中國的政治生態、官場規則充滿壓抑、荒唐密切相關。

暴君霸道，昏君任性，要的都是服從、順從。哪怕是「指鹿為馬」那樣的荒唐服從！甚至是「君要臣死，臣不能不死」的恐怖服從！與服從緊密相連的，是至高無上的皇權。暴君唯恐臣下不忠，玩弄權術，一個個「雄猜多忌」，從漢高祖劉邦唯恐「非劉氏而王者」大殺功臣到明太祖朱元璋擔心大權旁落大殺功臣，如出一轍；相比之下，宋太祖趙匡胤以「臥榻之側豈容他人鼾睡」的名義「杯酒釋兵權」算是比較手下留情的了。而從曹丕逼弟弟曹植「七步成詩」到唐太宗李世民發動「玄武門之變」誅殺兄長太子、四弟齊王，奪得皇位，還有女皇武則天在奪取皇權的道路上廢掉自己的幾個親生兒子（太子李弘、李賢，中宗李顯、睿宗李旦），以及明成祖朱棣發起「靖難之役」，從姪子建文帝手中奪過皇位，加上雍正奪取皇位後囚禁政敵兄弟……帝王的冷酷無情可謂變態之極、難以理喻。至於曹操殺機敏過人的楊脩，宋高宗殺忠心耿耿的岳飛，乾隆大興「文字獄」，已經不是事關忠誠、順從與否了，而是居心叵測、變態之極。皇權使人異化至此，多少冤案因此爆發，多少冤魂因此含恨，多少

人心因此被扭曲，多少才華因此埋沒！然而，當暴政被推翻，惡有惡報的定律屢試不爽，那些無惡不作的罪人常常也難逃劫難。秦朝二世而亡，趙高死於非命；劉邦在討伐英布叛亂時，為流矢所中，從此一蹶不振；武則天晚年，激起兵變，淫威有所收斂，留下「無字碑」，耐人尋思；朱元璋死後，兒子與孫子爭奪皇權，導致天下大亂，孫子也不知所蹤；乾隆剛死，和珅也被賜死、抄家……正是這樣的惡有惡報，才使人們相信蒼天有眼，人間有正道。《左傳》中早就有了「其興也勃，其亡也忽」的定律。《阿房宮賦》結尾那聲浩歎千古傳誦：「嗚呼！滅六國者六國也，非秦也；族秦者秦也，非天下也。」《桃花扇》中也有「眼看他起朱樓，眼看他宴賓客，眼看他樓塌了！……將五十年興亡看飽」的興亡感慨。這些歷史的洞見因此耐人尋味。

　　還有一種順從，是窩窩囊囊的逆來順受。像越王句踐兵敗被俘後為騙得吳王信任而居然嘗糞的故事，就令人噁心。雖然史書上關於他臥薪嚐膽、報仇雪恥的故事千古傳誦，但他為敵人嘗糞的傳說實在令人不齒。另一方面，這樣的心機也足以表明：有些逆來順受其實別有用心。另一個例子是韓信，他早年曾經忍受地痞的胯下之辱，因為後來走運，成為劉邦麾下的大將，那段不堪的往事也居然鬼使神差成為美談，如李白就有詩云：「韓信在淮陰，少年相欺凌。屈體若無骨，壯心有所憑。」（《贈新平少年》）其實，韓信忍辱是因為胸懷大志還是被逼無奈，看他當時的潦倒就不言自明。蘇東坡論張良，有名篇《留侯論》，開篇亦云：「古之所謂豪傑之士者，必有過人之節。人情有所不能忍者，匹夫見辱，拔劍而起，挺身而鬥，此不足為勇也。天下有大勇者，卒然臨之而不驚，無故加之而不怒。此其所挾持者甚大，而其志甚遠也。」用在韓信忍辱上，好像也很合適。只是張良忍辱為圯上老人拾履，因此意外獲得奇書的傳說與韓信忍受胯下之辱，畢竟還不一樣。雖然中國文化讚美「忍辱負重」，也鄙視「逆來順受」，但能夠忍受胯下之辱者，畢竟極其罕見。個中玄機，深不可測。

　　《水滸傳》中的林沖被高俅父子一逼再逼，從奪妻到政治迫害，居然都能一忍再忍，可謂無奈，也的確窩囊！只是最後被仇家逼到性命不保，才奮起反抗，上山落草。逆來順受並不會使惡魔有所收斂，相反甚至讓他們得寸進尺、肆無忌憚。多少人都經歷過從忍受到忍無可忍的煎熬。從柔弱到剛強其實常常只有一步之遙。

　　而魯迅的筆下的阿Ｑ的「精神勝利法」也堪稱窩囊之奇了：一面欺軟怕

硬，另一面挨了打以後自我安慰：「兒子打老子」，甚至想得出：自己「是第一個能夠自輕自賤的人，除了『自輕自賤』不算外，餘下的就是『第一個』。狀元不也是『第一個』麼？」在中國社會上，這樣的奇怪思維並不少見——從「吃虧是福」、「吃得苦中苦，方為人上人」、「忍得一時之氣，免得百日之憂」這樣的常言，到「錢財如糞土」、「好死不如賴活著」、「打是親，罵是愛，不打不罵就是害」、「棍棒下面出孝子」、「打到的媳婦揉到的麵」之類奇奇怪怪的說法，雖都有一定的道理，似非而是，卻終不過常常淪為自欺欺人，甚至連自己也欺騙不了，而只是欺人。

如此看來，思想家倡導「尚柔」的確開闢出了中國士大夫文化的柔美氣象——從顏回的「安貧樂道」、莊子的「心齋」、陶淵明的「歸去來」、竹林七賢的「越名教而任自然」、李白的「花間一壺酒，獨酌無相親」、蘇東坡的「一蓑煙雨任平生」到「田園詩」、「山水畫」、「小品文」、書法篆刻、結社雅集……那混融著曠達、自在、感傷、樂天氣質的真人生，代代相傳。而中國百姓也在日常生活中養成了「知足常樂」、「及時行樂」、「得樂且樂」、「飯吃三碗，閒事莫管」的閒適心態，在美食美酒、品茶談天、打牌下棋、養魚養花、吹拉彈唱、練拳練功、畫畫剪紙中自娛自樂，打發光陰。在漫長的歲月中，產生了最豐富多彩的世俗文化，流傳至今，成為人生樂以忘憂的法寶。

而冷酷的暴政則迫使人們「莫談國事」、「遠離是非」，融入柔性的活法中。在長期與政治風雲變幻的周旋中，人們也懂得了能屈能伸、八面玲瓏，「見人說人話，見鬼說鬼話」的處世之道。

七

說去說來，「尚柔」只是對中國文化特色的一種概括。

柔性多了，剛性就會減弱。所謂「陰盛陽衰」。「人善被人欺，馬善被人騎」，說的是人太善良了，就容易被欺負。還有「秀才遇到兵，有理說不清」，說的則是讀書人的悲哀，講道理常常抵不過粗人的老拳。一個民族過於「崇文」，而忽略了「尚武」，即使是在強大外敵入侵時，民間有豪傑毀家紓難，組織起抵抗的民兵，也常常因為大廈已傾、孤掌難鳴而飲恨千古。無論是匈奴入侵還是「五胡亂華」，或是元朝和滿清入主中原，改朝換代，都是漢族積貧積弱的後果。杜牧那首《泊秦淮》——「煙籠寒水月籠沙，夜泊秦淮近酒家。商女不知亡國恨，隔江猶唱後庭花」，還有林升那首《題臨安邸》——「山外

青山樓外樓，西湖歌舞幾時休？暖風薰得遊人醉，直把杭州作汴州」，都是對人們在國難當頭時依然醉生夢死的寫照，令人感慨、無語。

另一方面，中國民間「窮山惡水出刁民」之說也流傳甚廣。很多地方「民風強悍」，也已成傳統，連官府的嚴苛、學堂的教化也鞭長莫及。《水滸傳》中武松血濺鴛鴦樓的故事寫出了復仇的瘋狂也傳達出嗜血的狂熱，莫言的《紅高粱》渲染了農民率性的活法也散發出敢愛敢搶、敢鬥敢殺的強悍氣息，從《水滸傳》到《紅高粱》，都寫出了齊魯大地上的血性與匪氣，儘管那裡也是孔孟的故鄉、禮教的發源地。姚雪垠的長篇小說《長夜》講述了亂世中一群土匪的傳奇故事，是中原民間匪氣的證明，雖然那裡也素以民風淳厚聞名。曲波的《林海雪原》謳歌了剿匪的英雄也暴露了東北土匪的殘忍；周赤萍將軍的《擒魔記──湘西剿匪回憶錄》則是一部記錄剿滅湘西匪患的革命回憶錄，多年後還有水運憲編劇的電視連續劇《烏龍山剿匪記》也展現了湘西的匪風，都與沈從文筆下的美麗湘西故事判然有別。賈平凹的《匪事》系列和陳忠實《白鹿原》中的土匪故事，還原了三秦大地上的悲情與苦難，而葉廣芩的長篇小說《青木川》則成功塑造了陝西一個特別的土匪魏富堂的形象，他有匪氣，也有對文明的嚮往；權延赤的小說《狼毒花》還描繪了一位匪性難改的革命軍人的傳奇經歷，跌宕起伏也難改好酒好色的本性……由此不難看出，儘管中國的禮教根深蒂固、源遠流長，可無論是在宮廷還是江湖，也不管是在官場還是民間，那種不管不顧、無所畏懼的野性，那種很容易衝冠一怒，到處逞性而活、惹是生非、不計後果的匪性，一直都沒有被馴服。這不能不說是中國社會的一大奇觀。是因為那野性一直就深深融化在了這個民族自古就有的尚爭傳統中，什麼樣的教化都不能使它窒息，還是因為太多的尚柔人生並沒有得到好報、反過來必然刺激了野性的膨脹、匪性的囂張？真是一言難盡。如果艱苦奮鬥不能換來快意人生，如果忍辱負重不能贏得光榮與夢想，那麼，鋌而走險的悲劇就不會銷聲匿跡。

何況，「人活一口氣」、「不蒸饅頭爭口氣」，一直是民間的勵志口號。「燕趙多慷慨悲歌之士」，從荊軻、廉頗、劉備、張飛、趙雲、祖逖到張之洞、佟麟閣、李大釗、張克俠、何基灃、張仲瀚，還有從「義和團」到「地道戰」、「雁翎隊」的一代代英雄豪傑，都譜寫出威武霸氣的歷史篇章，為人傳頌；「會稽乃報仇雪恥之鄉」，從勾踐到謝安、謝玄、陸游、秋瑾、徐錫麟、魯迅、周恩來，也都是豪氣衝天的人物，名垂青史。湖北人以「不服周」標榜，從熊

侶（楚莊王）、伍子胥、陳友諒到打響辛亥革命第一槍的熊秉坤、「黃麻起義」、「洪湖赤衛隊」的一輩輩血性好漢，活出了揚眉吐氣的暢快；湖南人以「吃得苦、霸得蠻」自豪，從曾國藩、胡林翼的「湘軍」到「秋收起義」、「平江起義」、「湘南起義」中那些衝鋒陷陣的農民好漢，也幹出了扭轉乾坤的偉業……這些彪炳史冊的故事不脛而走，一直在尚柔的禮教之外傳遞著自強不息、奮發有為的火炬，匯成有仇報仇、有恨雪恨的剛強精神，從古到今，沒有止息。此外，那些「群雄逐鹿」、「盜賊蜂起」的亂世，也昭示了這個民族無所顧忌、衝冠一怒的狂野匪氣。而那些一遇天災人禍就揭竿而起、嘯聚山林、穿州過府、縱橫天下、殺富濟貧的人們，也都彰顯出了衝天的豪氣與匪氣。不論是被逼上梁山，還是亂世中因為「禮崩樂壞」、社會解體而道德淪喪、獸性橫行，都引人深思：為什麼源遠流長的禮教那麼不堪一擊？為什麼從普普通通的農民到為所欲為的亂民、土匪之間，轉變得那麼容易？

中國文化一直是講「物極必反」的，這說法消解了一切永恆的美好願望（從帝王「萬壽無疆」到「太平盛世」千秋萬代）。《呂氏春秋》中早就有「全則必缺，極則必反」的洞見。《鶡冠子》中亦有「物極則反，命曰環流」之說。所謂「盛極而衰」、「否極泰來」、「好便是了，了便是好」，都道出了世界的神奇、社會的詭異。以這樣的眼光去看中國歷史的大起大落、坎坎坷坷、循環往復，不能不感到世事的無常、宿命的神秘。「月有陰晴圓缺」，年有春去秋來，王朝有盛有衰，人事有榮有辱。因此，「尚柔」之風盛行也終有衰退時。有時柔到全民醉生夢死、或者吸鴉片成風，就會有忠勇之士拍案而起，敲響警世之鍾，像林則徐那樣，挺身而出，嚴禁鴉片，雖最終壯志未酬，也名垂青史。有時柔到國運頹敗、一盤散沙，招致異族入侵，馬上就會有不願做奴隸的人們奮起抗爭，不怕流血犧牲，爆發出萬丈怒火，冒著敵人的炮火前進。越是憂患深重時，越有志士仁人投袂而起，吶喊救亡。這個民族的至大至剛之氣，常常在危亡中猛烈噴發出來，充溢天地間。從衛青、霍去病痛擊匈奴到岳飛大敗金兵，從林則徐虎門銷煙到武昌革命黨人辛亥首義，從中國軍隊浴血奮戰抗日到「文革」中抗美援越的同時敢與蘇軍一戰，都彰顯了剛強勇武的民族精神——「威武不能屈」、「敢同惡鬼爭高下，不向霸王讓寸分」。

和平時就盡情享受人生，危難時就奮起抗擊強敵。「尚柔」與「尚剛」就這樣成為我們民族的精神兩面。可見「剛柔兼濟」不僅是士大夫的人格理想，也是我們民族的歷史宿命。

後　記

　　一直以來，我都對「國民性研究」這個話題很感興趣。我的第一本書《當代文學與地域文化》就意在通過當代文學思潮探討「國民性」的豐富多彩。後來的《當代文學與多維文化》一書也是借助研究「當代文學與代際文化」、「當代文學與西方文化」、「當代文學與古代文化」等話題琢磨「國民性」的變幻莫測。還有《當代文學與國民性研究》一書，仍是進一步思考當代文學中閃爍的「國民性」特色──從「世俗化」到「農民性」，從少數民族文學的多元文化精神到「新民族精神」的顯現，更有根深蒂固、源遠流長的「神秘文化」基因……一直到近年來專注於「國民性」中的「野性」，看那混融了原始衝動的浪漫、殘忍、霸氣、豪橫的野性，那深深植根於國人血脈之中、一旦時機到來就頭腦發熱、不顧一切地噴發而出，使得無數的悲劇與喜劇、荒唐鬧劇、惡作劇不斷上演、層出不窮的動力之源如何改變了人們的命運……從中可以感悟文化的玄機、人生的哲理。這樣的研究，對於新時期之初的「新啟蒙」浪潮和「尋根熱」，對於這些年來不斷高漲的「傳統文化熱」，對於貫穿於這些熱潮中的那個主題──「如何認識中華文化的豐富多彩或變幻莫測」、「如何超越討論『國民性』問題時的偏頗」──都提出了一些不那麼確定的看法，而這些看法的不拘一格、恍兮惚兮似乎不夠那麼確定，卻與《老子》關於「道可道，非常道；名可名，非常名」的古訓有幽然相通之氣。學術研究的見仁見智也足以表明：理性的探討很難窮盡問題的真相，而只是不斷接近「真相」而已。事實上，看多了先賢關於「國民性」的各種彼此不同的說法，看多了社會上、生活中各種一言難盡的光怪陸離的現象，就不難感慨中國「國民性」的難於概括。